浮城纪

章缘 著

南方出版传媒

花城出版社

中国·广州

图书在版编目（ＣＩＰ）数据

浮城纪 / 章缘著. -- 广州：花城出版社，2016.8
ISBN 978-7-5360-8065-2

Ⅰ．①浮… Ⅱ．①章… Ⅲ．①短篇小说－小说集－中
国－当代 Ⅳ．①I247.7

中国版本图书馆CIP数据核字(2016)第212845号

出 版 人：詹秀敏
责任编辑：陈宾杰　杜小烨
技术编辑：凌春梅
装帧设计：　SIJIE DESIGN

书　　名	浮城纪 FUCHENG JI	
出版发行	花城出版社	
	（广州市环市东路水荫路 11 号）	
经　　销	全国新华书店	
印　　刷	佛山市浩文彩色印刷有限公司	
	（佛山市南海区狮山科技工业园 A 区）	
开　　本	787 毫米 × 1092 毫米　16 开	
印　　张	16.5　1 插页	
字　　数	220,000 字	
版　　次	2016 年 8 月第 1 版　2016 年 8 月第 1 次印刷	
定　　价	36.00 元	

如发现印装质量问题，请直接与印刷厂联系调换。
购书热线：020 - 37604658　37602954
花城出版社网站：http://www.fcph.com.cn

我的缪斯不在家里，也不在咖啡馆、图书室或文化沙龙里。它不在一个特定的空间，而在一幅幅流动的人生风景里。

——章缘

目 录

Contents

序 / 刘绪源

沪上花开·牵缠 SHANGHAI

一个繁华的老上海，由见证人活生生带到眼前来，怎不教人怀念向往？

台北别恋·错爱 TAIPEI

台湾。热闹滚滚繁华富裕，月亮代表我的心！

不夜之城·执念 NEW YORK

纽约无论老少都喜欢黑色，整个城黑压压一片。这是怎么样的一个黑白
人生？

序

刘绪源

　　二十世纪五六十年代，老作家茅盾不止一次说道，不少短篇小说其实是缩短的中篇，而有些中篇是拉长的短篇。这是当时极中肯的批评。章缘在本书后面的"作者的话"中也说道，此间很多短篇其实是中篇结构。她不大可能看到茅盾的文章，但艺术感觉上却有微妙相通之处。

　　章缘极喜谈艺。这篇短序限于篇幅不可能多谈具体作品，那么，拉杂谈些关于短篇的艺术问题如何？

　　短篇因篇幅不长，人物与场景不能铺得太开，在结构和写法上就形成特色。尤其是经契诃夫、莫泊桑、鲁迅、张爱玲等大家的铸炼，特色愈加分明。好的短篇决不因短而显迫促，却总是平缓、从容的，像日常生活一样渐进，但在平缓底下有紧张感，有时惊涛骇浪暗伏写来却不动声色。所以，读好的短篇要非常细心，须咀嚼辨味，这才能在阅读中发掘出愈益丰富的内涵，这样的乐趣是看热闹的通俗剧所无法比拟的。本书中的小说多有如此之妙。像《告解》，不读至最后，前面所有故事仿佛都理不成串，两位女角年轻时的交往一旦揭出，其中一位藏得极深的隐情才开始透露，再回忆前面的每一句子、每一表情，都会有滋有味。这还是辨得清的，《李桃三十》中，李桃一见小男生脸上的酒窝，为什么一切作罢？过去初恋的回忆何以有如此杀伤力？这就难以辨清，需要调动读者自己的人生经验来破解了。

以上说的，似可归结为结构巧妙与表现蕴藉，但还不止于此。好的作品往往还有多义性，有人这样看，有人那样看，诸种看法都能成立。莎士比亚戏剧和海明威小说，这方面特别突出。章缘的作品也常有多义性，因她总是贴着生活写，贴着人物写，并不着意于将它们提炼为某种义理。但作品并非越多义越好，作家在创造多义的氛围时还须设一些隐隐的路标，一点没有路标的多义恐怕就是作家自己摸不着头脑的表现了。章缘写小说总是一路埋伏路标的，那是隐微的细节，或叙述中的一点暗示。路标隐于日常生活，当然越隐越好，但如隐到没人能找见，又等同于无了。所以，我以为，隐蔽到"惟最聪明的读者能发现"，就是最好的"度"。不过还有另一种情况：作者虽努力控制笔墨，笔下人物却突破了作者的控制，作者本是同情，写出却近乎讽刺；心本仁慈，读者却看出刻薄。我觉得这不是坏事，突破作者本意造成的多义，会更丰富作品，这是对作者已尽最大努力的补偿，是更高层次的艺术表现，它不同于低层次的"摸不着头脑"。这是生活的丰富性和作者的情感深度超出了理性所可把握的范围，而审美把握仍能对此作完美表现。这也属"下笔如有神"。收入书中的《不伦》和另一篇未收入本书的《插队》，我以为都有这种超出作者自我估量的"多义"。

总之这是一本极精彩的短篇集，希望读者不要当粗食一嚼即过，而要细读细品。"书中自有颜如玉"，细辨之后，相信你会有独到的体验。

2016 年七夕后二日写于沪西香花桥畔

沪上花开·**牵缠**

SHANGHAI

浮 城 纪

一个繁华的老上海，由见证人活生生带到眼前来，
怎不教人怀念向往？

排排队跳跳舞

这世界是同情拙慢愚蠢者的，为他们编写了多少动人的故事。绝大多数的人从未企及那种高度，那种把事情做到最好最美的极致，他们不知道什么是与生俱来的聪慧过人、才华洋溢，他们不懂。

一阵冷风从阳台刮来，一霎时，天暗了。她从书里抬眼，一年到头都是灰阴的上海天空，现在蒙上一层雾，像路边那个盲人灰翳的眼珠。每次去上课时，盲人就坐在公交车站旁福建沙县小吃和台北盐酥鸡的夹缝间，一个纸杯里几个铜板。她总是给他钱。再怎么样，她也是不愁吃穿，不用工作。

她扭开沙发旁的立灯，长长探出的灯管拐个弯，俯照在手里的白纸黑字上。一圈光亮，像一个舞台。在上海，像她这样背景的人，喜欢读书的不多，尤其是读手上这种书。书里正说到黛玉和姊妹们成立了诗社，点香限韵吟白海棠。旁人绞尽脑汁寻觅佳句，只有黛玉不以为意，待到香尽时辰到，她才一挥而就，掷与众人，其中"偷来梨蕊三分白，借得梅花一缕魂"两句,赢来一致赞赏……

她合上书,时间差不多了。她总是掐准了时间去,不早一点,不晚一点。太早了,众人喧哗;晚了,她又真的喜欢跳舞。衣裤是早就换好了,太空鞋、钱包、水壶和交通卡也在包包里,她套上及膝的风衣,带子在腰上一束,穿衣镜里她看起来很神秘,猜不透接下来要去哪里做什么。她不去向人解释,也不随便暴显自己。生活里有很大一部分,她是一个人。跟家人吃饭也好,跟朋友喝咖啡也好,走在闹哄哄的人世,她常常觉得就是一个人。黛玉也这样吧?她的诗句来得快又好,无人能及,除非走得出那个园子,要不只能捺住性子陪大家玩。

车子很快就来了,她落在最后,乘客不分老少都往前头挤。就在她要上车时,一个水桶挡到身前,水桶的主人随之也挤到她前面,她看到水桶里一只大乌龟,或是上海人喜欢吃的甲鱼?上了车,只余乌龟主人旁的空位,她坐下来,水桶就挨着她的鞋。车子开得极猛,连停车都是紧急刹车。水桶会不会倾倒,让跟她脚一样大小所谓长寿的吉祥物伏在她脚上?她可以选择站起来,不坐这个位子,她提醒自己,这并非不能改变的事实,不是黛玉走不出的大观园。但她不会轻易被一只乌龟吓跑,即使它看起来巨大并丑陋,因为,因为她属兔。小兔兔,上学前,妈妈总这样叫她,这曾经是她的小名。小名总跟动物有某种关系。

因为她属兔,她听到的第一个故事就是龟兔赛跑。别像兔子那么骄傲哦,跑到一半就到树下打盹去了,结果还是勤勉努力的乌龟赢了。妈妈这样说。但她不喜欢行动缓慢的乌龟,烈日下一寸一寸挥汗前进。她要像狡兔敏捷腾跳,轻巧一纵,就把众人远远丢在后头。

这世界是同情拙慢愚蠢者的,为他们编写了多少动人的故事。绝大多数的人从未企及那种高度,那种把事情做到最好最美的极致,他们不知道什么是与生俱来的聪慧过人、才华洋溢,他们不懂。她愤愤下车,从那个盲人前快步走过。

还有五分钟,她走进炫舞工作室。柜台小姐投以疑问的眼光,这是第三次来，还是没人知道她。更衣室里有五六个人，年龄跟她相仿，脱卸掉身上的名牌服饰，露出不见天日被胸罩和内裤挤出的一圈圈黄白的肉。女人最见老的部位是腹部，尤其当了妈妈，原本就松弛的肉更明目张胆地囤积脂肪，背部两排肉以脊梁骨为分水岭斜挂，更是年华老去的铁证。她们换衣服穿鞋，嘴里一直絮絮叨叨过去几天发生的大小事情。这一班排舞跳了快两年，彼此都很熟了。这是一群以海归为主的贵太太。

她转进隔壁的洗手间。这里很宽敞，两间厕所都没人，一间冲澡间门开着，洗手台擦拭得很光亮，放了一盆吊兰。吊兰不是兰，是观叶的绿色植物，青叶白脉垂挂着，有的叶尾长出了小吊兰，也像母株一样，只是迷你。在上海，难得有这样没有气味的洗手间。也难怪，这里出出入入的人都很讲究。她呢？她喜欢洁净的洗手间，但是讲究需要余裕。她并不是那种可以把孩子送到美国学校或国际学校的海归家长。老公在这里开了两家泡沫红茶店，第三家正在找地点，一切刚刚开始。第五回合的起点。老公是台南人，他说泡沫红茶是台南开创的，老店就在中正路一个小巷里。只要是台南人就可以卖泡沫红茶、担仔面或米糕，他这样说，这回会做起来吧，血统比别人纯正。别的台商进入餐饮业，开的是高级日本料理店，他们是小吃，而且是扑倒后再站起来的第五个炉灶。这回能像这盆吊兰长出一个个子株来吗？

她把风衣一脱，镜里是苗条如年轻女郎的身段，胸和臀温柔地起伏，腰线十分婀娜。灰色紧身恤衫，黑色紧身裤，一条横走灰线荷边的金色短裙。当别人试图以宽松来遮掩时，她却亭亭匀称如二八年华。把头发束成马尾，她的背影是如假包换的青春。

墙如纸，谈笑声声声入耳。"刚刚那个人是谁啊？"

她停下换鞋的动作。

"哪个人？"

"有个女的，脸臭臭的。"

"是个新同学……"语声在这里却低下去了。

她换好衣鞋，走出去，没有看她们一眼。

舞蹈教室要再上一层，螺旋木梯一级级，她三步并作两步往上。老师已经招手要大家集合了。她走到最后一排的角落站定，这里照不到镜子，是她这种后来者、外来者应该站的地方。排舞，是众人排成矩阵齐跳之舞，它的舞步简单，容易学习。一群人一起跳舞会产生一种群体紧密联系的愉悦感觉，这是排舞跟其他舞蹈最大的不同。难怪这些太太都成了好朋友。

暖身操一做，身体醒过来了，脑里的念头原本如泡沫，沏沏沏，钢杯手摇出的泡沫红茶，沏沏沏，随着压腿弯腰，茶沫慢慢消失不见。从身体深处传来一种呼唤，她开始期待接下来的九十分钟。乐声响起，是前两周教的八个八拍舞步，那乐声启动了她的身体，身体自然随之舞动，前进踢点踏，后退恰恰恰，她半闭着眼，八个八拍行云流水跳完。

老师却说，过了一星期，大家把舞步都忘光了，方向也转得不对。重新来过，跟着老师的示范，第一个八拍如此如此，第二个八拍这般这般。要用心啊，月底的表演赛快到了。

体内流动的真气被阻滞了，刚要热起来的身体，一寸寸变冷。受挫的她睁大眼睛看身边近二十位舞友，她看见，这人转起圈来东倒西歪，那人左右不分拍子不对，而前面这位永远记不得舞步，一再停下，四顾茫然。原来她以为的力与美，竟是眼前的醉步摇晃。有的人快有的人慢，有的人脚步大有的人脚步小，队形变调，她站在了两排之间，镜子里出现了她。

好，休息一下，这位新同学跳得不错。老师对她颔首。镜子里，她看到自己僵着脸，而四周投来许多打量的眼光。你来，跳一遍给大家看。

后来者、外来者、身份不明的新同学，她该紧张吗？会不会当众出丑？该担心这些或那些事？没有，完全没有，她的心一片清平，没有钢杯上下摇动产生的泡沫，就是跳舞，没有别的，这个舞台属于她。

众人向两旁退开，她独自站在教室中央。

大家好像是头一回看见，只见这人亭亭俏立，眼皮低垂，显得静如处子。是的，大家同时想到了下一句，动如脱兔，因为当乐声响起，她开始舞动，举手投足是那样活泼有力，转身利落，步伐灵动，完全不费力的准确。老师教的舞步很简单，但是她却跳得那么复杂，每个动作都被适如其分地强调并优美化，加上自然的律动，金色裙花一个又一个开落，每个动作因此有了许多耐看的细节。她跳的是一支自己的舞蹈，跟所有人的都不一样。或是说，她跳的是一支生来就会的舞蹈，举重若轻、熟稔自如，就像从小到大就会跳的一支舞，里头没有需要勉力去记忆的舞步和舞序，里头没有头脑，只有身体。她是个天生的舞者。

她舞着舞着，没有任何压力或期待，只是欣喜于有一个舞台，有众人难得安静的一分钟，让她专注地做好一件事。现在整面镜墙都属于她了，她跟自己舞动的姿影不断打照面，那旋转起落，那前仆后跃，优美敏捷如草原上奔跑的飞兔，赛跑前赛跑后，依旧只有它见首不见尾地纵跳。她可以做到这样，她竟可以不费力就做到这样。老公的红茶店，之前的甜不辣、牛肉面、卤味和香肠，都跟她是谁无关。她就是她，草原上的飞兔。云端里伸下来一只手，宠爱地摸摸她的头。她的眼睛湿了。

舞毕，掌声热烈。老师要大家多练习，熟能生巧呀! 休息十分钟，多跟这位同学请教请教吧。

她还在她的世界里，在草原上，但整个舞台瞬间瓦解，观众解散如沙，她不再是中心点。没有人来向她请教，她树立的是一个异例，不是常态，每个人都看出，那并不是靠练习就可企及的高度，她们也不需要企及那样的高度。排舞只是运动罢了，每星期九十分钟，朋友一起动动筋骨出出汗，这就是排舞的所有意义。

只有一个人上前，含笑对她说："跳得很好。"

"谢谢。"

"我是这班的班长，Amanda，很欢迎你的加入。"

"谢谢。"除了谢谢，她不知道还能说什么，关于她的一切，刚才舞蹈里都说了。

"你年轻，不像我们，四五十岁，关节都硬了，膝盖也有毛病。"

年龄能解释她刚才的舞蹈吗？"我跟大家一样。"

"是吗？我属兔，你属什么？。"

"你属兔？"她愣了一下，"你属兔……"

有人跑来打断她们的谈话，在班长耳边轻声说着什么。

"哦，对了，我们月底有个表演赛，欢迎你来，"也属兔的班长说，"不过，排舞就是要整齐才好看，刚才你跳的样子，跟我们差太多了，到时候你可能要注意一下。"

是啊，如果鹤往鸡群里一站，会更衬托出每只鸡的短脚。看到她的犹豫，班长说："到时候，别人不夸你跳得好，却说我们跳得差。"

你，我们。这是排舞，是群舞，怎么可以从群体里分出个人，让个人去表现？她点点头，不知是同意对方的说法，还是答应会跳得跟大家一样。黛玉吟白海棠一段，不知读过多少回了，哪会不晓得最后还是沉稳入世的宝钗夺了诗魁。龟兔赛跑的结局不也是？

下课了，大家换好衣鞋，三三两两走出来到马路上，一个个拿出手机呼叫司机。一会儿，一辆辆黑色的奔驰宝马过来了，七人座的休旅车也过来了，太太们说笑着上了车。班长 Amanda 临上车前看到她，不忘问一句，住哪里？怎么回去？

"哦，就住附近。"她说。

目送宝马轻裘的贵妇们离去后，阴了半天的天空，终于飘下蒙蒙细雨，冰线一般。汗湿的衣服贴住肉身，虽然套着风衣，寒意还是一阵阵侵入。她把手探进衣袋里，在衣服里环抱自己。也罢，她从来都是一个人。她往公车站走去，这回，没有忘了给那盲人钱。

最后的华尔兹

　　一开始，她没有察觉到欢喜就是喜欢，甚至是爱，等到明白了，已经太迟。

　　梦忆大舞厅开在上海古北区一个商业大楼九层，全层统包，客人从电梯一出来，迎面就是墙上满贴的国际标准舞竞赛海报。一幅立起来比人高的是世界冠军得主到上海巡回演出海报，洋男洋女摆出了优雅的华尔兹舞姿，穿着燕尾服的男人峻拔挺立，油光的头发一丝不乱，眼里含笑；怀里往后仰倒的女人，金发高盘也是一丝不紊，露肩裸背的桃红云裳舞衣层层累累，头往左后方偏，长翘睫毛蓝眼影，笑得优雅。但是杜丽丽知道这个姿态摆出来要费多少腰力，那像天鹅般斜后探出的修长颈项，需要多少钟头的按摩推拿。

　　她移步到玻璃大门前，一个穿白衬衫系红领结的服务生抢上前开门。一进大厅，她不往舞厅那两扇金框酒红厚绒大门走去，却到吧台旁坐在了高脚椅上，一个大提包搁在吧台上，掏出维珍妮凉烟，一边抽烟一边对着杯橱的镜面捋头发。服务生小李精乖，立即用耳上戴的对讲机通知里头："帮杜小姐留一张台子，舞池边亮相。"

杜丽丽是熟客了，专跳下午场，国标舞专场。梦忆是新开的舞厅，听说老板是台湾人，老板娘舞跳得好而且是个红迷，所以店名里有个梦字；另有一说，老板的二奶叫梦娜，梦自此而来；更有一说，店名是请高人算笔画合了老板八字才拍板定案的。不管此梦从何而来，这里的舞池跟百乐门的不遑多让，装潢则不走老派舞厅金碧辉煌的路子，而是简约优雅，镜墙幽幽反映壁嵌灯火，红沙发黑台面，台上五角水晶瓶里四季鲜花，夏天送来搁了柠檬片的冰水，冬天是龙井绿茶、祁门红茶，晚场有现场演奏和餐点，四周立了大屏幕，不停播放英国黑池国标舞竞赛和表演的带子，吸引了不少舞龄十年二十年的中年老舞客。来得更多的是海归、新贵、日本和台商太太，就近到舞场来消磨时光，请了舞蹈系专科毕业的年轻舞者伴舞，热情拉丁和优雅摩登，双脚踏两船，摇晃来摆荡去。杜丽丽不一样，她一心一意只跳一种舞。

能把一种舞练好，也不简单。国标舞一举手一投足都有讲究，它像剧院里台上一分钟台下十年功的精致唱作，而交谊舞则是野台上粗陋无文的即兴演出。杜丽丽曾经误闯上海那些跳交谊舞的小舞厅，黑压压摩肩接踵，全是中老年人，走起舞步四肢动，头和躯干不动，没什么视觉美感技术含量。如果那些小舞厅是大众浴池，浸泡着芸芸众生，梦忆这种地方就是高级 SPA 了。小柳这样说。

一根烟抽尽，一个颀长的身影终于推门而进，笑着朝她招呼："杜小姐，你来啦!"男人背个包，黑衣黑裤，额头高阔，眼睛狭长，一头黑色鬈发帅气地拢到脑后。

"小柳。"杜丽丽似笑非笑点个头，慢慢从高椅里下来，自己拎了包，带头进了舞厅。

两人一进舞厅，都往场子里打量，看有没有熟人，更要看今天的舞客水平高低。舞场是习技之地，更是炫技、竞技的地方。场子里只有五对，四对是老客人了，有一对没见过，一顿一挫斜步横行跳着探戈，架势十足。

小柳眼神锐利盯着场中人，杜丽丽自顾去更衣室换衣换鞋。今天穿的是一条在南外滩定制的圆裙，长度及小腿，白色、紫色、红色一瓣瓣，转起来姹紫嫣红如繁花盛开，舞鞋是刚从台湾空运来的包头红酒缎两英寸半。圆裙虽美，却显得腰粗，舞鞋倒好，可能也是她的腿还没怎么走样。她在穿衣镜前转个圈，打量，再转个圈，还要再转个圈时，进来一个人——李珊。

"哦，你刚来啊?"李珊身材丰满，一件黑色细带直筒短洋装绷在身上，缀着一条条流苏，紫色裤袜，金色舞鞋三英寸高。

"小柳晚了。"她在包里摸薄荷口香糖。

"又晚了，那你要他上足九十分钟才能走，不需要对他们太客气!"

李珊语气中的轻蔑，让她有点反感。"毕竟是老师，我只看他们教得好不好。"

"小柳还行吧，我那个就有点捣糨糊了，自顾跳自己的，不管我。"

李珊的老师，从舞蹈学校毕业一年多，在舞蹈教室里专教拉丁，几次在场里看他扭腰摆臀臂转莲花，把李珊像甩陀螺般直打转。这些年轻老师曼妙的舞姿，还真是魅惑性感，但他们没有一个会跳摩登。小柳不一样，三十出头，是北京舞蹈学院的全才生，摩登、拉丁一把抓，几次在电视上为嘉宾伴舞。当然学费也不一样。

"小柳，就是太忙，我想再多排一堂课都排不上。"

"是吗?"李珊若有所思，"我本来还想，是不是要换老师。"

"他没空。"话一说出，察觉自己答得太急了，"还是，我帮你问问看?"

"算了，比赛完再说。"李珊已经报名拉丁师生组，三个月后在卢湾区体育馆比赛。

李珊一定不晓得，小柳是评审之一呢! 杜丽丽不无骄傲地想，敷衍几句就赶紧出去了。

她的新舞鞋踩在红地毯上悄无声息，回到他们的台子，面向舞池的小柳却像后脑勺长了眼睛说："看看这对，蛮好。"

是那对新面孔，在跳狐步，流畅轻快腾云驾雾，凌波舞步就是这样吧？小柳说狐步是摩登舞里最难掌握的，鼓励她学，她总不肯。没有人只跳一种舞的，他说。有没有听过"一往情深"这个词？她问。小柳笑，是那种见识到代沟的笑容。

杜丽丽对别人的舞功没那么大兴趣，"刚才遇见李珊，她好像想跟你上课。"注意着小柳脸上表情。

"哦，李珊。"小柳没说什么。这里大家抢学生抢得厉害，换老师也换得凶，但是低头不见抬头见，不好轻举妄动，遇到坏学生，不是那种笨手笨脚拎不清的坏，是那种百般挑剔耍脾气的坏，那可真是哑巴吃黄连。而且，他知道杜丽丽在想什么。他站起微微欠身，手向前潇洒一伸："Shall we dance?"

两人先在场边走了几趟基本步热身，待到华尔兹乐曲一响，小柳即拥着杜丽丽昂首开步舞去，一二三，一二三。杜丽丽提醒自己，一拍要短，下压延伸；二拍要长，企及最高点；三拍松落，再下压……套路已经学完，这几个星期都在打磨抛光。一支舞曲结束，小柳并不稍停，继续跳下一支，右手紧贴她肩胛骨下方，左手与她右手交握，杜丽丽感觉身上热起来，后背开始出汗，盘上去的发丝抖落了几缕在脸上，痒得人心神不宁。"头不要动，功架摆摆好。"小柳像对小学生般。

她吸气拔开上身后仰，小腹贴向小柳，两人如连体婴般，又如一个树干叉出去两根花枝，在舞场里旋转再旋转，一个双峰点地，她缓缓下腰转头，一个婉约略带梦幻的转头……右腿一个跟跄，小柳把她抱住了。

华尔兹过后是桑巴，小柳不管，继续带着她在场里飞舞，其他的摩登舞客也照旧自练自的。舞客鲜少有能同时驾驭摩登和拉丁者。这时，李珊和老师下场了，他们笑容满面在场中央，腹部和膝盖随着音乐律动，咚咚咚咚，扭胯前进，咚咚咚咚，弹腹向前，只见李珊舞衣流穗碎碎不停摇晃，丰乳肥臀和圆滚的腹部弹跳着，咻一声，媚笑着从老师胯下钻过去……"专心！"耳边响起小柳的声音。

专心。她收束心神。年纪大了，学舞本来就慢，脑里有的，身上使不出来，顾此失彼，总是不能教人满意，偏她还不专心。这不专心的毛病，也是由来已久，早就有人对她耳提面命过了。她那时怎么会那么不专心呢？其实不是不专心，是灵魂出了窍，所以，他要说"魂灵桑紧底"，那也是心急冲口而出的老上海话吧？他常说的几句上海话，至今刻在脑里，为什么舞步就虚浮不实，没有刻在身体里？三十年后，再来跟这个上海小青年学舞，再来听他说侬啊，专心！

连着跳了七八趟，杜丽丽没有因为熟稔而跳得更好，反而因体力不济开始频频出错。等到小柳把她送回台子，她已经汗流浃背，气喘吁吁了。小柳啜了一口冰水，笑吟吟看她，"回去练了没有？"

"你，"杜丽丽一杯冰水饮尽，看着小柳往她杯里加水，喘着气说，"我，我累死了。"

"基本功不行，你以前不是有基础的吗？"小柳促狭地说，拿起桌上的纸巾抹汗。

"你也会流汗啊？我以为你是超人呢！"杜丽丽恨恨拿起纸巾往脸上一抹，纸巾上全是脂粉。真是糊涂了，抹汗把脸给抹花了，幸好这里灯暗，可能也看不清。只恨年过半百，不化妆就没"脸"出门。

"你可以开始学新的舞了。"

杜丽丽把蝴蝶卡子取下，把及肩的鬓发重新梳拢盘起，眼睛不看小柳，但她也像额头上长了眼睛，知道小柳眼光一直没移开。

"你可以学得很快的。"

"还是把华尔兹再加强吧。"杜丽丽语气坚决，小柳就不再吭声了。毕竟要学生多学，相当于要学生多上课，多花钱。

小柳起身去外头讲电话，杜丽丽看着舞池。李珊跳完桑巴，略过探戈，现在跳伦巴，在舞池中央扭摆着，身体时时保持着上下互拧的姿态，特别显得胸部高耸，臀部圆翘。其他几对拉丁舞客，男的也是清一色的年轻舞者，举手投足都是一丝不苟的专业水平，身体像蛇般从头到脚一波波起伏蠕动；而女的都是中年妇人，个个脚步虚浮，挺着小腹胡扭乱摆，靠着男舞者的引带借力在场中移动。那一对对一双双，怎么看都像是养着小白脸的妇人，绝望地要留住小白脸的心。杜丽丽嘴角一撇，她是绝不会这样出丑的。

华尔兹已经学了半年，真的该学点别的？其他摩登舞，她过去也跳过，只是没下苦功，但是陪老张出去跳跳舞还是够用的。她喜欢的男人都比她老，快三十岁时嫁了五十开外的老张，十五年后就走了，没有生个一男半女。现在老公比她大了十来岁，是个舞痴，不是痴迷的痴，是白痴的痴。整十年，她不曾跳舞。愿意让她这样花钱花时间珍重学习的，也只有华尔兹了。那时跟老张也算夫唱妇随，但是两人一跳华尔兹就要吵架。弄不明白你对华尔兹就有这么多疙瘩？老张也是随父母流落台湾的上海人。她喜欢听他的上海口音。

有很多事老张是弄不明白的。虽然她是真的爱过他，不像对第二个，只是找个有经济基础的伴罢了。其实，她曾想对老张说的。答应他求婚的时候，在他病床前，她曾经想说。秘密不能分享，但一天不分享，它一天不安分，滋味时时在变化，梦魇般压在胸口。就像她这个人，永远没让人完完全全明白过、爱过，因为她有一个部分盖在秘密的阴影下。老张至死爱的杜丽丽，不是她。

其实也没什么。她二十三岁，这一生，她再也没有比那时更美了，之前，带着青涩，之后，有了沧桑。就在那一年，她像一朵花绽开，骨肉停匀，白皙的脸上永远健康又娇羞的两朵红晕，眉眼如山水盈盈，迷你裙下一双无瑕玉腿。她在台湾南部一家美国航空公司的俱乐部图书馆工作。每一天，她都是满怀期待地醒来，预感生命里有什么重要的事情即将发生，而她将因此脱离父母严厉的看管，飞向自己的世界。那个公司洋人特别多，他们高大有礼来来去去，借阅杂志时，总要跟她开开玩笑。有一天，一个洋人邀她参加周五晚上俱乐部的舞会。俱乐部有时会举办舞会，只有洋人和主管可以携伴参加，像她这种小职员是没份的。她当然去了，穿上最漂亮的洋装，走进平时放映电影的交谊厅。那天，椅子都靠墙放，天花板拉了线安上水晶彩灯，大家嘻嘻哈哈喝着饮料。灯暗，音乐响起，舞池出现了一对对人影，她好奇地看着他们移动，脚步这样那样换来换去。约她一起去的洋人在哪里？洋人没有出现，出现的是一个穿西装头发掺灰的老绅士，微笑着，眼睛里有什么会勾人。小姑娘，怎么不跳舞？不会跳不要紧，我教你。

他让她叫他祈伯伯。后来才知道他是公司的副总裁之一，中英文俱佳，温文儒雅，比其他洋人主管更有一种绅士风度。如果她知道，标准的华尔兹舞是男女贴着腹部跳，年轻的她一定不敢答应。但那时在舞会上，祈伯伯握住她的手，他的手温暖厚实，他的笑容诚恳，而她跃跃欲试。他们跳了整晚，她一直因自己的笨拙在发笑。

"怎么不跳了？小柳呢？"李珊不知何时已在台边落座。

"去打个电话。"她这才察觉小柳已去了一段时间，汗湿的上衣贴在身上久了，都冷起来了。

"你对他真好呀！"李珊话里有话。

杜丽丽哪会不懂，传闻很多女学生把男老师当成伴。她淡淡地说："不用跟小朋友太计较，我是运动健身，不跳足九十分钟是不会走的。"

"我刚才看到他跟一个女的在讲话，八成是在找学生。"李珊唯恐天下不乱，手一指，"喏，就那个。"

是那个伦巴跳得不伦不类的肥婆！杜丽丽正想说什么，小柳回来了。

"小柳老师，听说你是上海区国标舞比赛评审？"李珊的笑容让杜丽丽看了火气更旺，"什么时候给我指导一下？"

"先问问你的老师吧，"小柳不想在杜丽丽面前多说，"我这里还在上课呢。"

李珊吐吐舌头走了。杜丽丽不等小柳邀舞，率先下池去。

小柳的手是凉的，凉而软滑，年轻的皮肤，没有历练过的掌心。他把她往自己身上一带，腹部紧贴，她就像要避开对方的索吻似的，上身往后仰头朝左四十五度。他凉凉的手指轻托她的下巴，调整一下角度，就像开车前调整座位和照后镜。满意于座驾的现状后，小柳便发动引擎了。一步跨前，她依顺向后；一步后退，她紧追向前。跳舞的时候，他是主人。

彩灯旋转，朝四面八方投去彩色光束，有时一道特别亮的光束凑巧照进眼睛，让人有一秒钟什么也看不见。

你要完全相信我，让我带着你。我不是用手来带你，是用腹部，贴着它，感觉它。

从没有跟男人有过肌肤之亲的她，贴着一个男人的腹部。南台湾的夏日焚风，汗湿的薄衫。那块肉温暖坚实又活跳起伏，顶推她向后，又内缩引她向前，她不禁偷偷转头看那块肉的主人。依啊！魂灵桑紧底！主人这样叹道。其实他自己也不专心，不时偷看她一眼，叹口气。她知道，有什么事情不一样了，因为他握住她的手热得发烫。是这般良辰美景，是这般情意绸缪。

那时他们已经跳了好几次舞，瞒着她家人，有时在公司舞会，有时在外头舞厅，他们跳华尔兹，只跳华尔兹，这是他的最爱。他是上海圣约翰大学的高才生，当年多少名媛淑女愿意跟他跳舞，他也的确娶了门当户对的一位。但他说，我最欢喜跟我的小姑娘跳，我晓得她有一天会跳得很出色。欢喜，他总是把喜欢说成欢喜。因为喜欢一样事，就会欢天喜地？一开始，她没有察觉到欢喜就是喜欢，甚至是爱，等到明白了，已经太迟。

最后一次在他家客厅，百叶窗吹进70年代末夏日的晚风，淡淡的蚊香味，昏黄的灯，沙发前的木地板光可鉴人，他放着一张黑胶唱片。那是一个有草坪的洋房，小区的居民大多是公司的洋人主管。跳了一趟之后，他握着她的手没放，告诉她，这是最后一次教她跳舞了，因为他办好退休，就要去美国，太太和女儿早就去了美国，等他一家团圆。去了美国，他说，我要想办法回上海，回去看看。她不知道要说什么，只是望着他，那时她还不知道，还不知道这该死的贴着腹部跳的华尔兹，这上升下降潮水般让人发晕的起落，这手和脚的碰触、眼光和微笑的交换，已经让她无法再回去天真无邪的存在。她不知道，之后多少年，他使劲把她揽到身上彼此相贴的这个记忆，会发酵成销魂胜过性爱的感官经验。

再跳吧，记住我教你的舞步，将来见面，我们还要跳！他拥她入怀，在客厅一遍遍跳，那首歌她记得很清楚。

Somewhere my love there will be songs to sing, although the snow covers the hope of spring.

Somewhere a hill blossoms in green and gold, and there are dreams all that your heart can hold.

Some day we will meet again, my love…

总有一天在某个地方，我们会再相见，吾爱……

小柳一个止步，巧妙避开就要撞上他们的舞客，一派悠闲地继续向前。他拥着她就像捧着一束鲜花，小心呵护，还要展示给所有人看这如花美眷，似水流年。在极难得的时刻，当两人跳得无比契合，她就又变得年轻柔软，她就又灵魂出窍，飘回到三十年前南台湾的夏日，从内里发出满足的叹息。

但不是今天。她觉得自己整个泄了气，腰挺不直，脚步更是错乱。她最讨厌上课的时候有人干扰，她要这九十分钟安静专心，两个人都把心放在舞里。

"累了吗？"小柳停步。

"有点。"

"那再练练基本步就下课？"

他们在舞池一角绕着四方练基本步。你进我退，压步上升下降，我进你退，压步上升下降。当年祈伯伯就是从基本步开始教起。如果他只是找个年轻女孩排遣寂寞，他不需要这么认真。他说，我最欢喜跟我的小姑娘跳舞，她有一天会跳得很出色。他没有跟她要什么，只是握着她的手，把她拦腰拉近跟他相贴，而她觉得已经把童贞给了他。

账单送来，直接送到杜丽丽面前。大家都晓得，像这样男少女长的舞搭子，都是女的埋单。杜丽丽埋了单，又数了几张百元大钞给小柳，小柳把包一背，潇洒一笑："杜小姐，我走了，下回还是老时间?"

"老时间。"杜丽丽微笑目送。她不像有些人，下了课请老师饮茶、吃饭，让老师陪着去推拿，也许还陪着做其他的事。也难怪。当男人以如此潇洒帅气的舞姿，托带着你腾云驾雾时，谁的心里不发颤呢? 没有谁比她更了解个中滋味了。

她缓缓起身，到更衣室去换衣鞋，此时场子里又开始了华尔兹。疲惫的杜丽丽沿着场边往前走，没有回头。最后一支华尔兹跳过，她的舞伴已经离开了。

碰，恰恰

碰，恰恰，碰，恰恰，音乐的鼓音如此分明，打乱了她记忆里惨痛的碰一声响。

四十出头的蓝素贞腿很长，让她看似高了三厘米。拜长腿之赐，她走起路来特别有味道，跨出去的步伐舒坦又帅气。有了这双行走起来像有话要说的长腿，她从台南走到了上海。

这天，她蹬着一辆变速捷安特，悠悠跑在市街上，凉冽的晚风中有桂花的香气，她抓住这丝香气，把周围的尘嚣抛在脑后，这是她在上海把日子过好的秘诀。刚从菜场里出来，脚踏车前篮里装着鼓腾腾一个购物袋，露出一丛油绿的芹菜叶，袋子上头一袋鸡蛋，颤悠悠地随着她的车往前颠行。这附近在修路，坑坑洼洼尘土漫天，行人小车和大车全挤在一块儿。蓝素贞一边在人车间穿梭，一边不时望一眼篮里的鸡蛋。这新鲜的草鸡蛋，她准备一回家就白水煮蛋，剥壳，下锅跟五花肉一起炖，这是邻居教她的正宗上海红烧肉……

一个骑电单车的秃子，斜刺里突然钻到了一辆轿车前，轿车为了闪避，砰一声从后头撞上了蓝素贞。车速不快，但蓝素贞整个人飞了出去，趴在了死硬的柏油路上。你不会知道那柏油路有多硬，直到整个人撞上去。它生着许多小刺，一下子全刺到手腕、手肘、膝盖和身体各处。蓝素贞没有觉得痛，还没有，她惊愕地趴在地上，从地面这个角度，看到刚刚在市场里买的芹菜摔烂，白萝卜断裂，黄糊糊的蛋渍到处都是。有人聚拢来，但没有人靠近她，只听到一个男的说，腿断了。

蓝素贞去看自己的腿，左腿从膝盖以下整个折过去，拧成一种特别不自然的姿势，牛仔裤湿了一大片，这时她才感到椎心的疼痛，盖过所有的感觉，从那疼痛的汪洋里升起一股比疼痛更巨大的恐惧。她安慰自己，不可能的，没事的。围观的人继续看着她，没有一个来扶一把，好像还在思索接下来要做什么。终于有人过来把她的车扶起，靠在路边的邮筒，因为那车阻碍了原本就人车争道的马路，再加上她倒在这里，人车更难通行了。

"帮帮忙吧，"蓝素贞一开口竟然已经声嘶力竭，仿佛她刚才一直在哀号，"谁，好心帮帮忙……"她全身颤抖，既屈辱又恐惧，她趴在这污秽肮脏的地上，以为别人自然会来同情和帮助她，可是四周的人只是在那里窃窃私语，她听不清他们在谈论什么。我不会赖你们任何一个人的，我自己付得起医药费，请帮帮忙叫部救护车吧！蓝素贞想这样跟大家说，但她只是闭上眼睛双唇无声嚅动着。不知道过了多久，也许是三分钟，或是十分钟，蓝素贞睁开眼睛，围观的人少了些，她转头再看一眼那以奇特角度拧过去陌生的一条腿。要保住它，保住它！她突然冷静下来，想到口袋里的手机，掏出手机的手抖得不像自己的，上头黏糊糊不知是血还是蛋。这时，救护车响着警笛来了。

出院后，蓝素贞躺在床上哭了几天。哭得昏天黑地，眼泪流进耳朵里，头发枕头都湿了，她时而无声抽泣，时而放声大号，死命拧着棉被，如果脚能动的话，她会使劲狂蹬，像小婴儿般哭得干噎。她回到了婴儿时期，除了哭，什么都不会做，不想做。但是她只有在许献出门后才开始哭，到了傍晚就渐渐收泪，在床上沉沉睡去。睡醒时八九点，许献已经回家，带回晚餐。

她跟许献的感情本来很好，决定一起来上海发展，从娘家筹措了资本，正读初中的儿子留给公婆照顾。但是几年下来，许献的小吃生意总是惨淡经营，往往收支打平，等于做白工。她是学文的，秀秀气气一个人，不喜欢去店面当炉招呼客人，管账也不行，只能是客串插花，帮不上什么忙。这样几年下来，许献意气消沉，两人感情也不好了。如果她能干一点就好了，这是他最常讲的一句话，人家谁谁谁的老婆，自己都开了好几家店。所以当蓝素贞提出想学舞教舞时，他断定这只会是个赔钱的投资。上海缺舞蹈老师吗？她都几岁了？没想到一年后蓝素贞真的教起了舞蹈，在小区会所里租了木板地两面墙镜的教室，学生都是像她这样的中年妇女，她为大家量身定做的舞蹈运动，竟然颇受欢迎。

现在她腿断了。医生说了，即使以后能走能跑，也绝不能再跳舞了。许献很自责。当初她想以舞蹈为职，他不支持，现在，她竟是连跳舞都不能了。更让他感到自责的是，一位命理大师告诉他，有个亲人替他挡了个大灾厄，接下来有后福，他的生意就要风生水起。

许献没告诉老婆高人说的话，只是反复说着不幸中的大幸啊，腿断了还可以接好，没有别的外伤，没有脑震荡……有脑震荡倒好，蓝素贞想，就不会记得跳舞的事了。

从小，蓝素贞特别高兴或难过的时候，都会自己在院子里跳舞，身体这样伸展那样扭转，手这样伸出去，腿这样缩进来，纵跃时感到拂面的风。那些舞步那么自由，就跟云南杨丽萍的孔雀舞一样，是随兴跳出来，是跟大自然飞鸟鱼兽的亲密对话。台湾那时有个《八千里路云和月》的电视节目，率先到大陆采风，主持人惊讶于杨丽萍竟然常不记得自己的舞步。这有什么奇怪的呢？电视机前的她这样反问。但她没有成为杨丽萍那样的一个专业舞者，一派宗师。她蓝素贞只是个爱跳舞的人，跳着没有章法未被认证的舞，自得其乐。正因为如此，失去舞蹈后，只有她一人了解失去了什么，只有她一人哀悼。别人看她，还是蓝素贞。

失去香味的玫瑰，还是玫瑰吗？

小菁头一回见蓝素贞，觉得这个台湾太太一点架子都没有。后来知道，蓝素贞并不像她表面上那么没架子，她的架子是摆在里头的，那种讲究和区分，不是一眼就看得出，要一段时间后慢慢体会。

一到星期六，下午两点到五点，打扫卫生兼煮晚饭，肉菜都是前一天蓝素贞写好字条，让她第二天到市场去买来。买菜的时间，不算在工时里，但是蓝素贞给的菜钱很宽松，从不查问，小菁就做下来了。

跟其他钟点工比起来，小菁年纪小点，只有三十出头，笑容多点，一笑起来眉毛弯弯，嘴咧开半张脸，看起性格温顺好商量。其实小菁的脾气特别倔。嫁的老公是家里反对的，两个人跑到上海来打工，老公在工地里干活，她当钟点工，一天做两三家，挣的钱比老公多，回家都是老公买菜烧饭。她听说东家找人找了很久，换了几个钟点工都不满意，现在选中了她，不更证明她的能耐？

小菁不知道，蓝素贞看上她的，不是做事利落，是她那腰身那双腿，拿着拖把，腰胯一摆，一脚紧压向地，一脚向旁滑去的模样。小菁拖地走神了，练起了脚功。蓝素贞坐在沙发上看她来去忙碌，手缓缓揉膝。

蓝素贞不喜欢讲话，从不找小菁聊天，不像别的东家，做一两个星期就能把底细摸个大概，哪里人，家里人都干啥的，有什么特别的烦恼或得意事。这一点小菁很不习惯。她的嗓门大，一根肠子通到底，喜欢把自己的事说给别人听。她想，你不说，我说总可以吧？她看蓝素贞腿不方便，一到寒湿天就拖着脚走路，平时也很少出门，肯定心里很闷，所以越发要说给她听，说自己住的大院里的事。院子住的都是江西同乡，上星期天大家休息，吆喝着搓麻将，凑了五桌，她老公手气好得吓人，连赢几圈，八百多块钱呢，抵上半个月工资了。她更说以前和现在不同东家的故事。一个东家也是个台湾太太，第一个孩子是抱来的，前阵子回台湾去做了什么手术，回来在床上躺了很多天。一个上海东家，看不起她是钟点工，不让她用家里的厕所大便，钟点工大便就比别人臭？还有个东家，老公喜欢喝酒，酒醉撒尿撒得厕所到处都是，清醒时却有洁癖。这些故事她讲也讲不完，蓝素贞脸上总是淡淡的，有时她正讲得起劲，蓝素贞就缓缓起身，到别的房间去了。

小菁碗洗好地拖净，把外头晾着的衣衫收进来，三两下叠好，收进五斗柜。她听着蓝素贞没动静，猜想可能又在那个房间里，坐在里头唯一的藤椅上发呆。这个房子是三室两厅，一间卧室，一间是许先生的办公室，还有一间南向的房间里有很大的衣柜，堆着一些纸箱和鞋盒。平日，蓝素贞只让她把房里的地板拖干净。她发现，蓝素贞常在那个房间里。在那没有电视没有桌子没有床的房间里，真想不出能做什么。有一次有人送货来，她敲开了那扇门，蓝素贞坐在房里唯一的藤椅里，看着她，像不认识她。

小菁跟老公说，那个台湾太太肯定是有什么伤心事，你看她活得那么不带劲，听说她老公生意做得红火，开了几家餐饮连锁店，她脸上却总是一副要死不活的表情，我看，她肯定是死了孩子了。

她看过一张全家福，就挂在那个房间墙上。那个孩子看起来就十来岁，跟蓝素贞一模一样的尖下巴。是这个儿子死了吗？她在五斗柜底层发现几件男孩子的衣服，书架上还有一些漫画书。儿子养到这么大，突然死了，难怪她要痛不欲生。

天气暖和了，折磨了蓝素贞整个冬天的脚伤，不再隐隐作痛。独自吃过晚饭，她出来沿着小区外的红砖道慢慢往前走，一旁的报春花枝条铺满嫩黄的小花，空气中一种春天特有的清芳，引她继续向前。经过那家以前常光顾的水果摊时，老板娘叫住她。

"喂，你好了？"福建来的老板娘一边把香蕉挂上铁钩，一边打量她的脚，"可以走了？"

"嗯。"她不想多谈。

"那时候，是我打电话叫救护车的。"

"哦，是你叫的，谢谢，谢谢!"

"今天的香蕉不错哦，要不要?"

"好，我待会儿过来买。"

蓝素贞再次谢过老板娘，继续往前走。她现在走路特别慢，像个老人。她想到初秋时，骑车经过这里，转眼都半年了。车子没修，现在还锁在小区地下室。砰! 她耳畔还有那个声音。那是冰冷钢铁撞上血肉之躯。砰! 仔细聆听，不是金属和肉身的相撞，是汽车保险杠撞上了脚踏车后轮，脚踏车就像受惊的马腾空把她抛出……

人行道上一头血肉模糊残肢断骸的羊。路旁卖涮羊肉片烤羊肉串的店家正忙碌，在店前就地动刀肢解，她避开了那摊血污，转进一条小路。夹道梧桐褐色树干上一块块脱皮后的白斑，像身上长满了癣，又出去的秃枝吐出一点一点的青芽，又像石头上生了苔。长长梧桐路的尽头，是一个小区公园，传来由喇叭播送的舞曲，碰、恰恰、碰、恰恰，音乐的鼓音如此分明，打乱了她记忆里惨痛的砰一声响。她不由得往那里走，看到入门处的石灰空地上，男男女女成双成对跳交谊舞，伦巴、恰恰、华尔兹、布鲁斯、快四步，一首接着一首。

住在附近的老人，平日无事，把跳舞当晚间运动，也有那年轻时候总是流连舞厅的老人，下岗后没有多余的钱去舞厅逍遥，凑合着在这里跳舞，收了不少女学生。蓝素贞看到一个长椅上还有个空位，过去坐下休息。

天色未晚，一对对老人慢悠悠地跳着，他们的身体僵硬，微微动着手，脚像在走路一样，却有一对男女活泼地穿梭全场，动作做得很大很足，舞姿特别引人注目。男的一头银发，腰板挺直，穿着条吊带裤，举手投足一看便是舞场老手，女伴也不遑多让，穿着条红裙子，长发披散，腰臀款摆，很有几分风情，在吉路巴乐声中俏皮转出裙花。蓝素贞以为自己眼花了，但那个笑眯眯尽情欢舞的女郎，竟然是小菁。

"哎哟，哀个乡下人哪能尴辍气！"旁边的阿婆说。

她转头，原来阿婆是在跟一旁的老先生说，说那个乡下佬怎么那么惹人厌。

老先生低声劝："侬勿要响。"

"侬勿觉得伊辍气？侬觉得伊老嗲，是伐啦？"阿婆生气了。

老先生闭嘴不再搭腔，但是阿婆嗓门更大了，像要说给所有的人听，"格外地人尬十三点，私家跑来把牢老师勿肯放。"这不属于他们一分子的外来者霸占老师，阿婆的眼睛像要射出毒箭，死盯着场中舞动的小菁。

江西人，钟点工，三十来岁，众星拱月的老师偏爱这个腰肢灵活的新学生。这些都让这个阿婆难以忍受吧？蓝素贞环顾四周，果然看到了几双带着同样敌意的眼睛，对准了舞场中央这对男女。她再看小菁，发现自己从没好好看过这个天天在眼前转的人。她知道伊身手利落，但不知她有这么好的律动舞感；她知道伊两腿有力，但不知它们能熟稔踩出舞步；她知道伊爱笑，但不知道伊笑起来这么有自信有魅力。伊的舞感跟她一样是天生的，只是她修长优美，伊娇小强健。她经过辛苦的学习，增加了许多律动的技巧，而伊是一块璞玉，凭着感觉在跳。

银发老先生带着小菁一支跳过一支，无视于周边怒目以视的老学生们。这些人，这些酷好看戏无情排外的人！蓝素贞冷笑一声。可就在这一笑的瞬间，她突然感到一种强烈的渴望，对跳舞的渴望。车祸后，她就不允许自己再动跳舞的念头，能丢了拐杖走路，就要谢天谢地了。但她忍不住问上苍，为什么要夺去她跳舞的能力？好像才不久以前，她还因为跳舞的美好，感觉到神从云端伸手摸她的头。现在，她不是下凡当普通人，是打入地狱当畸零人了。她看小菁的舞姿，看得出神，直到夜幕低垂，模糊中看到小菁谢过老先生，走到一旁去取电动车。

小菁在客厅熨衣服，蒸汽熨斗压到长裤上，呲呲冒着热气。她一边熨衣服，一边说着昨天早上一双半新不旧的球鞋，洗干净了晾在窗台上，回家时就不见了，他们那院子啊，一天到晚丢东西……蓝素贞连头都没抬，在看她那本红书，上下两大册，一会儿翻到前面，一会儿读后面。小菁识字不多，这样两大册书，要看到什么猴年马月？

"如果黛玉不能吟诗，她还是林黛玉吗？"

"啊？"

"小菁，"蓝素贞突然抬头看她，"你下了班都做什么？也打麻将？"

"我不打麻将。"小菁很兴奋，蓝素贞主动找她聊天了，"回家天就晚了，肚子饿了要吃饭，吃了饭看看电视就睡觉了。"

"你喜欢做什么？我是说，嗜好。"

"我？"小菁熨斗往长裤上一放，思索着，良久，蓝素贞想那裤子是不是要烫坏了，她才突然拿起，搁到旁边架子上。"我这个人也没什么嗜好，就，没，没什么啦。"

小菁拖地，一路拖进了那个房间。三两下拖干净，本想掩上房门，犹豫了一下，还是轻手轻脚打开了那个巨大的衣柜。衣柜一开，小菁傻眼了。满橱满柜，全是舞衣。紧身的上衣、长裤，各种面料、花色、或长或短的舞裙和小礼服，镶亮片、穿珠子、缀蕾丝、荷叶边、蝴蝶结应有尽有。这里简直是个舞衣专卖店！小菁眼珠子都要掉下来了。瞒着老公下了工去跳舞，也跳了好一阵子，最好的行头不过是路边摊淘来的一条红舞裙。那边年纪比她大的阿婆们，天气一暖，也换上裙子，怕不都有五六条？不穿裙子，穿像这种宽脚裤也时髦好看，她轻抚着一条发亮的黑色真丝喇叭裤。小菁发现，这个东家最让人羡慕的财富，都在这里了。她小菁，不要这个三房两厅的房子，不要那个四十二英寸液晶电视，不要席梦思大床、真皮沙发，她小菁就想要有这么一个衣橱，可以打扮成各种模样，每一种在舞场上都是众人眼光的焦点。

蓝素贞总是站在围观的人群后，从缝隙里窥望小菁跳舞，等到天完全黑下来才找位子坐，那时场中的小菁已经看不到她，而她还能追随小菁舞动的姿影。她不需要看清楚每个举手投足，这些简单的舞步她一看就都记得了，她只是要看小菁跳起舞来生气盎然如花绽放的模样，宛如被身体律动带到一个更美好的世界。跳舞时的小菁不是打扫卫生洗衣烧饭的小菁，她飞起来了，带着蓝素贞一道。

小菁跟老先生说了再见，笑嘻嘻走向停车处，蓝素贞也站起来，慢慢朝大门走去。

"小姐?"

她回头，竟是那个银发老先生。

"要不要跳支舞?"

蓝素贞一愣："我，我不能跳。"

"不要紧，我教你，很容易的。"老先生笑得和蔼，"看你每天都来，肯定是有兴趣。"

"谢谢，"蓝素贞转开头说，"我不能跳。"不能跳，不是不会跳，懂吗?

"咦，做啥?"老先生怫然不悦。

蓝素贞对这先礼后兵有点错愕，却见老先生往停车处那儿赶去，小菁跟两个妇人吵起来了，正嚷着，突然就被推倒在地。老先生赶到，两个妇人回头就走。蓝素贞看着小菁被扶起，悻悻拍打着衣裙。蓝素贞心跳得很快，不知是为了老先生的邀舞，还是小菁的被骂。

连着几天，小菁都没去跳舞。只要一走近小公园，蓝素贞就能感受到那个舞场里有个空缺，那里的磁场减弱了许多，天堂已经消失了。来上工的小菁，无精打采，一句废话也没有。

到了第七天，小菁默默在熨衣服，低头看书的蓝素贞突然说："不跳舞的小菁，还是小菁吗?"

"啊?"

"没什么，我有包旧衣服，你带回去你们院子，谁要就给谁。"

蓝素贞从房间里拿出一只袋子，小菁懒洋洋接过来，一打开，眼睛突然放光。

那天傍晚，小菁走后，蓝素贞饭也不吃，匆匆换好衣服出门。沿着小区外的红砖道往前走，嫩黄的报春花谢了，现在粉紫的杜鹃开得正艳，看惯她来去的水果摊老板娘不再叫住她，羊肉店前围着脏围裙戴小白帽的新疆师傅在抽烟，梧桐树的青点变成绿叶，她离小公园越来越近，乐声隐约可闻。这段路好像变短了，或是她的脚力有了长进？不论如何，她知道小菁会在那里欢乐起舞，穿着她美丽的黑色红条大圆裙，粉红洒金点百褶绉纱裙，或是天蓝色荷叶边短裙。

蓝素贞走在梧桐道上，跨出去的步伐舒坦自在，黑色真丝的喇叭裤随之轻曳。那也是一种舞蹈，真的。

双 人 探 戈

相较于她所钟爱的华尔兹，探戈充满了拉扯抗衡，男女相互叫板。

老范的日脚，本不会跟台湾太太有搭界的。

井水不犯河水，彼此人生的轨迹相差十万八千里，不仅是上海和台湾的空间距离，还有七十来岁及五十来岁的年轮代沟，更甭提一个是水里来火里去阅人无数的老克拉，一个是平凡守分温室里生长的家庭主妇。这两个来自不同星球的人，却莫名其妙被一条银河给牵上了线。

说得好像有点暧昧。谁说一个男的遇上一个女的，就一定会有暧昧？但它还一定就暧昧，因为老范最善于营造一种浪漫的气氛，最知道怎么说怎么笑，眼神怎么勾转，能让面前的女士心旌荡漾，不管是芳龄二十的小姑娘，还是跟自己一样白发多过黑发的阿婆。但是那暧昧也不一定是你想的那种。

老范就住在上海水城路一带某个所谓的"文明小区"。那一带已陆续被日本人、台湾人入侵蚕食，一个个新建的高档小区配有会所绿地和大门警卫，一间间日本居酒屋克拉部、台菜店及台湾小吃。走在水城路，他仿佛到了异乡。唯一让他心安的是他住的小区，多少年来维持着同一个面貌，白色的外墙风吹日晒成粪土污黄，大门外的小块绿地上堆满杂物，盆盆罐罐种了些蒜苗香草，外头停了一排脚踏车，少数人家门口停着小轿车，公共楼梯间灯泡不亮，玻璃窗破了几块，连长竿伸出去晾晒的衣服，也显得面料粗糙，特别寒碜。但是这里安静。真的，老范每次走进自己的小区，都讶异于这里跟外头的差别。外头，就在一条街之外，是那么车水马龙市嚣不断，一走进这里，怎么时光倒退了二十年，什么都缓下来，安静下来，不慌不忙。就连这路边的墙草，随风摇曳都带着韵致。二十年前初搬来时，这里是被人羡慕的时髦小区，老友们都还挤在拥塞污暗的石库门，他就搬到了这里。他总是那个最快接受新事物，拥抱新变化的人。老友都说，小范啊小范，侬来塞，花头经老透啊！

再怎么物质贫乏的年代，他也能穿得整整齐齐，跟别人一式一样里，从领口袖口这儿那儿一点一滴翻出讲究来，只给内行人看。多少个政治运动，他都避开了大浪头，从没真的伤筋挫骨，就像这路边的草，劲风来了弯弯腰，风过了又腰杆笔直。到现在，要过七十四岁生日了，他的腰杆还是挺直的，一头银发，常年穿条吊带西裤，烫得笔挺的衬衫，擦得锃亮的皮鞋，抬头挺胸走在马路上，他老范还是很有看头的。

说有钱，他没什么钱。除了这套旧的一室一厅，跟他年纪相当的老家具和即将报废的家电，醒目摆在橱架上的古董唱片、留声机和老相机，不是收藏品，是他青春岁月的纪念物（没人知道这些东西怎么没有在几次运动里给搜刮一空），此外身无长物。但是那些老东西都是有来历的，就跟他给人的感觉一样。如果你有机会到他小屋里坐坐，可以听到很多故事。他不谈工作和出身背景，只爱吹什么时候在哪里看过的一场热闹、跳过的一支舞、吃过的一顿大菜。这热闹、这舞蹈、这美食，当年人人爱听，刚从翻天覆地的运动里熬过来，什么主义啊党啊建设与破坏都腻了，只想把眼前的小日子过好，一个繁华的老上海，由见证人活生生带到眼前来，怎不教人怀念向往。经过数十年清汤白水的日子，新的繁华来了，来势汹汹，沛然莫之能御。有了新的繁华，老克拉的故事就真的翻页进入历史了。但是老范还腰杆笔直（归功于多年的舞功和私人的讲究），还未进入历史，老听众跑了，他还能"花"来一些新听众，最多的就是跟他学舞的女士们。女士爱听故事，不管是穷是富。他现在讲故事总带点怀旧的伤感，还有一丝嘲讽，以潇洒的手势，多情带笑的眼睛（年轻时一双桃花眼，现在一笑就布满鱼尾纹）娓娓道来，跟他煮的黑咖啡一样，很香，很苦。

靠着一点退休工资，老范还是过得有滋有味。邻居们每天看他穿着整齐，走进走出，小屋里也不乏访客，女客居多。同龄的人早就背驼气衰，冬天在屋子里孵着，汤婆子窝在怀里打瞌虫，夏天敞开门窗，一件汗衫一把蒲扇赶蚊子，只有老克拉活得像个人，像个男人。他们总结一句，老范啊老范，路道粗，花头多来兮。

老范的一世英名，却差一点毁在这个姓杜的台湾太太手里。

就跟着老范称她小杜吧。小杜住在附近的涉外高档小区，这天下午，她到台菜一条街吃饭洗头，然后到便利商店买咖啡奶精。买好后，沿着马路漫无目的往前逛去，便到了刚整修得焕然一新的文化中心，外头挂一长条红幅写着奇石展。小杜对石头没感觉，除非它们能发光。长日无事，她还是走进去。

一进展览会场，小杜就后悔了，只有她一个参观者，讲解员一路跟随。奇石都很大，样子千奇百怪，颜色也多变，依据造型冠上名称，太极、骏马奔腾、蓬莱仙岛，还有座八仙过海，简直无奇不有，也不知是否真的天然。小杜想到还是云英未嫁时去兰屿玩，导游指着海边一个有洞的巨石说叫玉女岩，当时她百思不解。每个奇石前的名牌上都有标价，动辄五六位数。讲解员看她的举止打扮，跟前跟后特别热络，说奇石可以镇邪，摆在家中增添气派。要把这么个几吨重的石头放在客厅，那客厅也不能是一般的客厅。

走了一圈，看小杜只是微笑点头，并未对任何一块石头表示兴趣，讲解员指着一个镶在金属座上巴掌大的石头，仿佛是两个相拥的人形，要不您买个小一点的，摆在茶几上也好看。她一看，牌子上写着"双人探戈"。为什么是探戈不是华尔兹？她仔细端详。因为石头刚硬吗？相较于她所钟爱的华尔兹，探戈充满了拉扯抗衡，男女相互叫板。售价……

没来得及问售价，讲解员已笑容满面向外迎去，门口走进一位满头银发的老先生。肯定是什么大买主咯？小杜不由得特别留意，没想到来者眼睛瞟到她，竟然在她身上略停，而且微笑着对她微微颔首，一派绅士风范，然后才跟讲解员用上海话说了几句。小杜听不清他们说什么，但是老先生几句话，说得讲解员眉开眼笑。老先生说完本来要走，却改变主意往她这里走来。小杜这才发现，自己一直盯着对方，是她大胆好奇的眼光把对方引过来了。

"侬好，阿拉勒啥地方碰着过？"老范彬彬有礼开口了。

"我想没有，没见过。"小杜说。她刚卷过的鬈发在脸庞两侧恰到好处修饰着脸部线条。

"是吗，怎么这么面熟？这么好看的笑容，我肯定在哪里见过。"老范说。这是他最常用来称赞女士的话，不是称赞对方的头发五官肢体，是笑，是神情。再怎么皮肉老皱的女人，也相信自己笑起来好看。

我在笑吗？小杜暗惊，对一个陌生的上海老头？其实，公平一点讲，这个人虽然满头银发，跟老头是不搭界的。他脸色红润，腰杆挺直，而且还双眼放电。要说老头，是家里那个吧？

小杜反正没事，有个像老范这样的地头蛇领路，她就把三层楼的文化中心给走了一趟，跟着老范向里头的主任、办事员阿姨等打招呼。她发现，老范的人缘不是普通的好，那些阿姨从领导到小职员，看到他也像那个解说员般眉开眼笑。老范总是拿自己开玩笑，赞美着对方，虽然那些赞美称不上贴切，更不含蓄，对方总是嗔笑地照单全收。

此人是谁？新学生？也有人问起小杜。老范总是忙不迭地摇手，这位是新认识的朋友，人家是台湾人。

"台湾人哪能啦? 侬吃伊勿落?"办活动的小姐，跟老范没大没小地笑闹，一张五角脸，高高的颧骨，戴一副双色方框眼镜，看起来精明。她转向小杜用普通话说，"范老师在我们这里是最有名的老师，你要跟他学跳舞，不要太好哦!"文化中心里有交谊舞厅，下午场两点到四点，老范常带着女学生来跳舞。新装潢好的舞厅，仿外头夜总会的腔调，装了吧台 (主要提供热茶水)、沙发，柚木地板的舞池被挤得只余一小块，天花板上一个巨大如钟的银色转灯，照着底下的舞客仿佛梦游。

小杜看向老范，老范也看向小杜，两人同时转着一个念头: 有没有可能?

老范讨女士欢心，已经成为一种反射动作了。从十几岁的小伙子，历练到今天，他早已成精。在他的圈子里，还没有哪个女士他摆不平拿不下。就像鲜花和蜜蜂的关系，老范深信，这些盛开知名或不知名，玫瑰般娇艳或菊花般淡雅，甚至是野花般不起眼的女人，只要是花，它就等待着蜜蜂。他老范作为一只从不怠工的蜜蜂，出入过多少女人的心房，虽然没有一个长留身旁，因为他不是死认一朵花的蜂，但他曾吸取过多少醉人的花蜜啊，午夜梦回，为了自己做出的浪漫事薄幸名，既伤感又满足。

但是这回这朵花，可不是他轻车熟路就能俘获芳心的。这是生在台湾的花，一位台湾的贵太太。真的吃伊勿落? 老范的斗志被燃起了。老话一句，天下的花都待蜜蜂来采，这位也不会例外。

小杜被老范的眼睛，看得掉转了头，脸微红。这个老男人。她发现自己也像那些上海阿姨一样，啐骂着，又高兴着。

但是小杜没有接受老范的邀请，进舞厅去跳上一曲。交谊舞可以不贴着身，手总要给人握着吧，另一只手也能借机在后背上做功夫。再说了，今天的鞋子不对，而且，那个舞厅有点怪。

老范天天下午到文化中心报到，每跳几支舞，都要去外头绕绕。那个台湾太太却消失了。他对小李和小陈两个学生，还是殷勤有礼，但是他自己却感觉不到花的香、蜜的甜了。这天跳完舞，小李提议去隔街的港式饮茶喝下午茶，那里是他们以前常去的地方，两碟点心，一壶龙井，可以坐上半天。他托言有事要先走。小陈在旁说，不如明天去喝咖啡，有家台湾人开的咖啡馆，情调蛮好，还有一种红豆松饼，味道不要太好哦。他也摇头。他像个绅士般欠身，说还是改天请两位到我那里坐坐吧。小李、小陈微笑，再约吧。她们都喜欢去老范那里，想着要怎么摆脱另一个，得到老范所有的关注。

老范走在马路上，有点百无聊赖。突然一阵香风吹来，飘来一句软甜的台湾普通话："范老师，你好。"怎么有人到了这年纪，讲话还这么嗲声嗲气？老范摆出严肃带着一丝悲伤的面孔，对着眼前的这张笑脸。

"不记得我了？"小杜笑。

"怎么会不记得？"老范说，"小杜，你这几天都到哪儿去了？"

"哎呀，我这几天倒霉了，全球股市大跌……"小杜住了口，没必要跟他说这些吧？虽然觉得这个人挺有趣。

"你也炒股？"老范说，"我晓得几只牛股，可以给你做参考。"老范不炒股，但要吹出一套股经却是轻而易举。

两人边走边聊，不知不觉走到了老范的小区前。"我就住这儿，要不要上来坐坐，我有很多上海的老照片。"

"你一个人？"

"吾和一只猫同居。"

"今天不行。"小杜说，"我还有事。"

老范再加把劲儿，表达自己的关心："炒股要当心，一套牢，菜钱都没了。"

"没事的，我先生拿了五百万给我玩玩……"小杜话一出口，便觉失言。这句话她常跟朋友们讲，大家都被股市套牢，笑闹惯了。

老范脸上还笑，但眼睛里闪过一丝绝望，他不再殷殷望着小杜，好像要用眼光把她圈住，而是很快地挥手道声再会，转身进小区了。他移动起来像只猫，悄然无声。

小杜五百万的玩笑话，把老范吓醒了。乖乖隆地咚，他老范是吃饱了撑着，去招惹一个这样的贵太太。恐怕连请她吃饭的钱都拿不出来。他想到十几年前见识过的一个台湾太太。

十几年前，那时上海跟现在可不一样，百废待举，他正忙着重拾舞艺。有一回老同事们在上海最有名的海鲜楼吃饭，反正是单位开销，大家放开肚皮吃，尤其是大闸蟹。大闸蟹人人爱吃，那时价钱还没涨到现在这样。总之，上海的一些好东西，大闸蟹也好，房子也罢，都被台湾香港人炒得比天高。十几年前，一人两只大闸蟹，就吃得齿颊留香心满意足，可以跟别人夸耀了。突见两个侍者伺候着一个贵太太走来，贵太太一坐下开口就要了六公六母一打大闸蟹。大家你看我，我看你，不知道她葫芦里卖的是什么药。一刻钟后，大蒸笼来了两个，侍者开笼，里头伏着一公一母两只橙红红的大闸蟹，贵太太伸手拿来，螯脚一一折断放在一旁，两手一掰剥开蟹背，低头一门心思舔吮膏黄。两笼吃毕又来两笼。如此这般，六笼十二只大闸蟹膏尽黄干，肉都啖光，蟹脚打包带走。贵夫人走后，大家趁着几分酒意，唤来侍者，侍者说此人每到此节，就从台湾飞来吃大闸蟹，一吃就十只一打，蟹脚不及吃，带回当点心，真是个蟹痴。

当时大家都摇头冷笑，台湾人就是巴，大闸蟹要细细品尝，狼吞虎咽无异于焚琴煮鹤。他太了解这种嗤笑了。在那个大多数人都捉襟见肘，靠着单位才能出去打牙祭的年代，这种不为摆谱只为自己喜欢的豪奢吃法，对大家造成多大的震撼、多大的威胁。这成了老范常讲的故事之一。他老范也向往这种豪奢。如果可能，他也要尽情享用所有对他有情而他也有意的女人。一般人只吃一两只，有的人可以一口气吃一打。

可是现在，他想到这个狂啖大闸蟹的台湾女人，却觉得说不出的郁闷了。回到小屋，每天下午必有的点心咖啡，也无心调弄。白底黑纹的咪咪，卧在窗台边，冷冷看着他发愁。咪咪，来，咪咪？连猫都不理他。他是个没人要的孤老头啊！老范把头抵在靠窗的小圆桌上，往日的豪情锐气都消散了。七十四了，还能花多久？他自怨自艾。

小杜的样子清晰万分地浮现眼前：双排扣复古式米色风衣多么合宜，说话时鬓发在脸边轻晃多少风情，她的眼睛因怀疑而生动，表情因冷淡而有魅力，小腿匀称修长，穿着那双美丽的短皮靴，显得脚步轻盈。他要让这样的一个女人为他动心。

约她出去？去哪里？老范不愧是老克拉，知道西餐这种噱头，对台湾太太不起作用，人家搞不好天天吃西餐。泡高级咖啡馆？他懂行情，一小杯咖啡就要五十元，还不能单请咖啡。上舞厅，那也要高档如百乐门吧？那里哪能随便进去，一不小心就被扒一层皮。送礼物？那些手机链条、真丝巾、小荷包之类的，送送小李、小陈还行，拿来送她，不让人笑他小儿科？想来想去，还是请到自己的小屋来。他的小屋有情调，又实惠，进可攻退可守。

老范在那里伤透脑筋，却不知小杜的心思。其实小杜先后嫁的两个男人，年纪都比她大得多，她比别的熟女更看得出老范是个宝。经过岁月洗涤渲染的成色，辛辣成熟却又脆弱天真，随时准备拜倒在石榴裙下，奉上一颗热腾腾的心，却又发乎情止乎礼，自嘲自谑总能化解尴尬。这样的男伴，还真的可遇不可求。

小杜没有多给老范一个微笑、一个眼风是有原因的。倒不是顾忌老公。老公除了生意，什么都做不了了。有时她觉得，老公只是带着她出门充充门面，就像让她陪着躺在床上做做样子。她考虑的是，这是个上海男人。她不知道这个上海老男人，会不会有什么目的？除了她这个人以外的目的。

老范小杜的第三回合交锋，发生在书报摊前。老范不买报，每天早上到街口的书报摊翻翻《东方晨报》，傍晚再翻翻《新民晚报》，上海大小新闻翻不出他的手掌心，这全靠跟卖报阿姨的交情。这天傍晚，老范正翻着报，听到了那软软甜甜的台湾普通话："《新周刊》有吗？"

可不是她吗？老范喜出望外。小杜也看到他了："这么巧！"

"我就想着，也没有你电话，天涯海角去哪里寻人？"他语气夸张地说。

"范老师找我？"小杜忍着笑。

"对，我要过生日了，请你来吃蛋糕。"

"我……"看着眼前这张笑脸，小杜一时不知如何拒绝。这个人到底想做什么？总不会真要追求她吧？她的结婚钻戒好端端亮闪闪戴在指头上。手机叮当响一声，教她跳舞的老师发来短信，说要暂停上课，因为最近有参赛的同学需要加紧练习。小杜心一沉。

"小杜，怎么样，能赏光吗？"

"好吧，在哪里？"

"我住的小区你晓得的，三楼一室，星期五下午三点，一定要来。"老范说完就走，怕她改变心意。

一周里的时光，老范最喜欢星期五，那是周末的开始，街上气氛特别热络，人心特别自由。这是为什么他约小杜星期五来。他把小屋收掇整洁，厕所里换上雪白的新手巾，窗边圆桌铺上那条手织的白桌布，端出最宝贝的两组咖啡杯，银汤匙擦得雪亮。他穿上了最好的衬衫长裤，系上一条花领巾，选了一张摩登舞曲，先就在屋里转起圈来。咖啡壶在炉上咕噜噜响，咪咪冷冷看着主人发痴。

时间到了，小杜没有来。老范在窗边望眼欲穿。不会被放鸽子了吧？台湾女人，他毕竟是吃不准。

三点一刻，小杜出现了。

小杜一进小区，就浑身不自在。她没来过这种地方。危险吗？可能。还继续吗？为什么不？这几天她心情恶劣。过去大半年来，每周都让老师陪着练华尔兹，没想到老师突然抛弃她了。是她自己坚持不肯参赛，老师为了赚学费拉抬知名度，替参赛学生护阵也是无可厚非。但小杜就是挥不去那种被弃的感觉。是她投入太多了？还是他太无情？

她自然倒向了另一个张开双臂的有情人。她是不是太大胆了？根本不知男人的底细。（怕什么，难道这个老男人还能勉强她?）不过是萍水相逢，她没准备出墙，也不会跟这种人出墙。（好就好在萍水相逢，都五十几了，还在等什么?）

老范在窗边看见小杜走过来，心开始急跳。（是两年前装的心律调整计故障了?）这可是他老范证明自己男性魅力的终极考验。如果这个女人走出他的小屋，还是原来的那个女人，他就要认分服老了。

小杜一进门，老范心就定了，因为她笑的样子看起来不一样了，带点娇羞，肢体动作也变得比较妩媚自觉，这细微的变化只有像他这种老姜才能辨识。精神一振，老范恢复了原有的潇洒风度，让小杜在圆桌前落座，端出蛋糕，倒了咖啡。

小杜拿出礼物，是一个巴掌大的石头："这尊石头叫双人探戈，像不像?"

老范接过来。这是那个奇石展里的东西吗?她肯定被宰了。这个世道，石头都成了宝贝。他双手捧着，点头："灵啊，老灵啊，谢谢侬哦，看来小杜也喜欢跳舞。"

老范说着文化中心跳舞的事，开自己玩笑，然后说了些沧海桑田的往事。他估量过，老上海的繁华不如老上海的沧桑让台湾太太感兴趣。然而，陈年往事在这斗室里听来遥不可及，小杜啜着咖啡，打量这狭小的客厅。这人也真能吹，她还以为这里会是陋巷华屋，别有洞天，但她看到的只是一个老房子，一些旧东西。咖啡有点煮过头了，蛋糕裹着厚厚一层奶油。今天不该来的。原先在这人的殷勤中得到满足，现在只觉多余。为了礼貌，她努力表现出兴趣，在适当的时候蹙眉或微笑，并寻觅告辞的良机。

终于老范不说话了。他往椅背上靠，笑吟吟看着她。那是双会勾人的眼睛，她避开那眼光。小杜现在很确定自己的方向。

此时，探戈舞曲响起，一扫斗室的恹恹之气，那分明的鼓点，好像在催促着什么。老范起身邀舞，她略一犹豫便伸出手。空间很小，他们在这小空间里做小的蟹行猫步，做小的回旋，停顿，摆头，后仰。老范很会带领，暗示动作明显，即使她久不跳，也能跟随。小杜逐渐放松了，开始感觉到那种来自老男人的安全感，沾在男人身上的咖啡余香，混着古龙水的味道，老旧的橱柜，墙上泛黄的照片，褪色的沙发布罩，沙发上好整以暇舔着脚掌的猫，整个氛围让人像要跌进迢迢的过去。

舞入了第二曲，是她知道的老歌——《白光的秋夜》。沙哑的歌声，非常老派。我爱夜，我爱夜，更爱那皓月高挂的秋夜（她停顿，她转头），几株不知名的树，已落下了黄叶（她看到秋风紧吹，梧桐凋零），只有那两三片，那么可怜在枝上抖怯（以为要往那里去，谁知转向这边来，所有思量都不见），它们等着秋来到，要与世间离别（两片，两片黄叶紧紧巴住枝干不愿落下，不愿落下啊！）她巴紧老范，老范巴紧她，他们要叫停时光……一曲舞毕，老范让她朝后仰倒。她朝后看，朝后看，整个世界颠倒了，停顿了。老范将她抱起，吻住她的唇。

这吻来得意外，却也没那么意外。那是个很绅士的吻，轻轻压在她唇上。老范抱住她的腰，她感到力气被慢慢抽掉，身体有点软。第二个吻就来真的了，老范有着异常灵活的唇与舌，汩汩汲取如蜂直探花心。

长长的热吻后，老范没有下一步动作，让她头靠着自己的肩依偎着。小杜乖顺地伏在他肩头，软绵绵像喝醉酒，等到清醒时四周悄然，唱片已经转完。老范不说她也知道，这个老鬼，早就不举了，却又偏来招惹她。小杜抬起头来，眼眶里充满泪水。

这要命的双人探戈。

巫 之 舞

出于一种舞者的默契，没有人会在舞会开始前踏上舞池一步，那将是一种亵渎。 这是被无数舞者以汗水为酒、洒地祭告舞神的祭坛。

场地的设置是这样的: 长方形舞池的北面，原本播放英国黑池国标舞大赛的大屏幕搬走了，摆了三张台子，各四个沙发座，为贵宾席。居中最靠近舞池的地方单摆一张台子，两张红丝绒高背沙发，是许总和夫人的座席，现在只有许总一个人坐在那里，无聊地啜着波尔多红酒。那个空缺很醒目，因为舞场其他地方都挤满了人。

戴圣诞老人红帽的侍者在席间穿梭，帽上的白线球一抖一抖，墙上镜前到处挂着冬青松果一品红编成的环圈、大红绒布蝴蝶结，银色丝带环绕如蛋糕上的奶油。这是上海梦忆大舞厅开业以来，头一回举办圣诞舞会及国标舞竞赛。说是竞赛，其实表演性质居多，主要是拉抬人气，让舞场热闹滚滚，赛后还有圣诞舞会，保证气氛 high 到爆。

舞池的东面座席，保留给参赛的八对舞者，现在他们正在休息室里做准备，裸胸露背的单薄舞衣，脸上化浓妆，摩登舞的女士高梳发髻，拉丁舞的裸腿涂着棕色亮油。其他座席开放给买票进场的观众和舞客，票价是平日的数倍，但座无虚席，参赛者的亲友老师和学生都来捧场了。

数盏千瓦水晶灯照得榉木地板油光水亮如一池汪洋，那汪洋在许总眼皮底下逐渐扩大变形，平地里掀起恶浪，一波波涟漪荡漾，让视力不佳的他更加昏花。他很确定那是一池恶水，有太多险滩和旋涡。眼皮跳了一天，左眼跳吉，右眼跳凶，还是反过来？

中间的贵宾席坐的是许总的三位好兄弟，从台湾到上海来打天下，不打不相识的生意伙伴。平日高尔夫球、卡拉OK，或是其他更为声色刺激的场所，他们常互相约唤一同作乐。许总把酒杯一放，往后招手："来啦，坐头前啦！"

朱董拿着酒杯笑眯眯过来了，他南台湾的家族药材生意靠着西进大陆起死回生，"大嫂呢？"

"她坐那儿。"许总嘴朝西面靠舞池边的一个台子一努，两个丽装女士坐在那儿。

"两个都是哦！艳福不浅。"邱董和张总也来了，他们跟许总都靠餐饮业起家，之后事业扩展到营养食品、饮用水和运动饮料。

"黑白讲啥？你们呢，老婆都没来？"许总明知故问。

"来做什么，等一下我们还有正事咧！"四个人心照不宣笑了。

大家对跳舞都没兴趣。在台湾做生意，养成了好酒量，酒店当自家厨房走，舞厅倒从未涉足。不像上海这里，有点年纪的人，都能有模有样踩个几步。他们只是到卡拉OK吼吼唱唱，老婆总以为跟她们唱卡拉OK一样，却不知里头的美眉个个低胸迷你裙，媚笑殷勤。

他们四人在大陆闯了几年，难得在太座面前的形象仍然良好，烟酒嫖赌不沾，人称四君子。

朱董因为肺气肿，太座勒令戒烟，看邱、许、张三人不抽，放心让他们相偕游乐。戒烟的人最怕人敬烟，那比柳下惠临怀不乱更难。朱太太有所不知，这邱董在家绝对不碰烟，一到外头却烟不离手，滤嘴用医用胶布或OK绷一缠，指上不沾烟味，头发衣服上的烟味归罪于这不禁烟的上海，家人竟不知他是瘾君子。现在，连许总、张总都抽上了，集体犯罪的快感难以抗拒。至于酒，没有酒怎么谈生意，台湾男人没有酒，是最闷最呆的一群。但是做了十几二十年生意人，除了血压、血糖、胆固醇"三高"，免不了伤肝、伤肺、伤心"三伤"，所以酒是尽量少喝，尽量。

情场上逢场作戏免不了，张总对女色有软肋，到大陆八年，前后换了三个情人，台湾家里一点不知，多靠兄弟们护航。许总最让兄弟羡慕，许太太根本不管他。甚至他在外头有人，许太太还是睁一只眼闭一只眼，冷静漠然到置身事外。有一次，听说许家雇的一个帮佣阿姨，跟许太太不知道怎么了，闹得阿姨的老公都跳出来抗议，最后给一笔钱了事。这许太太，有点怪，关于她的性向传言一出，兄弟们都特别尴尬，没有人敢在许总面前提。寥寥几次聚会上，见过这位许太太，她安静寡言，生过孩子却依然一条水蛇腰，婷婷袅袅，一双寒冰似的眼睛，似乎一眼便看穿他们背后的勾当。他们因此完全理解许总的郁闷。至于赌，麻将桌上只是联络感情，他们的赌性都发泄在内地这个大市场的赌局，押上了全部家当、家庭幸福和人生的黄金岁月。不成功休还乡，还乡需断肠哪！

比赛就要开始，主持人请许总讲话。麦克风递到面前，许总手一推，低声嘱咐："请我太太讲。"许太太是个舞迷，喜欢跳舞支持跳舞，听说这个舞场就是为她开办的，她也是舞场实质运作的负责人。"许太太说她不讲。"主持人也低声说。

许总接过麦克风，简单说几句，大意是说他是个不会跳舞的人，生平最羡慕会跳舞的人云云。他的口才不好，在众人前讲话总是结结巴巴，好处是从不啰唆，得到的掌声很是热烈。讲完，许总看了太太一眼，她挂着一丝冷笑，是不是笑他言不由衷？

舞池四面各有一位评审，还有一位总评，五位评审将选出摩登组和拉丁组各一队胜出，奖金八千元及梦忆全年金卡两张。主持人把比赛规则说了一遍，即宣布比赛开始。四对摩登舞者在舞池四个角落站定，座席上的灯光暗了，摆好优美舞姿蓄势待发的参赛者吸引了众人的眼光。

众人的眼光，除了许总。灯光一暗，许总感觉自在多了。华尔兹的乐声起，眼前晃着翩翩舞动的影子，他穿过这些影子去看妻。她端坐那里，穿一件白色套头毛衣，系一条墨绿色的方巾，在这片舞影乐声的热闹中，安静如在水一方。在水的那一方，众人都无法横渡，包括他。陪着她的是杜小姐，一个老台商的续弦，也爱跳舞，常来梦忆练舞，两人现在走得很近。杜小姐浓妆艳抹，看得出年轻时颇有姿色，但是那种想要留住时光的努力太明显，不像妻，时光之河只是从她足下啮啮流过，与她无干。

朋友都知道，他的太太很会跳舞，但没有人知道，三年前，她被撞断了腿。她会跳舞的名声是他刻意散播的，出于一种补偿心理，在她不能再跳舞之后。之前，当她沉醉于舞蹈时，他试图阻止这不切实际的梦想，试图浇灭这突然烧起的焰苗。于吵架冷战中，一个念头不时闪过：让你断手断脚就不用跳了。那恶毒的念头初来时也吓到他，几次之后就习惯了。好啊，让她断手断脚！

他成功了。靠着心中不停的诅咒，她失去了一条腿。

妻是名牌大学高才生，他是夜间部半工半读生，她娘家有钱，他一贫如洗。两人门不当户不对，她却对他慧眼青睐。他发誓一定要出人头地，做出一番大事业。这份誓约，源起于浓情蜜意，却在创业一再受挫后，变成千斤重的枷锁，让他不得喘息，尤其创业资金还是她娘家拿出来的。妻没怪他，却越来越沉默，她的周围有一圈冷空气，就像金钟罩铁布衫，旁人休想挨近。找她吵找她闹都没用，她只是用一双冰冷的眼睛盯着你，逼急了，脸上神经质地抽搐，嘴巴无声嚅动，仿佛念咒。

是的，他的妻是巫师。每当她无声念咒，他就头皮发麻，好像头戴金箍越勒越紧；他汗毛倒竖，不知从哪里吹来一股阴风。他总是知道老婆嗡嗡念诵的是什么，总是听命于她。包括开这家舞场，包括搬出去，包括不管她，她亦不来管他。妻的法力在车祸后大增。她一定知道，她的车祸始于诅咒，而且为他换来风生水起的事业，此后一帆风顺，做什么都赚钱。她把宝贵的一条腿放上祭坛，从此他每天都在偿还。他夜半盗汗，无由惊醒，他怀疑人生所为何来，奋斗为的是什么？他是一座华厦，大梁已被无数蠕蠕白蚁蚀空。

他偷眼看身旁的兄弟们，抽掉了生意场上的精明算计、酒宴上的谈笑风生，此刻如泥塑木雕坐在那里。后退的发际，深深的眼袋，青苍的脸，双层下巴，目光呆滞如梦游，弯腰驼背意态萧索。他们也被人下了蛊。

他看向妻，妻正以寒箭似的目光看来，嘴唇微微嚅动。他一惊，连忙收束心神，往舞场看去。现在跳的不知是什么舞。摩登拉丁轮流上场，每组都有五种舞。舞池中的四对男女，穿着礼服，以逆时针方向绕着舞池前进。妻的目光像插进他太阳穴的一根金针，一直在那里，到底她想要什么？看着眼前舞动的男女，许总差一点跳起来，嘴里一声惊呼被硬生生咽下。妻子竟然在舞池里，在一个年轻男子的怀里！

千真万确，不管她用的是什么幻术，妻的确在舞池里，是她，年轻时候的她。样子就像他们初识时，高梳的发髻下一张稚气的脸，皮肤像瓷般透白，稀淡到几乎看不见的眉毛，红润的双唇，还有那鼻子，最最可爱俏皮的小鼻子，他常要一口含在嘴里的……二十年，妻改变很多啊！大家都说她青春永驻，年轻的版本重现后，他才发现，妻子老了。那个时候的瓜子脸，被现在的长圆脸取代，圆圆的眼睛被耷拉的眼皮盖成半圆，那种欢悦无忧，那种随时要撒娇的小女儿态，被冰冷沧桑取代。

原来妻子这么会跳舞。这是他第一次看到妻子着如此正式的长礼服，跳着这样讲究的舞蹈，起伏跑动，侧身旋转，变化多得他来不及捕捉。三号，这是礼服上的号码，这也是排行老三的妻的幸运数字。深埋记忆中的一支舞突然浮现眼前。他们相恋一年，在垦丁度假，妻在月光海滩上，裸足为他跳了一支舞。他不懂妻跳的是什么，但深深感染了妻的欢愉。他记起脚上凉滑的细沙，咸咸的海风，皎皎月光照出妻的容颜如玉。月光舞，对，妻说她跳的是月光舞。妻被舞伴带着风一般经过他的台子，舞到另一边去了。他引颈而望，痴痴盼着他们回来，他的眼光不能离开这个女孩，这个他失去很多年的女孩。

他曾为那个跳月光舞的女孩心折，却无法接受妻以舞蹈为业的想法。妻都四十了。那时，他曾残忍地笑她一把年纪了，还想跳舞？她应该帮助他创业，像所有其他能干尽职的台商太太。跳舞是他听过最迂阔愚蠢的空想，怎么能拿来跟他要做的大事业相提并论？他明白了。妻借着这幻术告诉他，她已经可以跳舞了。她可以自由穿梭于不同时空，不再受限于伤腿或年龄了。她能再跳舞，而且跳得如此优美，这是不是表示，妻愿意原谅他了？许总心里一松，太阳穴上的金针拔去，感觉就像寒天里泡入了温泉。他眼里充满了泪水，泪光中看向妻，妻不在座位上。

当然不在，难道他以为妻以分身在跳舞？场里的就是妻的本尊，她幻化成二十来岁，那时的她身心柔软，没有跌断腿。当妻再次经过他面前时，就在那旋转顿挫的一瞬间，她看了他一眼，眼光很温柔。

那眼光是最后一根稻草。他垮了，完全垮了，崩解了，瘫倒在高背沙发椅上，潸潸流泪。

"老许，老许？"朱董第一个发现他不对劲。

此时刚好狐步舞曲结束，赛者退场，主持人连忙过来维持秩序，有人叫救护车。去上洗手间的许太太也赶到，看到许总瘫软的模样，她面孔抽搐，嘴唇无声嚅动，仿佛也要倒下，被好友杜小姐扶住。许总被送上救护车，贵宾都离席了，舞场里闹哄哄。主持人安抚大家：许总事业繁忙，太过劳累，送到医院吊吊针就没事，现在比赛继续。众人果然安静下来，今晚的比赛看得大家如痴如醉，而且已到了最后一支舞，胜负就要揭晓。

在下乐前一秒，拉丁舞者相峙扭腰转胯屈腿，双臂开举十指怒张，造型有如印度神祇。舞池晶亮到反光，四周充满一触即发的神秘能量，看来舞神已接受献祭，就要降福众人，大家兴奋期待到要跪地膜拜……这不是一般的舞，这是巫之舞啊！

苦　竹

　　无眠的夏夜，火烧火燎，空气胶结黏稠，浸满汗渍的裸身辗转于滚烫的席榻，企望绿竹生凉，企望竹林生风，企望终结这漫漫长夜折腾的天际曙光，但夜风无情，不消暑热却让弱竹战栗呻吟。

　　夏日之夜，有如苦竹，竹细节密，顷刻之间，随即天明。

　　在梦里，她跟他说起这首偶然读到的日本俳句，他们见面时总是聊文学居多。她问，夏日之夜为何有如苦竹？这苦竹是什么样的？一语未毕，他突然凑过脸来，探舌在她眉心之间舔了一下。

　　她一惊，醒了。天已大亮，梦境还很清晰，还没有被外界干扰，那充满挑逗的一舔，分明还在眉心，湿润舌尖的力道令她惊异、怅惘，既然是梦，为什么没有梦久一点？

　　下午一点，她敷上净白淡斑面膜，躺在香妃竹榻，空调森森送爽，想起这一节，已经失去那种颠倒魔力，只觉得可笑，这样的春梦竟会是跟他？那么一个拘谨胆小的老男人，从不敢迎看她大胆的眼光，只在她移开目光时才偷瞥一眼。难道我会吃了你？她暗笑，就是要吃，也轮不到你。

四十多岁的她，喜欢看青春洋溢的小伙子，二十左右，五官分明唇红齿白，目光要单纯，态度有点青涩，身材嘛，要结实偏瘦，像山里一棵棵修竹，在晚风斜照中轻轻摇曳，对，就是那种感觉。常常可以看见这样清秀可人的年轻男孩。以前，当她如鲜花初绽时，她没看见，忙着躲避陌生男孩的眼光。那时候，那个保守的年代，她穿着白衬衫和长裙，头发拢在耳后一丝不乱，文胸外一定要加件小马甲，不能让人看到胸衣的轮廓。岁月匆匆，她跟跄跌入文胸外穿，肩带外露的年代。

男孩们总是看着她，一群女学生放学从那条有男校的路上经过，她感到许多突然亮起的眼睛，一闪一闪。她目不斜视。所以，一直要到这么多年后，她才能看见，好整以暇地打量，一株株顾然而立嫩青如竹的男孩。

对街那家理发院就是那么一块宝地，养着数个清秀的男孩。年龄足以当她儿子的七号，头发理得极短，只在前额处留一长绺，染成金红，青青头皮有了那绺红发平添几分妖媚。他擅长吹鬓发，梳子一拉一卷，吹风机首尾并用，热气烘卷冷风定型，成就了一股一扭的复古麻花。把一股鬓发在脸旁一拉，弹回，轻触她脸颊。

十号是新来的师傅。那天她从长镜里看到他，坐在一旁等客人，侧脸线条清极俊极，正面看去，脸略窄，眼梢上扬，红唇像刀削般分明。他的眼光接触到她，低头一笑。下回，她指定找他吹头发，在镜里把他看个够。

五号还是个小孩，身形没长全，但双瞳盈盈，十指修长有力。那一回他替她洗了头，松颈按肩，轻拢暗捻抹复挑，她闭眼任他按去，按着按着，他笑："姐，怎么你肩膀在动？""唔？"她睁开眼。"我手一边按，你肩也跟着动。"

"有吗？"她否认。

有吗？她问自己，刚刚真的应和着他的手势，你进我退我进你退如跳探戈伦巴？

他们每回总甜甜喊她姐，央求她把美发卡再充个几百元，买一份促销中的水疗护发，或是烫发染发等各种高额消费。她或应允或摇头，笃定如山却又忍不住微笑。就像孩子撒娇要糖，给或不给，全凭她高兴。

她至此完全懂得，老男人为什么喜欢小姑娘。

但是那个老男人，梦里的那个，倒是老成持重，没有多看班上年轻的太太。眼观鼻，鼻观心，他看着桌上那本上海话课本。小区会所开办的上海话课，一班六个太太，年岁相当，孩子都上中学、大学了，陪着先生在上海，家中大小事务有阿姨打点，学上海话打发时间，学三句忘两句。她倒是很认真，从小就喜欢语文，特别喜欢用各种语言卖弄嘴皮，她是唯一返课时能流利读出课文的学生。

休息时间，太太们聊天，她拿书到老师身旁请教"坐"和"做"的发音。老师一看她过来，突显慌乱，颤抖着摸索桌上眼镜，她也诧异，但还是把问题问了。老师严肃示范二字发音区别，她细辨其中差异，在课本上写下：坐，俗，做，卒。她微嘟着嘴，索吻似的，从噘起的红唇送音。嘴唇是她五官里最美丽的一部分，饱满丰润，唇形微翘。

然后，她开始注意到老师从不抬头看大家，但只要轮到她读课文或发言，他便带着一种愣愣的神情，专注地从厚厚的镜片后望过来。她并不是班上最年轻，甚至不是最漂亮的一个。有个成都太太，皮肤白皙，热情爽快，常邀大伙儿到她家吃火锅。

每回休息时间，她都去请教老师，但是说话的内容从上海话慢慢变成文学。他是退休的中学老师，年轻的时候也是文艺青年，到现在还固定阅读《上海文学》等小众严肃文学刊物，曾经出过一本书，早就断版。结婚前，她做过几年编辑，中外文学作品也看了不少，两人有了共同话题，这是其他太太无法介入分享的话题。来上海多年，头一回遇到可以谈文学的男人，向来见到的都是老公生意圈里的人，股票和房地产，设厂或培训，具象而不能抽象。

她把一周一次的敷面，移到上海话课前。轻抹脂粉，淡扫蛾眉，不动声色地打扮起来。她的腿仍然纤细修长，穿塑身有弹性的烟管裤，紧贴合身的牛仔裤，扬长隐短的名牌长恤衫和短外套遮住发福的腹和臀。她让五号把青丝护得发亮，十号染成咖啡红，七号吹出妩媚的鬈发，低低束成马尾，用珠圈盘在脑后，或披散肩头。

相较起来，对手简直是一成不变，从春天到夏天，他只是脱去那件米色夹克，里头是单色长恤衫和起了毛球的西装裤，天气更热，长恤衫换成了短袖。中等身材，一张缺乏个性的老实脸，眼睛因为高度近视常带着一种空茫的神情，幸而有股书卷气，不惹人厌，更幸而他不时在镜片后追随蝴蝶般翩翩的她。

就跟对五号、七号和十号一样，她也是笃定如山又忍不住微笑，一个要糖吃的老男人，提供了一个继续爱美扮俏的动机。她不想知道他下课后的生活，一周三小时上课之外的家庭和其他种种。她也在他面前保持神秘，台湾，已经让她有异国情调，再加上住在这种小区的多金暗示，她拥有的是他无缘窥见只能想象的奢华生活。

一个月，一或两次，老公会在不加班没有越洋电话开会的晚上，突然坐到看电视或看报的她身旁，她清楚今晚又有任务了。履行任务时，她穿上或丝或绸各种鲜丽的性感内衣，躺倒在床紧闭眼睛，随意召唤七号、十号或五号。但她从未，从未，召唤过他。如果他看到她穿着这种内衣的模样，肯定吓得面红耳赤，眼镜都要从脸上跌下来吧？但昨天的那个梦，那一舔，却让她怀疑他也许不像她想的那么畏缩胆怯，反而暗藏着一种爆发性的热情，在她猝不及防时，将势如破竹席卷她，征服她。

无眠的夏夜，火烧火燎，空气胶结黏稠，浸满汗渍的裸身辗转于滚烫的席褥，企望绿竹生凉，企望竹林生风，企望终结这漫漫长夜折腾的天际曙光，但夜风无情，不消暑热却让弱竹战栗呻吟。老公那断断续续的抽送，浊重的呼吸伴着打嗝放屁，七号的热风，十号的俊脸，五号的手指，繁复交错，一节又一节，一轮又一轮。她从未，从未，在此时召唤他，求他帮忙，求他让她自觉美好，就像白天那样。

她怎能如此分裂，分裂若此？

两点差五分，她在眼皮上抹上最后一笔发光的银色眼影，带上课本往会所款款而去。她喜欢晚几分钟进教室，让他小小担心一下。但是教室里只有他和成都太太，看到她进来，两人都松了口气。她挑了远一点的位子坐下，不看他。

过了十分钟，没有别人来。成都太太说了："大伙儿都出去耍了，肯定是，今天，还上课不？"

他有点犹疑："你们，要上吗？"

她还是不看他，只望着成都太太："你上不上？"

成都太太有点抱歉地笑着："其实我待会儿也有事，本来就要早点走，不过，对老师不好意思吧？"

他好脾气地说："不要紧，下星期再上吧，我，我也有点事。"

成都太太走了，她起身拿了课本，有点愤愤对他说："你有什么事？"这是今天头一回正眼瞧他。

"没，没什么，不要紧，你要是想上，我们也可以……"他把眼镜取下又戴上。

她提议在小区走走，天气这么好。这是上海闻名的涉外小区，占地极广，四周高楼中包绿地，树影婆娑鲜花处处，有池塘假山，还有户外泳池白沙滩。他们走过儿童嬉笑追逐的白沙滩，走进池塘边柳荫深处。两人面向池塘而立，塘里有一群锦鲤，色彩斑斓，看到人影，都聚到他们脚前，等待着。

这一路两人都没说话，沉默中，有种说不出的压力和密度。她窃喜于这压力密度，仿佛他们之间的确是有着什么暧昧不明的情愫，这情愫在发酵中，一步一地雷。但他如此认分沉默地跟在一旁，却又让人感到委屈，堵得心头发闷。她终于挨不住了，笑着说："昨天读到一首小诗，挺有意思，却又不太懂。"她才念了诗的上半，他便接着念完。

"原来你知道，那么，这夏日之夜和苦竹，是个什么关系？"一问出口，突然感到眉心被刺了一下，脸色乍变。

"怎么了?"

她举手摸眉心："不知道是什么，虫还是什么?"

"我看看。"他凑过脸来，跟梦里一模一样。两人脸挨得很近，他的吹气拂到她脸上，他的脸也霎时涨红了，鼻翼紧张地翕动，眼神里有种很陌生的什么。她心跳突然飙速，搽着银亮眼影的眼睛盯着他，红润性感的双唇等着他，命中注定的事她不能负责。但他马上退回去了，垂眼看自己的脚："没，没看到什么。"

"哦，没有吗?"她双手抱胸，把课本紧抱入怀，以免自己把课本扔到他脸上。

"咳，那个苦竹我晓得，"他清清喉咙说，"中看不中吃，漫山遍野疯长，密密麻麻一大片，人到里头，就像天黑了一样。"

那天深夜，当老公气喘吁吁压住她时，她试图召唤他。有何不可呢，不过是另一个跟她不搭界的男人。他来了，但只是把眼镜拿下，疲累地揉揉眉心，然后瞪着一双空茫的眼睛说：忍着点，天，就要亮了。

道　别

　　既不知晓他的过去，又不会知晓他的未来，以至于无从猜测，在不久的将来，当她必须离开，两人会怎么样地道别。

　　艾丽斯挎着香奈儿新款黑方包，穿着轻软的驼色滚毛边短外套，黑色过膝羊皮长靴，提一盒糕点，在新天地地铁站闸口轻刷一下巴宝莉钥匙包出站，包里有上海交通卡和自家公寓的门卡。这卡还是昨天小何提醒她放进去的。太太，明天车子保养，要记得带上交通卡。

　　从地铁站到珊蒂在新天地的公寓，要走过两条街口，站在地铁出口的艾丽斯，有点不确定该往哪个方向走。这就是有家庭司机的缺点。在上海这么多年，还是不辨方向。她脸上化着淡妆，微卷的深栗色短发拢在耳后，露出红宝石的耳钉，肤色在定期保养和微整下，常年保持白净，只是这几年俏皮的角度圆了，轮廓开始不明晰，像习画者抖着手炭笔白纸勾出的线条，还垂着一块松垮的颈肉。幸而双腿依旧修长笔直，穿靴子有种中年女人不可多得的帅气，踩起高跟鞋更是赏心悦目。经年累月炫耀一双美腿，过了五十岁才知道膝盖受寒得厉害，发作起来走路都有问题。

一阵风来，黄叶落尽的梧桐枯枝打着哆嗦。在屋里和车里，从不感到冷，小何总是提早把车热好，在门口等她，今天自己走出来搭地铁，才真的感受到摄氏零度是什么滋味。昨天早上阿姨把一块五花猪肉从冻箱里拿出来搁在流理台上解冻，到了傍晚，肉还冻着，没有一丝软化的迹象，厨房是不开暖气的。艾丽斯现在也像块冻肉，她怀念起上个月在北海道小樽泡的温泉浴。冷肤入水时的刺痛很快转化成一种热情的拥抱，心跳加快，面红耳赤。同行的日本朋友，把一块白毛巾打湿了盖在头顶，她想到留学东京帝大的外公，晚年住在台湾南部的嘉义，每回在关仔岭泡温泉时也是如此。殖民时期，山径纵横的关仔岭曾是极受欢迎的温泉乡，说那里像日本的温泉乡箱根。她从小就得外公疼爱，上小学前总是跟着外公到处吃到处玩，在温泉里把手指泡得发白起皱。外公秃顶上盖着白毛巾，暖热的大手，轻抚她的脸："这囝仔命好哦，有得吃，有得玩。"就像一句预言，五十年前，外公就看到她一生的轨迹，世界玩遍吃遍。但是外公有没有看出其他的呢？艾丽斯额头渗出汗水，望向窗外终年白雪覆盖山头的富士山，静谧永恒。

外公在睡梦中过世时，她才刚飞抵美国，打电话报平安，妈妈听到她的声音就哭了。外公的葬礼，子孙辈里只有最受疼爱的她缺席了。当时她深愧自己的不孝，后来发现，因为没有参加外公的葬礼，感觉中他还在嘉义那个老宅好端端地活着，仍然拿·根木梳子把几根抹了油的发丝往脑后梳去，盖住秃顶，仍然喝他的浓茶，抽他的烟斗，偶尔打打麻将，批评时政，时不时要清清嗓子吐痰。外公会一直活着，就像富士山一样，不让她道别，是外公对她的疼爱。

艾丽斯打开手机上的百度地图，这也是小何帮她安装的。太太，你走遍世界，哪能一点方向感也没？她戴上老花眼镜，输入珊蒂的地址。其实打车很方便的，但是她想走路，不只是从一个建筑物到另一个建筑物，她想在上海市街走走路，散散心。心中那种闷，没法说，人家会说你无病呻吟。艾丽斯往前开步走，梧桐在寒风中赤着青白的躯干，两旁新盖的现代大楼拔地而起，庞大的长方体傲慢地俯视着你，以高度和体积警告你保持距离。完全无法想象里头住了人，看不到一点生活的痕迹。早年常见那些窄马路边低矮的旧房子，厨房窗户对着街，黑洞里传出油烟和菜香，衣裤不晾在探出来的竹竿上，就搭在马路的晾衣绳上，两棵梧桐树上尼龙绳打了死结。天气好时，棉被也拿出来搭在栏杆上，房子里的人不在那窄狭的房里坐，而是拿了板凳出来坐在门口，瞪着一双眼睛毫不客气地打量你，反正他什么也都让你看了。这些房子不知从什么时候开始，就一整片一整片消失了，老居民搬到郊区去，可能也住进新盖的高层公寓，从高高的窗洞往下看，再也不接地气了。就像别人看艾丽斯在上海的生活，仙气飘飘足不沾地。

　　珊蒂所住的小区，围墙一米厚两米高，挡住过路人好奇的眼光。艾丽斯通过大门警卫、大楼保安几道客气的盘问，在电梯间请主人遥控操作，好容易才进到珊蒂的家。珊蒂接过糕点，做出惊喜状："哦，犁记的，听说上海又开了一家?"

　　她套上羊绒软鞋，熟门熟路往客厅去，那里欢声笑语人气蒸腾，帮佣阿姨正端了红豆莲子汤出来，一碗碗冒着热气，茶几上梅花五瓣大果盘里摆着牛肉干、绿豆糕、凤梨酥、牛轧糖和竹炭花生等台湾零食。台湾点心在上海小资圈中挺受欢迎，以前是台湾朋友专属的伴手礼，后来分店一家家开了，有的人更直接从台湾邮购，既原厂又新鲜。换句话说，不稀罕了。她笑着跟大家招呼，一面打量朋友们是否别来无恙，老了? 胖了? 女人到中年比的就是谁不老、谁苗条。

　　"艾丽斯，怎么现在才来，又掉进兔子洞了?"艾丽斯的兔子洞，她们总这样打趣。有时她自己都怀疑真的有这么一个洞，不时会掉进去，到了另外一个世界，光怪陆离，看不懂进不去，出来后时间消逝了一大段，什么都没法累聚。

　　在座的几位，有的熟有的不熟，大多是美国学校的家长。像她这样从美国公司外派到中国的家庭，社交圈都是从美国学校开始建立，先认识孩子的同学，然后是同学的父母，透过各种家长会活动，彼此的关系越来越紧密。两年前，小儿子也去美国读大学了，她跟家长会的朋友倒还保持联系，交换孩子在国外读书、约会、找工作的经验。

珊蒂不太一样，四十出头，是资深人力管理顾问，单亲妈妈。她对孩子不沾不黏，孩子也跟她一样从小就很独立。当艾丽斯在家准备晚餐、督促孩子功课、练琴，照拂应酬醉酒的先生时，她在酒吧里寻欢，在剧院里流连，上品酒课和瑜伽课，到尼泊尔那种遥远的地方旅行。艾丽斯跟她在一个公益讲座上认识，聊得投机，那时刚空巢，亟须新生活、新角色。

今天的主客是海伦，儿子在英国读书，先生今年退休，最近刚卖掉房子，就要回台湾去了。大家问着回去的安排，在哪里置房，七嘴八舌，中英文并用。来来去去，是这个圈子的常态，一踏上逐工作而居的轨道，越洋搬家便是家常便饭了。在上海定居，短则三五年，长则十或十五年，一旦工作告一段落，便连根拔起，迁往下一个地点，而那往往便是养老送终的地方，可能是老家，也可能是第二故乡。上个月，艾丽斯参加了插花班一个同学的送别会，他们是北京人，举家迁回曾住了十年的加拿大，因为孩子还未成人，不通中文。

"回去要住公寓了。"海伦说，他们住的原是美商公司在虹桥别墅区代租的房子，四百多平方米，回到地小人稠的台北，可没这种居住条件了。"住公寓没什么，我们就两个人，最麻烦的是没阿姨，没司机!"大家纷纷点头称是。有人问起海伦家的司机，好不好，可以转介吗?

"有艾丽斯的司机那么好吗?"

艾丽斯不防珊蒂当众提到小何，有点不乐意，笑笑没接腔。大家却好奇了，怎么个好法?

"有方向感呗!"她只好说。

大家笑，司机没方向感哪行?

艾丽斯解释，她说的方向感却不单是识得东南西北。小何是上海人，对上海固然是知根知底，他还有一种讲求实际沉稳的个性，办什么事都像台湾话里说的"老神在在"，让她很放心。他准点出现，无论是接送孩子上下学，或是接送她购物、约会，从不误事。他还不啰唆，除非她开口问。在车里她常有一种独处的错觉，手机里说什么都不避讳。朋友们大多是一说到敏感话题，例如政治和金钱，便改用英文或闽南语，避开司机耳目。

那时他们才来上海，手里有些钱要做投资，志雄早出晚归忙得不见人影，交给她全权处理。她想买房，人生地不熟，在车里跟中介讲电话，拿不定主意。最后拍板的竟然是小何，他说那个地段很有潜力，上海人喜欢。果然一年后脱手，赚了两百万，她的第一桶金。尝了甜头，她对投资房地产兴趣大了，常让小何载着她到处看。无论她买在哪里，钱潮一波波向她涌来，赚得她都怕了。不可能一直走运吧？反高潮随时会来，卷她堕入破产的深渊吧？于是匆匆收手。其实那时不过是赶上上海房地产的浪头，一直往上冲，理性上如此分析，但感性上，她感谢这个陪着她到处看房产的人。

"那时应该跟着你们一起投资，早就可以退休了。"海伦说。大家听了都笑。

大家到上海的时间不一样，进场也有早晚，闯将赌徒型的立刻出手，像海伦则观望到房价涨到政府调控了才买，这时房价早就被炒到天高，上涨的空间有限，后悔来不及。但人生没有后悔药，一条路走上去，只能走到底。

饭厅桌上摆着咖啡机，杯盘汤匙一套套，奶精和黄糖齐备。艾丽斯老花看不清，随意挑了个金色的咖啡胶囊，轰一下子煮好，在骨瓷杯里冒着泡，味道偏苦，配上甜甜的绿豆糕正好。珊蒂过来悄声说："周五晚上去吗？外滩，朋友开的新店，band 一流。"

她笑笑，不置可否。

"能玩就玩，趁现在！"

现在，现在如何？空巢了，孩子走了，先生也……"我都不知道自己在干什么？"她喃喃自问，突然有点激动，"我在干什么？"

"嘘，亲爱的，"珊蒂凑近，身上散发出迪奥的"真我"浓香，"那个Jack，也会去。"

胖子，秃头，是珊蒂的客户，也是个海归，初次见面就邀她去他的私人酒窖参观。

"不知道耶!"

"哎呀!"珊蒂翻个白眼，很看不上她犹豫的模样，玩玩罢了，别动真感情就好。

阿姨捧出专门定制的黑白巧克力方形慕思蛋糕，一块块取出装盘，水果盘也端上桌。主人拿来早就冻好的法国香槟，砰一声开瓶，流金玉液倾进一只只细长的水晶杯，倒满八杯。"八仙过海!"珊蒂喊，大家哄地笑开，什么八仙过海，土死了。

"怎么不是，过太平洋，过台湾海峡呀!"珊蒂也笑，酒未入喉，已经两颊酡红，"祝海伦一路顺风，有缘再见啰!"众人举杯跟进，哐哐互碰。

香槟饮尽，饯行会也进入尾声，妈妈们要回家等孩子，准备晚餐，纷纷起身告辞。艾丽斯去上洗手间，门一关，松了口气。洗手间很宽敞，镶金边的洗手台和水龙头，架上有花，墙上有画，玫瑰花香从一只精致的香精陶瓶里渗出。外头的热闹更显里头的宁静。艾丽斯用温水缓缓洗手，从方形长窗俯瞰，看到一湾水池，池边散步和阶梯上闲坐的人影，她现在终于比较清楚自己身在何处，中共一大会址应该就在……这时，有人轻轻敲门。

开门，是海伦。艾丽斯抱歉地说:"唉，今天还没跟你说到话，你都要走了。"

"没关系的，台湾见，我们在淡水，再见哦，再见!"海伦急急关上门。

台湾，淡水，仿佛这就是明白不过的地址。每年都因旅游或探望亲友，在世界各地跑来跑去，这世界不过就是几条常飞的航线连成的几个点，爸妈住的台北，女儿在的波士顿，儿子在的洛杉矶，他们长住过的圣荷西，最常去度假的巴黎……轻易可以到达，也轻易可以离开。一路顺风吧！艾丽斯没有一丝离情，她知道门后的海伦也不会有，大家都是过客，相濡以沫，相忘于江湖。

有人要给她便车，她婉拒了，说想走走，地铁站很近的。看朋友的车子一部部开走，她又想起小何。

她记得那时快到中秋节，到处飘着桂花香，金桂银桂四季桂，一轮轮开着，她在桂花香里半梦半醒，然后有一天，小区的桂花开尽，花香没有了，她很是惆怅。小何跟她说，太太，附近有个小区桂花开得老好的，要不要去看看？车子开进小区，果然闻到浓郁的花香，在小区兜了一圈，小何把车停好。太太，要不要下来看看，也许可以在这里买一间？

她笑，学上海人啐声"瞎讲八讲"，买楼真的像买菜？

她下车来，小何也下车，却不走。她觉得有点怪。顺着小何的眼光，看到旁边停着一部黑色奔驰，却是志雄的车。志雄不是在浦东上班……

太太，我载你回家吧。她在车上无声流着泪，小何一声不吭，只是放着她喜爱的潘越云。一卷光盘放完，小何还载着她，车速缓缓在街上绕。她擦干眼泪，看着小何的背影，头发理得很短，夹生着白发，白衬衫搭灰色毛线衫，松松垂下的手臂，他开车也是好脾气的，不疾不徐。她从未好好地看过这个人，就是一个称职的帮手，一个值得信赖的背影。志雄外头有人，不是一天两天的事，她只是睁一只眼闭只眼，逃避着。现在连司机都看不过去，为她抱不平，她感到很丢脸。

之后，她跟志雄捅破了那层纸，吵开了，原谅了，两人继续走下去。

她琢磨着，小何冒着被炒鱿鱼的危险来提醒她，是在输诚、同情，还是保护？后来就有交款的那档子事。

那时有时要用现金交易。有现金七十万，约好某日某时必须面交卖方，偏偏儿子打球骨折送到医院，她无人可以请托。就让小何送去吧，反正有中介陪同。那个时候，她已经把手上几套出租房交给小何打理了，水管维修、家具更换，甚至找房客，都由他全权负责。上海人小何算盘比她打得精，应付刁钻的房客游刃有余，找工人装修，不劳她费一点心。

小何面对交款这么一个重任，沉默了。有问题吗？她问。太太，这不是一笔小数目。小何像在提醒她什么。这七十万他不吃不喝要赚上十年。头脑清楚的人，怎么会把七十万交给外人呢？地方新闻里，多的是为了几万元以致亲人反目成仇的故事。

她不想说什么信得过你的话，说了就有怀疑的嫌疑，只想把它当作一件寻常的事，就像给他钱去加油一样。当她把沉甸甸的钱袋交给他时，心里还是闪过一个念头，小何如果就此消失，人海茫茫，哪里找去？

她本来就有赌性，又有点宿命，只要是事关重大，脑子就停摆，一切凭感觉。嫁给志雄也如此。当初在美国有那么些个青年才俊在追她，比志雄优秀或帅气，她却脑门一热嫁给他。结婚后也着实恩爱，添了一儿一女，有一份自己喜欢的工作，生活过得有滋有味。有一天，志雄问她，有机会派到中国，去不去？她笑，怎么可能舍下眼前的好日子？当晚做了个梦，一汪水塘，外公在教她打水漂儿，找扁平的小石子，朝水面击去，那小石子咚咚咚一路点着水过去了。轮到她，她学着外公的模样把石子平平掷出，石子却扑通一声入了水，外公抚着她的脸哈哈大笑。她醒来想了想，外公是笑着的，那就去吧！

约定的时间到了，中介打电话来，不见小何。她让他们再等等，也许路上耽搁了，上海的交通那时就不太顺畅了。过了一刻钟，中介电话又来催，她打给小何，关机。

七十万，她习惯性地换算成美元，相当于她在美国的年薪了。这一赌，兴许把年薪给赔上了。不仅如此，把一个好司机、好帮手也赔上了。

小何晚了半小时才到，抖着手把钱袋交上，一双眼睛红通通布满血丝。这是中介事后告诉她的。

小何通过考验了。她为什么要这样考验他？或者说，考验彼此？下个月，她给他加了薪。

艾丽斯边走边想，走了几个街口，没看到地铁站。路变小了，出现了一些服装店、水果摊，还有一家房地产公司，里头走出来四五个人，有男有女，恨恨吐着烟圈，眼睛全朝马路的另一头看。那一头也是一家房地产公司，门口站了两排人，领导讲话，员工握着拳头喊口号，很有点拼命的意味。常见到美发院早上开门后，美发助理在马路边做操，或是办公大楼的保安，在门口排队立正听训，像这样两边对峙示威的倒没见过。

一个戴着兔耳毛线帽的少年，风一样从她身边跑过，完了完了，还是晚了晚了地嚷着，她的眼光跟随着少年飞跃的步伐，那球鞋的弹性似乎特别好，让他弹跳得老高，惊起窗台上打盹的大猫，直到他突然消失在巷弄里。

这时一辆出租车停下，走下来一个男人，穿一件旧垮垮的西装外套，手里捧着礼盒，一串鞭炮在寒天里零零落落响起，有人围过来看热闹。其实没什么可看，男人就这样进店去了，之后悄无声息。是下聘还是迎娶？就这么简单，她做什么都比这讲究。

问了路人，前头有个地铁站，她无意走回头路，便继续向前。前头更荒僻了，没有之前的时髦和热闹，只是光秃秃一条路，简陋的店面，卖桂林米粉，卖大饼生煎包，打钥匙配锁，一个卖毛线帽的地摊，各种昆虫造型的帽子，那个急急赶路的少年，现在蹲在摊子后头，拿着个彩色毛毛虫帽对她挥动。几个老人穿着厚棉衣傍着炭炉围坐，此时纷纷抬起探询的眼，口里吐出一个个烟圈。她的打扮在这里太显眼。天色渐暗，艾丽斯夹紧皮包，想打车，一辆车也没。

手机响了，看到小何的号码，她像见到救星。小何说车子好了，需要用车吗？她连忙要他来接。

艾丽斯的心定下来了，想到小何正在来的路上，就像缓缓浸入热水中，温暖而舒适。突然一声女人尖厉的叫声传来，四周一阵骚动，她往后缩缩身，只见几步路外一个男人扯着女人的头发往前，女人抗拒着，脚踢着蹭着，嘴里拼命喊：我不走，我不走啊！男人转过身就是两巴掌。男人要拖你去什么地方呢？可怜你没有小何来保护你。女人坐到地上哭起来，男人往她身上一脚踹去……大家只是看着，没人多说一句闲话。看男人打女人不是一次两次了，但总是坐在车里看，从未如此刻般接近现场，尖厉的哭叫声实实在在刮着她的耳膜，她的脚仿佛被黏在地上动弹不得，只能尽量弓起身子，把自己缩得更小，不引人注意。

艾丽斯？艾丽斯！

我怎么能变得更小呢？小到可以隐身，小到这个奇怪的世界看不到我。艾丽斯在温泉池里，捧起外公又厚又大的手掌，盖到自己的小脸蛋上。不见了，看不见外公，外公也看不见我。我怎么样能够随心所欲变大变小，跟四周的环境契合无间呢？外公？外公……

小何来了，银色七人座休旅车，亮着煌煌如兽眼的大灯，堵在路口如此庞然，所有人都盯着他们看，被打的女人也站起来抹眼泪，一时马路上安静下来，仿佛刚才不过是为她扮演的一出戏，此刻曲终人散。她很快上了车，车里暖如春天。小何没有问她为什么会在这里，只是平稳地往前开去。不管她流落到哪里，小何都会把她安全送回家。

昨晚躺在床上，志雄说了，美国总公司最近半年动作频仍，不仅削减福利薪资，还派了个副总来揽事分权，他无心恋战，也累了，是不是就退休了？"老婆，我们回家吧！"

回家？哪个家？有父母的台湾，还是有子女的美国？毁弃与重建，并非只是别墅和公寓的选择。关于迷路和寻回、冷和热的记忆写得密密麻麻，突然就要翻页，面对新一回合的空白。她暗自希望外公入梦来，给她一个暗示、一个预言，但外公没有来。玩遍吃遍，要付出什么代价，外公知道吗？

她坐在舒适的车里，怔怔看向窗外，没有方向感。车子穿梭于车流中，天已经完全暗下来，城市的灯光辉耀得令人眼盲。小何……她想说点什么，分享点什么，却不知从何说起。他的眼光总是避免跟她在照后镜里交汇。他那么拎得清，不越界不逾矩，她依赖他，却看不透他。既不知晓他的过去，又不会知晓他的未来，以至于无从猜测，在不久的将来，当她必须离开，两人会怎么样地道别。

乒 与 兵

乒与兵，不管是缺了手还是断了脚，都来自"兵"，是攻击的器械，也是持器械的人。手里高举武器，那就避免不了对抗对斗。但是，有没有可能那其实是各缺了一点的两个人，合在一起便圆满了？

依着体育馆管理员的指示，冯一萍穿过篮球场上架了网打羽毛球的一干人，到了更衣间旁一个小房间，里头一张桌子，一面窗，窗子开了一条缝，钻进上海严冬的寒风，一个大汉缩着脖子对窗抽烟。

运动员也抽烟？她本能起了一种疑问。其实也没什么，这里的男人几乎都抽烟，运动员也不例外，何况已经退了役。应该问的是，怎么室内运动场也抽烟？一运动起来需要大量的氧，这下可好，吸进的是二手烟。她还是改不掉台湾人对二手烟的大惊小怪。

"请问，是杨教练吗？"

男人转过头，"你是谁？"

"我，"她愣了一下，"呃，想学乒乓球。"

"孩子几岁了？"他转过身来，拿过一张报纸，在上头掸烟灰。

"孩子？"她又愣了一下，问孩子干吗？

杨兴瞪起眼。他有两道刷子般的浓眉，左边那道中间断秃了一截，让他的瞪眼有点狰狞，冯一萍想起家乡庙会时被信徒顶着出巡的七爷八爷，铜铃大眼，巨肩晃着大袖，仿佛一栋楼危危朝她压过来。他的眼神锐利，配上鹰钩鼻和厚唇，两脚跨开挺坐在圆凳上，可以想见年轻时活跃球场上的霸气，据说，上海女球迷很"吃"他。

"不是孩子要学，是我。"她连忙解释。

"你？"杨兴不客气地上下打量。腊月天，一顶灰色毛线帽压住眉梢，胖墩墩的黑色羽绒服一直盖到小腿，穿一双毛边皮靴，她看起来臃臃肿肿一团。

冯一萍有点不高兴了。她想，爱教不教。或许，人家不收成人学生？

但是杨兴没说不收。"我这是一对一教学，你到管理员那儿问问时间学费，排好了他们会通知我。"

"哦。那……"她不知道该问什么。记得小时候学钢琴，老师要她伸出双手十指张开，看过了才收她为徒。乒乓，需要什么条件吗？

"到乒乓球具专卖店去搞个拍子，初学者的专用拍，让他们给你粘好双面反胶，横拍啊！"

横拍？反胶？冯一萍想问，但是杨兴把烟捻熄，摆出谈话结束的样子，她只好转身走人。都走到篮球场边了，又叫她："喂，你姓啥？"

"我姓冯。"

"台湾人？"

她点头。

从此，杨兴称呼她冯太太。也不知是哪里来的印象，台湾女人都是陪着先生在上海，冠夫姓，习于被称作某太太。冯一萍偏是单身，几年前离了婚，接受公司委派，到上海来开发英语幼教。冯一萍也懒得多说，只是打球。后来熟了，不好再纠正，将错就错。

第一次见面，两人留给对方的印象，在第二次见面上课时，几乎全盘颠覆。

站在乒乓球桌旁的杨兴，整套的运动上衣长裤，蓝底白边十分帅气，个头儿很高，至少一米八，唯一显年纪的是那已经后退的发际线和稀疏的灰发。而脱去长羽绒服的冯一萍，一身劲装显得身材结实匀称，头发扎成马尾，眉目清朗脸色红润，散发一股勃勃生气。五官跟满街美女相比可能平常，气质却是纤柔妇女中少见。杨教练不说废话，一上场先教持拍，然后教正手击球。他带了一桶子球，一颗颗喂到冯一萍面前，冯一萍凭感觉见球就打，手动脚也动，双膝微屈。

打了几记，杨兴问："也打别的球吗？"

"羽毛球。"她有点得意。乒乓，很容易上手嘛。

"嗯，麻烦。"

羽毛球和乒乓击球的方式似同而实不同，对手腕和手臂的运用各有讲究，二者混淆反而学不好，老师宁可学生是一张白纸。冯一萍显然不是白纸。练习了一会儿，他已看出这个新学生除了年龄大点，却是常运动的人，身手灵活手眼协调，教给她的击球姿势，做起来轻松自然，竟比许多老学生要好。她击回的球，越来越有准头，带着一股柔劲，正是乒乓中不可言说只能意会的力道。是块好材料啊！看她身材比例，在他那个年代，不也是百里挑一的好苗子吗？

一堂课六十分钟，冯一萍大汗淋漓，却没开口要求休息，杨兴也不管。两人一直打，到最后，已经可以来回打上五六十回合而球不落。

"你早二十年学，肯定学得出来。"下课时杨兴淡淡说着。

"你是说，我太老了？"冯一萍拭汗，喘气。

"打打健身也无所谓。"杨兴拿起扫帚扫球，"怎么现在才想到要学？"

"你看，兵这个古字，是一个人两手擎着一个武器，可以说是武器的本身，也可以指这个拿武器的人。"

秦念滨边说边在纸上画了个兵的篆体。在冯一萍眼里，那个字像一个人居中，左右各有一把大叉子。但她不敢乱说。授课时的秦念滨很严肃，身上有种好闻的烟丝香。这个年代抽烟斗的老人不多，冯一萍就爱这腔调。

冯一萍爱秦老师身上凝聚结晶的一切所有。他的温文儒雅、对书画的知识和收藏、一手瘦俊的好字、上课前要小小口啜饮的一杯白葡萄酒、下课时慢悠悠在石楠木老烟斗里装烟丝。他知道上海哪里有地道的本帮菜，哪里有保存最好的石库门老建筑，在哪条巷弄里有精修皮鞋的老鞋匠，对过的燕皮馄饨味道最是正宗。他什么都沾染都知晓，却不执着于一门一科，优游从容随心所欲。秦老师说到庄子的大鹏鸟水击三千里，扶摇而上九万里，她就自惭从小无大志只凭直觉过日子，误以为日子过得还可以。秦老师说到印度敬神舞蹈的手势如何千变万化指人说事，她就下定决心存钱下个旅游目标就是去印度看舞蹈，不去普吉岛乘快艇。说是教书法，秦老师只让大家临临帖、讲点书法家名人轶事，不布置作业，或布置了作业也不批，只是闲谈。

这种随性教法让其他同学颇有怨言。这是文化课，你懂不懂？会写书法的人多的是，但要能像秦老师这样浸淫于文化并从容出入其间，可遇不可求。跟冯一萍持同样看法的人不多，慢慢地，六人的书法课变成三人、两人，最后只余冯一萍。秦念滨却不在意。他需要好听众，而没有人比冯一萍更专注。

从小，冯一萍就是一个奇怪的女孩。她的个性有点男孩子气，跑得快跳得高，跟小男生成天疯在一道。她做什么事都是一头栽入，不留后路。恋爱结婚也是如此，家人激烈反对，她选择离家跟诗人兼酒徒的男友公证结婚。几年后老公外遇，她毫不留恋便离了婚，孩子交给公婆，自己又过起单身生活。她的开始和结束都异常分明，没有一般女性那种万缕千丝反复犹豫。与其抱残守缺，她宁可另辟蹊径，另寻圆满，那或者也可以说是一种奇特的洁癖。

当她对秦念滨报以甜美微笑时，完全看不出她管理几个幼儿英语教室的明快干练。她甚至没有告诉秦老师自己从事外语工作，因为样样精通的秦念滨，偏就是外语最弱，只懂一点俄语。在自己的偶像面前，冯一萍愿意无条件臣服。当秦念滨装好烟丝，以火柴潇洒划出一点星火凑近烟斗，烟丝在她眼前一瞬间变成金红，那就是魔术的开始。

"乒这个字呢? 乓呢?"冯一萍突然打破斗室里的宁静。

"这两个不是古字。"秦念滨的大笔在砚池里吸墨，"为什么问?"

"这两个字，好像一个兵站不稳，"冯一萍说出心里的想法，"各缺了一只脚。"

"嗯，各缺了一只手吧?"秦念滨眯起眼看她。

冯一萍有点不好意思，老师才说了，那是两只手。"那是，一个在运动中的人，重心落在一只脚，哦，不是脚，是，一个打正手，一个打反手。"

"你打乒乓?"秦念滨原本凝神要写点什么，这时把笔搁回案头。

"不会打。"

"乒乓，很好玩的。"秦念滨像想起了什么，指着书架边上一帧黑白照，"你看看。"

冯一萍凑上前瞧，几个大男孩合照，短裤运动衫，最当中的男孩捧着一个奖杯，清瘦且青涩。

"啊，这是老师吗?"

"十七岁。"秦念滨说，"最好的年龄，最糟的年代。"

"老师是乒乓队的?"

"哈哈，十岁开始打，进了上海队。"

"后来呢?"

"后来，后来什么都没做成。"秦念滨吸了口烟，徐徐喷出，"一年不到就退役，大学也没念完，糊里糊涂过了好几年。"

室内沉郁的空气，让冯一萍感到要窒息。每回说到往事，秦老师总是三言两语带过，调侃她没吃过苦。她很惭愧。这辈子已没机会在年轻时候吃那种苦，影响一辈子的苦。只能像现在这样忍受迈进中年后慢慢渗进来的苦涩，小虫般这里那里啃咬，又像打摆子般一阵冷一阵热，非致命性的，但逐渐忘却什么是舒坦无忧。

"老师现在还打吗?"

"跟谁打呢?"秦念滨语带萧索。

跟我打呀! 冯一萍在心里说。秦老师的乒乓球一定打得优游从容，就跟他这个人一样。她一定要见识老师的这一面，这可能是他最鲜为人知的一面呢! 冯一萍想得很兴奋，唯一要解决的问题是，她必须先学会打乒乓球，而且要打到某种水平。

自助者天助，这是冯一萍很喜欢的一句英语谚语，而这句话恰巧就印证在她身上。根据教练所言，她是少见的一块打乒乓球的材料，可惜晚了二十年。

不到一年，冯一萍已经学会乒乓球的基本技巧，从正手反手搓球提拉，一直到现在的弧圈球。这种飞跃性的进步，让杨兴很是惊异。

"我教了几十年的球，也遇过有天分的孩子，但一上来就学成这样，你是头一个。"

杨兴嘬口作声用力踏足，一个看似雷霆万钧的发球式，却被冯一萍识破不过是虚张声势的上旋球。又一个小白球侧旋过来，她略缓出手，稳稳击出。

一个乒，一个乓。乒乓球对她来说，像是红楼梦里宝黛初见，这个妹妹以前见过。

"你像一个人，在上海队，打得不错，人很甜⋯⋯"

球在掌心，他迟迟不抛，眼神遥远，见到了半世纪前的小师妹? 小师妹后来怎么了? 浮想联翩时，一个下旋球过来，她猝不及防。

"球往下切，不要平推，平推就出界了。"杨兴绕到身后，握住她的手示范。他的手极大，手指的力道像可以捏碎骨头，她的指头被狠狠挤压在拍上，像上了手铐。原来的沾沾自喜痛醒了，她领悟到自己打球不过是玩票，而杨兴打球却是拼命。他的鼓励不过是维持她的兴趣，让她自愿多缴点学费吧？原本一周一次的课，现在是一周三次。

"冯太太，还不懂吗？"杨兴有点急了。"就像，就像切菜一样。"他把拍子当菜刀做出剁菜的姿势，"用力往下切。"

教练以为她熟谙厨事呢，冯太太。冯一萍连忙点头表示领会，杨兴松了口气，回到对面去。冯一萍也松了口气，在杨兴近身相教的那一分钟，她一直屏住气息。

回到家匆匆冲个澡洗了头，半湿的中长发往后拢齐夹好，她换上一条宽脚黑色真丝长裤，一件米色 V 字领棉线衫，骑了电单车赶到秦老师家。秦念滨的白葡萄酒已经喝了半杯。

这已经是这个月第二次迟到了，冯一萍在书房一角落座。秦念滨没问她被什么耽误了，他向来不问她的事，她也不说。并不是不想说，是不好意思把那点无聊的事拿来说。杨教练倒有时要问的，她不敢多说，说了全是谎言。老公孩子买汏烧，一个莫名其妙滚雪球般出现的谎言。

秦念滨递给她一本新淘得的字帖，她翻了翻，不能专心。她对书法大概不像对乒乓那么有天分吧？至少，老师从没夸过她，她这样一周一次来上课，一年多下来还是很糊涂。有时梦见，老师说不能再教她了，一块朽木……

"今天，不上课。"秦念滨把空杯一放，扣一声敲在桌上特别响。

"啊？"她急了，"抱歉，我迟到了，作业也没写，这阵子忙……"她赶快交代认错。

秦念滨笑了，"出去走走，你都没闻到桂花香？"

秦念滨的家不远处有个公园，里头有桂树数千株，每到秋日，这一带的空气充满桂香，走在路上，人都晕淘淘的，至少冯一萍是这样。她默默走在老师身旁，脑里无法想什么，整个被那浓郁的甜香所笼罩，像是跌进了糖果屋的孩童，太满的幸福不真实。

这是她跟他头一回走出书房。每周一次跟他在书房里坐两个小时，她以为此生没有机会跟他做其他的事。沿着红砖人行道徐徐向前，街上的桂林米粉和克莉斯汀饼屋人进人出，小门脸的服饰店和鞋店则静悄悄，店主低头在手机上揿来揿去，一个脚踏车店，老先生在给轮胎打气，打好了，丢五角钱到水盆里。那是投水许愿的金币。上海这个老区角落充满了人和车的声音，但是冯一萍觉得像在看黑白默片，她跟秦老师是这影片里唯一的色彩和声音。下了几天的雨，今天的阳光出奇地好，蒸腾得花香更加无所不在，仿佛有厚度般一片片沾带到身上，不单是鼻子，她的眼睛耳朵都灌进了这香味，她的心更紧紧包住这香。

她转头看秦老师。秦念滨枯瘦，背微驼，两只裤管被风吹得飘晃。他走路的样子有点不稳当，仿佛要向前扑去。一个乒，一个乓。她突然又想到那两个字，各缺了一只脚。不，不是脚。她不由得放慢脚步。

公园里却不似想象清幽。老老少少都拥进园子里来了，闻闻桂花香，搓搓麻将打打牌，瓜子壳吐得一地黑白不分，聊天的声音震天价响。

"去喝茶。"秦老师熟门熟路带她左弯右拐，过了座小桥，来到一个五开间的传统建筑，雕梁画栋，梁柱上刻的都是戏曲人物，木制的茶桌和茶椅排在廊下，入座望去四面皆绿，花香更加沁人。这里竟然一个人也没，显见茶费不菲。服务员从里头姗姗而出，眼皮子都不抬，"吃点啥？"

点了两杯龙井，两人对着面前的绿树黄花，秦老师轻咳一声，似乎意味深长，她心里猛跳了几下。秦老师说："你晓得这园子以前是谁的吗？上海滩大佬黄金荣。后来，日本占了，国民党也占了，园子搞得一塌糊涂……"

她点点头，有点失望。黄金荣是听过的，上海滩的电影和电视剧仿佛也看过一些，管这园子是谁的，此时此刻，它的花香是属于闻者的。一个状似带着飘忽曲线的旋球，不过是平淡的直球。每次都谈古人古事！这铺天盖地无远弗届的花香，让她有了秋怨。

"初开园那时，我就常来玩，那时才十来岁。"

"打乒乓球那时?"

"嗯，跟几个球友来白相。"他举头四望，仿佛在找寻年少时的玩伴，"现在都不一样了。"

冯一萍鼓起勇气，"老师，有空我们打一场?"

秦老师有点吃惊，"你说不会打的嘛。"

"我会了。"她喉咙被什么鲠了一下，这一刻才明白自己的痴傻，"打得不好，打着玩。"

"我很多很多年不打了，自从……"秦老师沉吟着，眉心纠起来。他有深深的眼袋和明显的抬头纹，此刻见了天光全都现了形。"自从我的腿坏了以后。"

"腿，怎么了?"

"跟一个朋友干了一架，狠狠的一架，他破相，我伤腿，可是他还能打球，后来美国乒乓球队来中国访问，他就在机场欢迎他们。"

冯一萍听出他语声里的苦涩。

"想当年，大家都想进乒乓球队，有国家养你，吃穿不愁还有工资拿。接下来三年困难时期大饥荒，乒乓球队的人没有饿肚皮，还能往家里捎罐头。"秦念滨看着手里的玻璃杯，茶叶正缓缓往杯底坠落，往下往下，直达郁郁青青毒蛇吐信的绿色丛林，"有个姑娘，是教练的独生女儿，那时候，全上海男子女子前三名才能入队，她、我和那个朋友都打进去了。"

"干了这场架，前途毁了，那个姑娘我也配不上了。"秦念滨沉吟了一会儿，笑了，"也好，要不这辈子只会、也只能打乒乓。"

是为了那个姑娘才打架的吗? 冯一萍想问，秦念滨先问了，"你有多少胜算? 我不过是个腿不方便的老人。"

"我不过是个弱女子。"冯一萍微微一笑。

秦念滨也笑了，深吸了口气，"邪气香噢!"

因为功力增进，冯一萍换了个拍子，全新胶皮，球速更快搓球更旋。但是想着跟秦老师的比赛，她就有点分神，几个旋球都没过网。

"怎么了？"教练不满意了。

"我在想，"她朝拍面呵口气，手一抹，"如果年轻时候球打得很好，老了还能打吗？"

"那要看身体状况。有基础的话，要恢复一般是很快的。"杨兴一边说话，一边使劲侧旋，"你要跟谁打？"

"一个老师，我给他下了战书。"她回削，抿嘴一笑。

杨兴愣了一下。那个笑容勿要太妩媚噢，把一个学生变成一个女人。高挑一个球，她正手下压。"打得好吗？别给我坍台。"

"他以前也是上海队的，叫秦念滨。"她准备接球，来球却在网前下滑，"腿有点不方便，但我大概打不赢。"

"你能赢。我的学生怎么赢不了一个腿有毛病的老人？"

杨兴的话语有种尖刻，冯一萍感到不舒服，不过是陪老师打着玩儿。

但是杨兴非常较真，接下来每堂课都在模拟战况，特别指导她如何对付直拍快攻。那个年代的人多持直拍，杨兴自己也是。下课了，他的球继续来，十分钟，十五分钟，只为了让她多练习。吊球，打两边角落，咬住对方的弱点猛攻，快、准、狠、变、转！所有比赛都要分出胜负，有人维持表面的优雅想赢得从容，有人杀气腾腾让敌人不寒而栗。常年竞技场上的磨炼，早就让求胜成为杨兴的本能，没有什么优雅什么腔调，那是一场又一场血淋淋的肉搏战，每场胜负都代表着目标近了一点或远一点。

高二那一年，他进了令人艳羡的乒乓球队，冬练三九夏练三伏，拉单杠练臂力，各种球打成百上千板，枯燥的操练从早到晚，终年不断。所有的辛苦为的就是上赛场，争取重要的比赛，争取胜利。每到比赛，多少人买票来一睹他的风采，杨兴的名号叫响了，他成了许多人的偶像。然后"文革"来了，乒乓打不成，主教练和冠军球员受不了批斗一个月内先后吊死，他跟大家到北京去串联，运动员最好的时光都耽误了，只有1971年临时被召回上海，跟美国人打了一场，说是乒乓外交。"文革"结束，乒乓球队又开打，但他盛年不再，只能当教练了。就这样，带队训练带团出赛，直到退役。他没法去想乒乓对他的意义，它是生活的全部，让他存活，也取代所有。

这天打完球，天已全黑，从二楼的体育馆看出去，学校操场上的路灯照出雨线一条条。他们都没带伞。篮球场上的人走光了，管理员把大灯关了，只留高墙上两盏一闪一闪的日光灯，照得人脸苍苍，世界惨白。

"还不走?"管理员来催。

"走了走了。"杨兴把球包一背，拿了水壶，大步往楼下走，冯一萍紧跟其后。体育馆的大门在背后关上，他们站在走廊下一筹莫展。雨下到草上和泥地里，窸窸窣窣像在耳语，天空墨黑，寒意透进汗湿的衣衫。

曾经也有这么一个雨夜，他在女孩家门外徘徊。那件事情过后，女孩还是一个人，他默默等了几年，终于鼓起勇气。当再也受不了那湿冷那狼狈，那没完没了的煎熬时，他伸出冻僵的手敲开女孩家的门。但是来年，她的父亲他的教练就被斗死了，她成了黑五类。

女孩过了两年也死了，那是个太容易死去的年月，死了成千上万的人。站在身旁的这个冯太太，明快的气质有点像她当年。是投胎来的吗?如果是，她就更应该打赢这场球。

"你的对手，做什么的?"

"他是我的书法老师，是个收藏家。"

"很有文化啰?"杨兴从鼻子里冷哼一声。当年曾有机会保送交通大学，他选择进乒乓队。时代在改变，人人钻空子在弄钱，他卖老命教球。每周日风尘仆仆到杭州陪一帮老板们打球，他们说久仰大名，打开抽屉，里头厚厚几叠人民币，抽出几张来塞到他手里。他感到屈辱，但还是每周都去。

"他为什么找你打球?"他突然恶狠狠逼近她的脸，两眼冒出凶光。

"是我找他。"冯一萍力持镇静。

"哼，记住，不要手软。"杨兴冷冷丢下一句，大踏步走入雨中。

杨教练一再传授制胜攻略，他那充满企图心攻击性的眼神，对她施了催眠。如果她赢了，他会多么以她为荣。但是，即使她能，她怎么忍心？他不过是个腿不方便的老人。

这场比赛，她从来没想过要赢。她只是单纯地想陪他打一场球。也许不那么单纯，不只是打球，她想跟他一起做一件事，球来球往，能量在彼此之间传递，直到球落地。输赢不重要，重要的是当下只有她跟他，一个乒，一个乓。

然而，乒与乓，不管是缺了手还是断了脚，都来自"兵"，是攻击的器械，也是持器械的人。手里高举武器，那就避免不了对抗对斗。但是，有没有可能，有没有可能那其实是各缺了一点的两个人，合在一起便圆满了？

"秦老师，侬好，长远勿见。"

"侬好侬好。"

"有日本来的新拍子，要看吗？"

"不用了，给我一块反胶，一块正胶，中颗粒的。"

林师傅去柜里翻找，他的眼光不自觉又去看那面墙，墙上挂了一张黑白老照片，一架飞机，机翼上清楚的 220 编号，机前蹲一排站一排，是中美的球员和领导。那里，就在那里，过去看过无数次现在老花再也看不清但不会忘记的就在那里，第一排蹲着咧嘴而笑浓眉大眼的男子。

那本该是他。

这么多年没真正打过球。大女儿小的时候，陪她玩过一阵子，她没兴趣。是个念书的材料，跑到美国去了，在那里成家立业，给他添了两个混血儿外孙。小儿子不是打球的料，也不是念书的料，在出版社里混饭吃。老伴早走了，两人一辈子相敬如宾，因为根本不上心。他不在意。对很多事，他早已不在意。

唯独这一件。刚改革开放时，他见机收了几张字画，现在市价都不菲，养老不愁，教书讲课，不过是排遣寂寥。手里有闲钱，陆续买了一些各具威力的世界级名拍。一面面精工打造的板子光裸着没有上胶皮，多少年来闲置在上锁的橱柜里。这些名拍，再怎么精致高端，再怎么科技文明，也无法取代当年那支粗糙的球拍。他拍子高举，猛力抽打，正手反手正手反手，结结实实的耳刮子，打得那人淌出血涎，打得那人后退倒地。反革命分子有如过街鼠哪，怨不了他。伤了腿，怎么不给治呢？不是说他是块料吗？及时治疗，肯定能再跑再跳，那时只要那人肯出面说句话。只因他的腿伤跟女儿有关，需得避嫌，把他一生都耽误了。

"还在看那照片？"林师傅搔搔头，"照片里厢侪是阿拉爷额老教练老队友，侬认得伐？"

秦念滨摇头。

"怎么样？"

冯一萍一到，杨兴就迫不及待问，她只是恹恹瞅着他看。

杨兴心里一恻。她像一枝长茎中折的花，还吸得到水分，但不够，很快就要脱水枯萎。也许不该逼她，不该给她太大心理压力，原本能赢的反而输了。她虽然是打球的料，但对方毕竟是块老姜……老姜这些年体能状况如何，两年前听说动了大手术……他那时才打多久，后来发展出的新技他会吗……

"输了？"杨兴问。

"赢了。"她说。没有一点高兴的样子，反而有点落寞，有点伤心。这真把他给弄糊涂了。

"好呀！情况如何？"

"他赢一局，我赢一局，然后，又赢一局。"她一副不想多说的模样。

"蛮好蛮好。"杨兴点头，不问比数了，看她那模样，好像那年整个队拉到青海高原锻炼，氧气稀薄，连呼吸都费劲。"今天，再练练弧圈球?"

天冷，她来上课的路上把拍子插在后裤腰上焐着，像焐着一只有生命的小动物，太冷的拍子是打不来球的。这都是杨兴教她的。那冷拍子还插在裤腰里，时间不够久，她温暖的肉还没能焐热它。

"今天，不上课。"冯一萍直视杨兴的眼睛。他的眼光很单纯，刚才是开心，现在是惊异。常年的球场征战，乒来乓去，正手反手，一道道银白的弧线划过球台，他只要不让那弧线中断。而那天，球台对面的那对眼睛，眼神却十分复杂。

不论单纯或复杂，都到了说再见的时候。她感到很抱歉，眼前这个人教会了她乒乓球，而她跟他说了这么多谎言。

比赛一开始，秦念滨谦谦君子，给了几个直来直去的软球，但是冯一萍心神不宁。穿着运动服的秦老师，身体干枯无肉，衣服挂在骨架上无风自动，持拍的手青筋暴起，跟拿毛笔时大不相同，回球飘忽近乎诡异，拍子在手里倒来倒去换边打，直球旋球变来变去，还有，虽然带着微笑，但笑容是块皮蒙在脸上，眼睛里没有笑，只有，只有……

冯一萍就这样输了第一局。

秦念滨一派绅士风，问她要不要休息一下? 他备了茶水还有毛巾。冯一萍很懊恼。这场球完全没有发挥平日水平，幸好杨教练不在。

"老师宝刀未老嘛!"冯一萍甩了甩手臂。

"承让承让，你个小姑娘也算可以了。才打不久?"

秦念滨几句话，意在安抚，却激起冯一萍的斗志。她想，今天赢不了，也不能输得太难看。要让杨教练，也要让秦老师看看她的本事!

第二局一开始，冯一萍一连丢了两分，秦念滨微笑了，带着君临天下的神情，直板快攻毫不留情。冯一萍深吸口气稳住，不停大角度吊球，让秦念滨跑起来，几个弧圈球也拉得威力十足。秦念滨没料到冯一萍能打出这种水平，再加上跑不动，虽然勉力回球，终被打死。冯一萍险胜一局。

冯一萍打得全身都热了，等着秦老师夸奖，但是秦老师只是喘气，咽口水，摇头。两人默默换边，第三局开始。

冯一萍发球，抛球前，直视秦老师的眼睛。那眼睛里有太多情绪，凭着一年多来相处的理解，她读懂了一部分，那是愤怒、是惊疑、是犹在晦暗中咕嘟咕嘟加温未成形的仇恨。他将会恨她，如果她赢了这一局。

书房里的秦老师呢？她为什么想跟他打球？

不圆满，不会圆满了。一个乒，一个乓。

台北别恋·错爱

TAIPEI
浮城纪

台湾。

热闹滚滚繁华富裕，月亮代表我的心！

李 桃 三 十

围城里围城外，心头迟疑。 时间就这样过去了。

　　三十岁的李桃仍是美丽的，只是有点松疲。十九岁考上大学那年开始
在体内熊熊烧着的生命之烛，已经缩短了它的焰火，无法再映得她双颊红
润光泽。但她仍是美丽的，在于她用心地维持，维持一种矜持自恃的女性
姿态。虽然有时候，在四下无人时，她会露出豁出去的大大咧咧模样，像
个已经知道答案的妇人般不在乎，但多半时候，她还是小心翼翼地抿住
嘴，并拢双脚。三十岁的李桃未婚。

　　李桃并不是无人搭理，恰恰相反，从上大学起，她的红唇白齿，以及
未语先笑，吸引了不少人的眼光，其中一个还在一个月夜里，在唱完一首
带抖音的情歌后，向她求婚。李桃记得那天她穿着一件长长的牛仔布裙，
两边有两个深深的口袋，坐在草地上，裙子摊开来成一个女性的圆。她知
道自己坐下来的姿势有多么秀气，她知道男孩一直盯着她看。男孩有很高
的额头，两道浓眉在眉心间若有似无地相连，左边嘴角有一个浅浅的梨

窝，让沉郁的面容带了点舒缓的稚气。

当男孩把心揪着唱着那首情歌时，李桃其实不是很专心，她感到光裸的颈背上好像停了一只蚊子，正要吸她无限光华远景的青春宝血，但是她忍住了不动。此时此刻将会是日后回忆中的一景，李桃不愿破坏它。模糊地，她知道总有一天，有个男孩要对她求婚，但没想到这么快。太快了。她摇摇头，把颈背上的蚊子赶走，把手从男孩淌汗的手里抽出来，插进口袋里。

李桃那时不知道的是，这段回忆在心头重演的时候会这么快来到。

时候未到，缘分不够，二十五岁前的李桃，一点也不想定下来。她冷眼看着周遭结了婚的女人，像魔咒解除了似的失去了矜持的姿容，添了难掩的疲态。

就是现在，她也不知道自己想不想结婚，过两个人的家居生活。她只是有点倦。

"悬而未决"这四个字常浮现心头。吊在半空中像个钟摆，晃过来，晃过去，拿不定主意，围城里围城外，心头迟疑。时间就这样过去了。李桃几乎可以听到时间的脚步声。镜前眼角突然浮现的一丝纹路，雅顿、兰蔻压不平。泛黄的脸色，睡一天也改不了。一条时间的不归路。映着天光云影澄蓝的眼睛褪白了，爬上一丝丝若有似无的红线。不笑的时候，笑过的痕迹还在那儿。时间的蛀虫，不舍昼夜在筋骨间做它们的工，她听到肌肉开始松垮的沙沙声，听到筋骨如风中竹林被吹弯了腰……她听到一声轻轻的叹息。

最让李桃受不了的，还是在车子照后镜，在公司的玻璃大门，在计算机深蓝底色的屏幕上，在她最不设防的时候，看到一张三十岁女人的脸。十九岁那时，她就知道有一天，自己也会老。她没料到老来得那么快，她还没想好要怎么老。

她看着街上的妇人，牵着小孩的，独自的，或是有伴的，她的眼光追逐着三十几岁、四十开外的妇人。她看到她们眼睛瞪着茫茫的前方，双脚开开地坐或站，眉头不自觉地皱着，到任何店都可以开口还价。等公交车、等付账、等过街，她们张开嘴打个大呵欠，一点也不遮掩。

走到这一步，接下来李桃有两个选择。一个是择人而嫁，生儿育女，回到轨道上来，跟大伙儿一起老，谁也不笑谁。另外一个，是个危险的小路，运气好沿途还有点风景，运气背可能一路崎岖，终站不知是哪里。李桃站在那个岔路上，左看右瞧，就像她的年纪，不老不少，说不出的尴尬和烦恼。

这一两年来，遇到的男人少了。并不是他们消失了，而是他们的眼光很少来找。年纪相当的，要不就结婚了，离婚了，或有固定的伴，还落单的，怕一沾上李桃，立刻得谈婚嫁，何况新笋般甜美、大学刚毕业的女孩一批批来到。虽然李桃的笑依旧有魅力，可是男人发现，脸红低头的娇态，似乎比不避不闪盯着人的笑来得好应付。李桃的笑不自觉地有点落寞。

这样的李桃，遇见了那个贩卖机的男人。

贩卖机的男人，是李桃给他的绰号，写在日记里，只有她知道。那天李桃如往常般在打了一个上午的计算机后，端了个杯子到公司的厨房去添热水。走道很长，一边有窗，外头是灰泥砌的停车场，远处是高速公路，更远处有个公园，李桃总是往那儿看。晴天，阳光洒逗着树丛，影影绰绰；阴天，一切融到蒙蒙的背景里去。她习惯在窗边站一站，有人问她看什么，她只说让眼睛休息。

"对不起，请问……"有人在她背后出声，她很不在意地回过头，眼睛还带着茫茫的神色，因为知道不会在这里遇到什么人。但她立即清醒了，眼前是个年轻的男人，模样清俊，睫毛又长又翘得不像话。她笑了，鼓励对方的问话。

"请问这里有没有贩卖机?"

"在厨房，就在这边拐角第一间。"她拿杯子往那个方向指，又说，"跟我来吧，我正好要去。"

男人默默跟在她后头，只是几步路，但是她一直忍不住脸上的笑意。进了厨房，她去倒水，男人便站到贩卖机前，开始叮叮咚咚往里头丢硬币，清脆的声音，咚咚敲着李桃空了好久的心房。李桃盯着男人看，男人的侧面更清俊，都要带点脂粉气了。比蹬着高跟鞋的她至少高出一个头，蓄着最时髦的发型，耳朵上的头发青青刮上去三厘米。鹅黄色的T恤外头罩了件灰蓝格子的短上衣，一条故意褪白的牛仔裤，一双皮底半长筒的登山鞋，整个人简直清新得过了头。

李桃有点失望。这样的男人没有希望，但同时，也就更无顾忌地打量他，"像欣赏一幅画"，她在日记里这样写。男人感觉到她的眼光，在可乐从贩卖机里哐当哐当滚出来时，匆匆拿了就走。李桃看着男人的背影，不用照镜子，也知道自己是一副三十岁女人恬不知耻的神态。

那天晚上，歪在床上写完日记，李桃把床边的灯关了，对面住家的灯光照进来，窗棂映在地上像树影一样，突然有种浪漫的感觉。

隔了一星期，李桃已经忘了这回事，又在厨房里遇见贩卖机的男人，正在买饮料。男人似乎也不记得她，抬头看了她一眼，没什么表情就出去了。

李桃有淡淡的惆怅，惆怅像冬夜嘴里呵出的白烟，看起来有热度，但它的热只是跟空气的冷的一种比较。贩卖机的男人，太帅又太年轻，李桃不会真的抱什么希望。她倒了满满一杯热水，往自己的座位走，眼睛盯着水，怕热水泼到手了，走得越慢，水却晃得越厉害，真是一步一颤，偏这时有个人影很快地撞过来，当心二字来不及出口，半杯热水就洒了出去，泼到李桃的手，烫得她咬牙，还有一些洒到来人的身上。

"哎哟，对不起。"李桃忙说。对方也吓了一跳，连说对不起，却是那个贩卖机的男人，裤脚上湿了一块。看李桃盯着他，解释什么似的说："零钱，忘了拿。你没烫到吧？"

李桃摇摇头，把烫得热热的手往脸上贴，脸上却也是热烫烫的，一察觉，反而更一阵阵烧起来，不用问，也知道现在是满面红霞。想想不像话，转头就回厨房来，男人也进来了，到贩卖机退币口里去掏钱，李桃把水龙头拧开，烫红的手在水下冲着，感到脸上的热潮退了。

再倒了杯水，这次只装了八分满。不用回头，也知道贩卖机的男人还没走。李桃想，跟他说说话吧，可是一时却不知说什么好。拿了张擦手纸，把杯子外缘擦了又擦，擦到手时，听到男人走掉的脚步声。

难道真跟这个人有缘？到了这年纪，李桃不得不对缘分有点相信。上个男人已经是半年前的事了，是个卖计算机的，一张嘴很灵巧，平时和床上。才半年，李桃有点讶异自己忘得那么彻底，男人半买半送的一台计算机，现在还好端端在她书桌上，朝夕相对，比对那男人还要熟悉。也许是开始的方式不对，一开始是为了买计算机，两边都想要好价钱，说说笑笑，不觉调起情来。李桃虽然有些阅历了，还是比较向往浪漫的开始，恋恋的追求。

但是现在不会再有人对她唱情歌了，李桃很清楚。

接下来几天，李桃跑厨房跑得格外殷勤。第四天，冷静下来，暗骂自己又不是怀春少女。

没怎么样就这么沉不住气。想开了，专心上了半天班，觉得口很渴，心想何不也去买个冷饮？进了厨房，还是空无一人，她到贩卖机前，慢慢朝里头一枚枚丢硬币，这时候有人进来了，直觉知道，是他。

果然是他，穿个白上衣牛仔裤，头发梳得油亮。他朝她一笑，她也笑："买饮料？"

"不，来贴布告的。"

李桃看着他把张纸贴到公布栏去："什么布告？"

"要搬家了，卖家具。"男人说，看着她，"看有没有需要的，便宜卖。"

李桃笑笑，不置可否。

男人走了，李桃连忙凑上前瞧。要卖的有桌子、木架、台灯、旋转椅等写了一长串，末了还有个沙发床。李桃抿着嘴笑，不知想到哪儿去了。

布告下方有他的名字，还有分机号码，原来是业务部的。

这天李桃回到一个人住的小屋，在房里摸摸弄弄，把窗台上养的几盆非洲堇移来移去，浇着水，一失神水从盆底的洞流出来，溢过底下托着的小碟子，滴得窗台还有地板上湿答答。

她拿了抹布来，索性把积尘的窗台也一并抹净了，倚着窗看月亮。月如钩，什么都挂得上去似的。她想找个人说说话，一起看看这月亮。其实如果有个木架子，把花放上头，空出窗台来，就可以坐在上头看月亮。

李桃主意打定，隔天到公司，趁四下无人时，照着布告上的分机打过去。接电话的正是他，声音比记忆里的要成熟，听得出常跟陌生人讲电话，带点跑业务的人四海的味道，因为觉得面对的好像不是一个太年轻的男人，她忐忑的心情稍稍放松。她说了自己姓李，是资料中心的，留了分机号码，可是没说破两人在厨房里见过。本来要说的，后来还是没说，因为没说，她很自在地问了地址，约好了当天下班后去看。

下班前，李桃到盥洗室去，把眼线再描黑，唇膏补上，盥洗室白惨惨的日光灯，照出镜里黄着脸的女人。李桃对镜做出一个笑脸，可这笑却泄露一丝她不愿见的沧桑意。骗谁呢？李桃问镜里的人，这神情就是三十岁，再怎么保养容颜也无益。

就是去买个架子，不为别的。李桃喃喃对自己说。

男人住的地方在一个小巷里，有点过去竹篱人家的味道。李桃把车停在巷口，扭着高跟鞋数着门牌往里走，还没走到，就看到一辆崭新机车停在一户人家前院，张牙舞爪的，在这有点古意的巷子里特别突出，李桃不自觉就往那户人家走，才到门前，二楼窗口探出个头来，叫她："喂，是李小姐吗？"

她抬头。

男人愣了一下："是你。"

男人咚咚跑下楼来，穿着她看过的那件鹅黄 T 恤，下身只穿条短裤，李桃注意到他腿上有长长的汗毛。以前的几个男人，没有一个是长毛的，看到这样多毛的腿，觉得特别是双男人的腿。

为了掩饰自己的心猿意马，李桃忙找话说："你骑摩托车果然是比我开车快多了。"话一说完，又觉得这话说得好像两人是旧相识，不需介绍似的。

男人带她上楼，他的房门洞开着，一扇大窗迎进落日余晖，房里像镀了金似的，每样东西都在发光。

就这样走进他的房间了。当下李桃暗暗对自己说。她知道这可能又会是日后回忆中的一景，不得不分神来记录。记录对方的言谈和神情，当时的背景氛围，最重要的是自己当下的感觉。

当下是什么感觉呢？李桃很惊讶地发现自己竟然很冷静。男人指给她看那个木架子，靠在墙边，上头堆了一些杂志。她笔直往木架走去，伸手去摸，摇晃它，审视它的模样，仿佛除了木架子，一切都不重要、不存在。耳边听到男人反反复复说着，这架子的木头好，很牢固，买来时，是他亲手组的。但是一个简单三层的木架子，实在没太多可说，后来他便不说话了。李桃不用回头，也知道男人在打量她。

她，一个见过几次面的陌生女人，在他房间，浴在金色的夕照里，这光线完美地烘托出她将逝的美丽容颜。她很可能就会买走他用了几个月，甚至几年的东西，原本是属于他的，就要属于她……

"怎么样？"男人低沉的嗓音说。

李桃回过头来，未语先笑，反问他："其他东西卖得怎么样？"

"都还没人问呢，你是第一个，希望不是最后一个。"

"不会的，"李桃说，"不会的。"

男人看着她的眼光里好像有点什么，也许是因为她的笑，也许只是因为夕阳余晖的反照。她做出不在意的样子看了看四周。房间不大，东西堆成一摞摞的，可能开始打包了。

要搬家，是要换工作吗？或是搬去跟女朋友住，或者是要成家？任何一项都有可能，因此李桃不去问，她继续打量男人的房间。每天下班后，他都在这里做什么呢？李桃看到角落里一张咖啡色的沙发，这就是那张沙发床吗？她走到沙发前，但是男人没有请她坐下。

"你到业务部不久吧，以前没见过你？"

"才来三个月。"

"是新人呢。"

"嗯。"男人好像不太想谈他的工作。

金光在快速减弱中，房里已经不像刚才那么明亮。李桃知道是该做决定的时候了，但是她还没拿定主意。不是关于那个木架。木架太大也太高，放在窗前，会把窗台都遮住了。是关于眼前这个人。她不知道接下来要扮演哪个角色，是买架子的公司同事，还是一个有交往可能性的女人？她不知道是要随性去迷恋一个年轻男人，还是不再走岔路浪费时间在不会有结果的邂逅上。因为无法决定，李桃不太确定要如何站立和讲话。

"你为什么要买架子？"看她犹豫不决的样子，男人问。

"放花。"其实是为了看月亮，她在心里说，其实是为了来你家。

"放花？"男人笑了，男人也有一个浅浅的梨窝，也在左边嘴角。

李桃震了一下。为什么她前几次没注意到男人的梨窝？是真的没注意到，还是她一直都知道？在渐渐暗下来的房间里，眼前男人的长相开始看不真切了。

李桃空着手走出男人的房间，走出小巷。男人是否在窗口目送她，她不知道，此刻也不重要。暮色里，李桃心里想的，都是一些年轻时候的事，一些回忆，一些她以为到很老很老时才会鲜明浮现的回忆。

那天以后，李桃再也没有遇见贩卖机的男人。倒是有一次听到同事在说，业务部招考新人。他走了吗？李桃没去打听。

她只记得，那天回家做了个梦，梦中又回到了大学时代，她的圆裙被风吹涨开来，她知道她走路的样子有多秀气，她知道身旁的人在看，隐隐约约，她告诉自己，这回可不要再任意蹉跎了。接下来，却是她在贩卖机前投硬币，叮叮咚咚，按了选择键，只听得饮料罐在机器里头哐当哐当拼命响，响了半天，就是不掉下来，李桃一直等着，等着，等到梦醒，什么都没有掉下来。

　　三十岁的李桃，不知道自己还能撑多久。

媳妇儿

青春的光华和芬芳，被老人不断嗅入，留给她的是一种时间无涯的迢迢感，仿佛她也活过很久，就要来到生命的终站，在那生命的终站，不要有一丝丝遗憾。

敏玉常想起她的公公，那个冲着她叫媳妇儿的男人。

敏玉开始跟周大民交往时，就听说他的妈妈卧病在床，家里三个儿子大中、大华、大民会读书但不管事，照顾妈妈全靠老爸一人。由于这个原因，大民很少带她回家。

后来，周妈妈不行了，两人赶办喜事，文定礼就在周妈妈病床前举行。敏玉穿了件在百货公司匆匆买来的粉红薄绸旗袍，顺着苗条的身段蜿蜒，影影绰绰有点旧时代大家闺秀的味道。她松松绾一个髻，垂下几缕发丝，两长挂镶碎钻长耳环，低头坐在房中央的椅子上，让大民替她戴上一条金项链，那是未来婆婆送的礼。

房里站满了人，她的妈妈和舅舅，从丰原来的大民的大哥大嫂、竹北来的二哥二嫂，只有她跟周爸爸是坐着的。小孩都在客厅里玩，房里没什么人讲话，舅舅一个人不时哈哈哈说着恭喜，想制造点喜气。大家都知道，这个婚事是赶在丧事前办的，周妈妈要看到幺儿办了终身大事才能含笑闭目。

不会有婆媳问题了。妈妈说这话时，一副老天保佑祖上积德的表情。妈妈跟奶奶的战争，一直进行了二十年，直到奶奶住进了老人院。妈妈从不去探望，逢年过节都是敏玉当代表。

敏玉偷瞥一眼床上的女人。女人的眼睛时开时闭，呼吸急促，身上没有肉，只有老皱的皮包着骨，脸上搽了点粉和胭脂，抹了口红，却显得更加骷髅憔悴。房里有种难闻的气味，不知是病人身上的尿臊，还是药味？她暗自庆幸不需照顾一个重症病人，一个她称之为母亲，但实质上是陌生人的病人。

戒指戴上了。有点松，来不及改。他们叫她喊妈。她抬头再看一眼床上的女人，婆婆。

"妈！"她怯怯叫了一声，感到站在身后的妈妈身上一颤。

她一叫，屋里人都跟着用闽南语喊："妈，妈，唔听见呃，敏玉在叫你，恭喜哦，娶媳妇哦！"

"妈！"她再次叫唤。

床上的婆婆睁大眼睛，浊黄的眼睛里蓄满泪水。敏玉觉得自己也要哭了。这是一个多么不吉利的订婚典礼。

哈哈哈，一阵沙哑的笑声，打断了众人的叫唤，大家错愕地寻找，发现笑的是一直无言坐在角落里的周爸爸。周爸爸头发全白了，穿着一套松垮垮的旧西服，歪斜的暗红条纹领带，两手撑在叉开的大腿上，笑意满盈。敏玉第一次看到周爸爸这么精神奕奕。周爸爸重听，又不喜戴助听器，几次见面，他们的交谈仅限于问候。他总是佝偻着，嘴里含糊说着什么，眼光涣散根本没看到人。现在那双眼睛却十分锐利，亮闪闪盯着她，眼神喜不自胜。原来，大民长得像爸爸，父子的眼光一模一样。周爸爸比周妈妈大了十五岁，听说是河北大户人家的独子，仆婢前呼后拥团团伺候，是爷爷、奶奶、父亲、母亲的心头肉。只身飘零来台，好容易成了亲，一份微薄的公务员薪水养大三个儿子，七十多岁的人了，本当享福，还要照顾卧病的太太，也真是难为他了。

"哈，哈，哈！"周爸爸还在笑，眼光罩住她，"娶媳妇儿咯，娶媳妇儿咯！"他颤颤站起来，走向敏玉，"我的媳妇儿，我的媳妇儿啊……"

敏玉连忙起身，大声喊："爸！"

大民一把搀住老爸，免得他向敏玉身上倒去。他对老爸最近时而发癫的毛病很不满，也不看是什么场合。

"妈，妈！"有人惊叫，所有人的注意力又转回病床，只见周妈妈眼睛半睁半闭，头歪着，一丝口涎正往下流淌。

订婚后两天，敏玉的婆婆就往生了。喜饼都还没送完呢，就要寄白帖发讣闻了，敏玉觉得真是晦气，但是，这似乎也是意料中的事。她绝不愿结婚典礼再度到病床前搬演。这还没什么，丧事办完，跟大民的喜事要赶在百日热孝接着办，敏玉都不知自己是新妇还是孝媳，当笑还是该哭？

婚礼那天晚上睡在办喜酒的饭店，她跟大民一动也不动躺在床上，一股悲哀淡淡笼罩他们。婚事丧事一起来，大民的精神和体力严重透支，一会儿就打起呼来。人生大事就这么办完了，敏玉的头脑很紊乱，在一片混乱中，觉得有什么事不对劲儿，是什么呢？她盯着嘴巴微开，眼睛没有完全闭拢熟睡的大民，这个人，就是她的丈夫？睡不瞑目的一个人！她赌气地转过身去。有谁的新婚夜，比她的更不浪漫？

从饭店返家，一推开门，周爸爸就笑嘻嘻迎上前，讨好地接过她手中的行李包。"爸……"公公的精神抖擞和笑意，让她有点纳闷。昨天喜宴上，他也是乐呵呵的，一点也没有丧偶的悲伤。当然，婆婆已经病了很久了，可是在人前，总得做做样子吧，敏玉当时心里有点嘀咕，还有点害怕。怕什么呢？她也说不上来。大概是担心公公又胡笑一气嚷起来，破坏婚礼的庄严气氛。

婆婆的房间重新粉刷，置了新床和衣柜，当作他们的新房。这是暂时的安排，所以她也没抱怨。隔壁是公公的房间，她探了一眼，一张单人床，一张书桌，上头乱糟糟堆了一些什么《幼学琼林》《水浒传》《三国演义》的旧书，床下也有书，放在纸箱里。大民说他爸爸以前很喜欢看书，现在年纪大了，看得比较多的是电视，大陆的风光介绍或是京剧。还有一间房，做了储藏室，积累着几十年来家庭生活的旧物，一直堆到天花板，没一样能用，没一样舍得丢。要老人丢弃旧物，就像扒一层皮。将来，将来都会称斤卖掉，或者花钱请人拉走的吧，敏玉想。

厕所只有一间，跟浴室一起，里头一股难闻的公厕臭味。敏玉也像使用公厕一样，半蹲着不敢坐到马桶上。洗手时，她发现洗手台上厚厚一层黄垢，镜前的置物架上散放着淌奶的牙膏、散发的牙刷、长茧的刮胡刀，还有一些不知为何的小物什，在灰尘和膏渍之间。

不只是这个厕所，当敏玉仔细看时，发现这个家每个角落都积着多年的尘垢，仿佛困在一个巨形蛛网里，灰蒙蒙死沉沉，令人想瞌睡。这是个没有主妇的家。公公充其量只能照顾好婆婆和自己的饮食起居，哪有精力打理房子。大民每天早出晚归，下班后又忙着约会，也顾不上。

她打开前几天就送过来的几口皮箱，把衣服挂进充满松香味的新衣柜里。柜里的穿衣镜，照出她丰润的脸，两道为了化新娘妆特意修过的柳叶眉，一双有点往上吊的眼睛，水盈盈地漾着媚光。新娘子！她好像突然看到自己的美。青春的光从体内向外散发，形成一个光环包围着她，跟这个老朽的家，形成强烈的对比。

在家里住了一晚，隔日上午到娘家转了一下，就出发到日本度蜜月，正是春樱烂漫时节。从机场回到家，已经十点多了，公公睡得早，房门虚掩着，仗着公公耳朵不便，他们笑笑闹闹，吃了点宵夜，然后一起冲澡。洗得正欢，有人敲浴室的门。

"该死，是爸要上厕所，"大民关了水龙头，拉过浴巾扔给她。

"请他等一下嘛。"

"老人哪能等？我叫他等，他也听不到。"

门敲得更急了，还听到老人沙哑的咆哮。"爸一定以为是我在洗澡。"大民像在解释什么。老爸的脾气越来越怪了。

大民套上短裤，门开一半，她围着浴巾，头发滴着水，躲在门后。老人看门一开，就要往里冲。

"爸，你干吗？"

"你这个浑小子，你把我媳妇儿藏到哪儿了？藏到哪儿了？"老人喊着，举起拳头。

"我们在洗澡。"大民挡着不让老爸进来，但也不敢太使劲，怕伤着他。

"还我媳妇儿，你这小子！"老人突然一股蛮劲，把门撞开了，敏玉吓得尖叫。老人往儿子身后看，看到敏玉像朵带露的鲜花儿，被水汽蒸得湿漉漉的，皮肤雪般白润头发墨般乌黑，脸上一喜，便叫："媳妇儿！"

"爸，你找敏玉做什么？"

老人恍若未闻，一双眼睛只是盯着半裸的儿媳妇，像胶住了一样移不开。还是大民反应快，把敏玉往外一推，叫她快进房，解除了尴尬的对峙。

公公一定是因为老伴走了，幺子娶亲，一悲一喜刺激太大，所以才会……但想到公公看她的眼神，真不像一个七十开外的人啊。我的媳妇儿，我的媳妇儿儿……一想到他那苍老的呼唤，敏玉心头发颤，说不出的滋味。他口里叫她媳妇儿，眼光却分明把她当成女人，他的女人。敏玉很纳闷，在大民口中一介读书人的公公，怎么行为如此乖张出轨？

"台湾人说媳妇儿，说的是儿子的老婆，"妈妈跟她说，"他们外省人说媳妇儿，说的是自己的老婆。"

啊！敏玉吃了一惊。是这样吗？她一直以为，公公叫的是"儿媳妇"，为什么公公管她叫"媳妇儿"？

冲澡事件后，老人又成了严肃寡言的公公，对敏玉的问安点头回礼，敏玉准备的晚餐也吃得很香，此外没有一句废话。白天小两口不在，晚上回来，公公都在客厅里看电视，声音开得震天响。凭着女人的敏锐，敏玉知道公公是疼她的。他注意到敏玉爱吃鱼，每次上市场一定带条鲜鱼，出门用餐也会点鱼，虽然没有明言，但敏玉注意到公公其实鱼吃得不多，只在鱼背上夹几口肉，不像会吃鱼、爱吃鱼。恢复正常的公公，自重自爱，一点也不给她添麻烦。他早就习惯生活自理，不需要别人服待，有时还会主动做做家事，像买菜和洗碗，就全是他包揽。家里跷脚享福的，反倒是大民了。于是敏玉也投桃报李，特别留意老人的喜好，知道他喜欢甜烂的食物，就常煲点红豆汤，买芋泥糕，哄着他开心。老人耳背，儿子喊半天，他听不清，反倒是敏玉一靠近他耳朵慢慢说，他什么都听懂了。

周末如果遇上好天气，敏玉让大民在家睡懒觉，自己陪着公公在小区里散步。她挽着老人，慢慢走上小公园的阶梯，看着邻居孩子在草地上打滚。常年乏人嘘寒问暖，还要照顾病人，郁郁寡欢的公公，身体显得虚弱，坐在凉椅上，喉咙里不时咳咳一阵响，却连口痰也吐不出来。敏玉看着公公的侧脸，两颊生斑的肉垂着，嘴唇有点外翻，像孩子撒娇嘟着嘴，风吹白发，眼里有一丝难解的忧郁。敏玉知道该怎么做。她带着老人到附近的糕饼店，买两个刚出炉的蛋挞，香甜软滑，是老人的最爱。老人把蛋挞小心捧起，深深吸进香味，张大嘴，稀落的上排牙齿猛然向前探出，深陷蛋挞软滑的中心，温香软脂在齿舌间滑溜，老人脸上漾起满足的笑容。

相安无事二个多月，那天敏玉一下班，公公就冲着她大发雷霆："你这个女人，不守妇道，跑哪里去了？"

"我去上班啊！"敏玉头皮一紧。

"上班，你上什么班，丢人现眼！"公公抓住她肩头摇晃，嘴里唾沫星子溅到她脸上。

敏玉把老人一推，冲回房去把门反锁。见鬼了，真是。她一边打电话找大民，一边流眼泪。电话不通。她镇定了些。别怕别怕，他，毕竟是个老人了，能对她怎么样？她发现自己恐惧的，不是被打被骂，而是更可怕的。她躺在床上，看着这有点陌生的房间，哪里有点怪。

她的衣柜门夹着一块粉色的布块。打开来，衣物有点凌乱，装内衣的长匣没关紧，订婚穿的那套粉色旗袍，外头罩着的塑料保护套被拉掉了。强烈的被侵犯感及它所引起的愤恨感淹没了她。这个脏老头！

她把门打开，老人等在门外，她还来不及出声骂，老人的眼泪就流下来了："我想你，好想你……"

"爸……"

"我不该把你留下来，我该带你走，我，我……"老人老泪纵横，泣不成声。

公公被诊断出有老年痴呆症。医生说，公公的大脑线路已经堵塞不通，这堵塞会越来越严重，错将昨日当今日，记忆失序行为乖张，他将会不认识人、不认识路，最后，连自己是谁都忘了。

大民和敏玉的心安了，一切都有合理的解释，爸爸的出轨也成了理所当然。如果一个人疯了，你还会在乎他对你吐口水？现在新的问题是，老人病了，他们想搬出去另筑爱巢的计划，又得无限期往后延。

老人接下来出格的行为是，不管媳妇是否在场，他照常更衣，开着厕所门撒尿。天气热了，他成天只穿一件汗衫、一条内裤，在屋里缓悠悠地晃。敏玉没说话，大民倒有点尴尬。

"我爸爸，他本来不是这样的。"大民像要解释什么似的。

"我知道。"敏玉柔声说。

周爸爸课子严厉，再加上有点郁郁寡欢，大民看父亲，一直就是个不苟言笑的读书人，固执严厉不易亲近。考大学时，为了填写志愿父子意见分歧，冷战许久。他到南部读书、当兵，回到台北工作住在家里，两人不过是一个屋檐下的陌生人。爸爸现在这副为老不尊的模样，倒教他怀念起当年的威权。他不由得感谢起敏玉，本来以为她是个娇娇女，没想到这么识大体。他找疗养院的态度也更积极了。

敏玉在家里出入行动特别小心。公公在她面前越是袒胸露背，她自己就越是包得紧密，宁可背上长痱子，也不肯穿得清凉。她还是陪着公公散步，买甜点给他，但脸上紧绷着，手也不去挽他。如果大民不在家，她不去冲澡，生怕公公再来敲门。进房就把门锁住，把灯调暗，有时听到公公在外头咕咕哝哝说什么，她只装作已经睡了。这些小心翼翼，她谁也没告诉，包括妈妈和大民。

公公好像时而清醒，时而迷糊，当他一个人自言自语眼光遥远时，敏玉会特别当心。有时她来不及走掉，被公公的眼光罩住了，那双眼睛里尖锐的痛苦，就像两根长矛，把她钉在原地动弹不得。在公公眼里，她是个女人，一个渴望却无法亲近的女人。这种炙人的眼光，她也没法跟别人说。

公公有时像个小孩那样使性子，有时却又像呼吸着最后几口空气的老人般认命。我是个老不死，他不止一次这样说，老不死，老而不死谓之贼。他的健康在急剧走下坡，健忘得厉害，有时不记得自己吃过饭没。别人跟他说话，他一概不理，只有敏玉弯下腰来，圈嘴在他耳边说话，脸上才有了表情。大民说是女人声音频率高的关系，却没解释为什么大嫂二嫂讲话，老爸也恍若未闻。

那个晚上，大民加班，她先在外头吃过晚饭才回家。公公听不到电铃声，她自己用钥匙开了门。客厅里没有点灯，公公房里透出一点点光，还有一种奇特的呢喃。细听，不是呢喃，是哭声。

"爸，爸？"

她走近，公公的哭声更响了，边哭边说，无限委屈。推开门，公公背对她跪在床前，两手抱胸，哭得非常伤心。

她伸手碰触公公抽搐的肩头，公公猛然抬头，一时似乎认不出她。他手里紧紧抓着一张黑白老照片，泪水滴落在照片上，他赶紧在汗衫上拭去，藏到身后。就那么一瞥，敏玉看到那是个穿着旗袍的年轻女人。

是婆婆的照片？敏玉知道不是。一定是公公在大陆的恋人，甚至是发妻。瞒着一家人，独自背负着对另一个女人的思念和愧疚，这种故事在两岸开放交流后，突然从地底下幕帐后窜出不少，遍地化暗为明的窃窃私语。看着满脸泪痕的公公，敏玉不禁心生怜悯。谁知道这个老人的心事呢？养了三个儿子，没一个关心。

"来吧，起来。"敏玉伸手去拉，公公却把她一扯，带进怀里。"你可回来了，我等你这么久，"他粗糙的厚掌抚摸着敏玉惊惶的脸，"不，是你等我这么久，我回来了，回来了。"他湿漉漉的老脸贴住她的脸。敏玉挣扎着，没想到老人的双臂像铁条般，钳住了她再不肯放。

"爸，我是敏玉，是你儿子的老婆啊……"

老人什么都没听到。他似乎沉浸在他的世界里，四十年前吧，他跟恋人或发妻正在亲热缠绵难分难舍。漫长的分离啊，终于又摸到抱到了，恋人美好年轻的躯体，温暖柔软说不出的香甜。老人在敏玉发上脸上嗅闻着，整张脸埋进她怀里，像个索乳的婴儿。

敏玉脑里一片紊乱。公公，儿媳。三纲五纪人伦天理。她该高声喊叫，用力捶打，用尖指甲划破他的脸，用利齿咬他的手。

老人抱紧了她，嘴里呢呢喃喃说着情话。大民从不曾这样对她。事实上，结婚才多久，两人已像老夫老妻。公公这跨越近半世纪的思念，是何等炽烈，竟然在年老糊涂时爆射出来。如果她跟大民分隔两地，大民恐怕很快就有新欢，即使没有，心房也不再住着她，她只是房里的家具。

"媳妇儿，媳妇儿……"老人欢喜地流着泪。

对这个来日无多的男人，她是人生最后的盼望，是幸福的光源。此刻，他的心必是万分虔敬，感谢上苍把思念的伊人带回身边。谁知道，上辈子，也许她曾是照片中那个女人。

老人身上陈年的朽味，笼罩住她，她几乎无法呼吸，而老人还在拼命嗅着，在她脸上身上磨蹭。青春的光华和芬芳，被老人不断嗅入，留给她的是一种时间无涯的迢迢感，仿佛她也活过很久，就要来到生命的终站，在那生命的终站，不要有一丝丝遗憾。

老人哆嗦着手来回抚着她浑圆的手臂，然后探进她丝质衬衫的领口。

这件事，过了很多年之后，敏玉才告诉病床上的妈妈。寡居多年的妈妈，也走到生命的尽头了。她瞪着敏玉，没有说一句话，良久，长长叹了口气。

　　住进疗养院的公公，最后忘掉的人是敏玉，这让其他兄嫂有点吃味，因为她是最晚进门的。敏玉很孝顺爸爸，常陪他去散步哦，大民这样解释。他总是要为一些令人不安的现象找出解释。

　　公公忘掉她以后，敏玉相信，他也从对照片中女人的思念里解脱了。不久，他便撒手西归。遗物里，怎么也找不到那张照片，最后，全都让收垃圾的拉走了。

　　她跟大民的婚姻，只维系了五年。妈妈常归因是红白喜事一起办的关系，盟誓爱情和悲悼死亡，二者哪能混在一起？敏玉微笑听着，不置可否。

告　　解

告解者的罪恶经由神父向天主祈求赦免，神父的七情六欲会不会在告解者的诉说中被扰动呢？

不出所料，蓉还没来。

台北这家叫作"老相片"的咖啡馆，充满怀旧的气氛。从旧家具店搜罗来的胡桃木圆桌，亮润润地昭显岁月，几张让人深陷的布面软沙发，几把铺着方格棉布垫的木椅，老式的织花罩垂流苏立灯，百合花般伸出长喇叭哑掉的留声机，黝黯的地板和粉绿的墙。墙上挂着大大小小的咖啡色相框，里头的黑白老相片，关于这个城市，也关于城市里的人，从人物暧昧的表情里，难以揣摩他们的心思。我坐在角落里，听着美国歌手诺拉、琼斯十几年前的老歌，慵懒的声音像在周末赖床的时光，瞬间把我带回了从前。我在下铺，蓉在上铺，没有课的周末早晨。

美式咖啡已经喝了一半，入口不再有炙热的烫感，但余香仍在。我等待着蓉，在我们相识的二十几年里，每次见面她总是迟到。等待时，心情不再焦躁难安，而是不温不火如眼前这杯咖啡，即使有一丝苦涩，也不难入口。不苦的咖啡，就不成为咖啡了。我已经中年，有木讷但顾家的先生，一对拙于读书但还算乖巧的儿女，因为常年的胃疾，身形瘦削，脸色苍黄。这样的女人，对很多事都已能接受，也决定就这样终老了。

跟蓉从大学室友开启的友谊，见证了我们作为女人最美丽的人生阶段。我们个性天差地远，人生轨迹亦如是。美丽感性的她，先到纽约留学，婚后随夫婿的工作四处迁移，纽约、香港、东京，最后落脚上海。定居都在大都会，旅迹遍及全世界。我们一年一会，当她如候鸟翩然回到台湾。每一次，她总是从孟买、巴塞罗那、巴黎、米兰、马德里、丽江、拉萨各地为我带回小礼物，也带来她新的邂逅故事。她见多识广，享受人生，因为没有生育，心益发自由奔放。反之，怯弱内向的我，从小生长在台南，到台北读大学时跟她相识，毕业后，我听从父亲的建议，回到台南谋职，最后在台南结婚生子。一年又一年，她美丽时髦的身影来来去去，缤纷的故事如满天落花，我专注地聆听，想象她见面之前和之后的世界。她是属于我的一扇窗，一年只开一次，迎进窗外热烈的日头和沁人的清风，当然也有一些呛鼻刺眼难以消化的污染物。

"啊，你在这里！"人未到声先至，蓉从身后一把按住我肩头，然后翩然在我面前落座。她穿着孔雀蓝洋装，胸口滚白色蕾丝边，珊瑚色束头巾的美丽身影，让我不禁从心里漾出笑意。她也笑容满面看着我，化着淡妆，神清气爽。

"喂！"她敲敲桌面，"我的拿铁呢?"

"还没点。"我清清嗓子，"谁知道你大小姐几时才会到?"

冷落我半个多小时的年轻侍者，此时不召即至，殷勤帮她点了拿铁和一份凯撒沙拉，我也加点了一块大理石奶酪蛋糕，抚慰空寂的胃，以备待会儿精彩的告解。

我们总是从上回见面是何时说起。日期地点我记得一清二楚，因为见面的一切，我都是拿来当作黑白世界里的彩色画片，在接下来漫长的光阴里，如阅读一部长篇小说或听一曲交响乐般细细推敲品味。但是我总随她瞎说，胡乱把她在其他地方跟其他朋友的见面搅在一起。接下来她就说起这一年去了哪些地方。

过去一年大半时间她都在上海，只有春节去了三亚避寒，所以今年没有礼物了。这可奇怪了，她向来待不住，总要跑来跑去，宁可把时间花在旅途上，期待着下一个景点。

"为什么呢？上回你说厌倦了大城市。"

"是吗？"她笑笑，"还不是为了跳舞……"

原来她迷上国际标准舞里的拉丁舞，大半时间都待在舞蹈室里勤练功，难怪气色如此之好，身材也比前几年更加匀称有致。

她说着跳舞的好处，好胃口地吃着那盘沙拉。我把视线随意投向她身上的任一部位，从被窗外日光照得有点透明粉红的耳垂，宫灯般繁复的长串耳环，移到她白腻的颈脖，那里很有些皱褶了。然后再到那正微微嚼动着的双唇，涂着时髦的金橙色口红。她的手纤如柔荑，现在有点见老了，手背浮出青筋。无名指上仍尽职戴着钻石婚戒，另一只手上多了个红宝石戒指，深枣色的甲油让手显得更白皙……

"学校里好吗？升等了？"她突然抬头问我。

"还没。"我不想把见面的时间浪费在我无趣的生活上，虽然明年论文再交不出去，在这个三流大学里的教职就保不住了，但是，这些苦恼跟她说又有何用？我需要的不是同情和安慰，而是可以提振精神的兴奋剂。"不管那些了，听你的，是不是又有桃花了？"

"没有，真的没有。"她否认，然后仿佛想证明她已没有力气再去爱，说起了失眠。

今年春节刚过不久，有一晚她醒来，在一个深深的洞穴里，像一只冬眠中的动物，突然被唤醒，四下一片漆黑。她在床的右半边。这是婚后一直属于她的位置，而法兰克并不在属于他的左半边，他早就不在了，分床已三年。三年前听说他们分床时，我没有多问。并不是不想知道，恰恰相反，正如对她的恋情，我对她的夫妻生活也充满好奇，太过好奇使我必须做出更加冷淡的态度。告解者的罪恶经由神父向天主祈求赦免，神父的七情六欲会不会在告解者的诉说中被扰动呢？要如何才能维持超然和客观，不去评断眼前人呢？我不知道。没有信仰帮助我，我这胆怯卑微的人只能做出冷淡的模样，仿佛一切都见惯听惯。夫妻会走到分床这一步，总是有各种理由，他打呼，她浅眠……不过就是各自想要不受干扰地睡觉罢了，当上床只意味着睡觉，当独宿比共枕轻松自在。然而分床的事不是此刻的重点。

蓉在半夜醒来，维持着原来的姿势蜷曲在厚暖的羽毛被里。上海的冬天很冷，春节前后更是。床上铺着上海老牌子小绵羊电毯，电毯有两个开关，夫妻可以依自己的需要自行调节温度。她只开了自己这半边的电毯，另一半当然是冰冷异常，也因此她更不愿意移动分毫。躺了不知多久，并没有如预期地再度坠入梦乡，她不得不抬头去看案上的钟。五点。对晚睡晚起的她，这是另一个世界的时间。她怎么会在另一个世界醒来？这一醒，就没能再睡着。第二天还要上跳舞课，一节课九十分钟，汗流浃背，而这时她已经一天跳两节课。

第二天，她又在黑暗中醒来。四点四十分。第三天，差不多同样的时间准时醒来。就这样，接下来的每一天，她都在天未亮时醒来。她试着白天拼命活动，晚上一沾枕就睡着，像死了一样。但在四五点之交，死去的人又复活了。

以前只听说，白昼和黑夜交替的黄昏，跟月圆时一样，会刺激精神敏感者每一条纤细的神经，他们无来由地感到悲伤，流下不知为何的眼泪。蓉静静躺在这黑夜与白昼的交替时分，此时市声已息，鸟未开啼，一切都还未开始，或是刚刚结束？她的身体还很困倦，脑子却唧唧启动，肉身和心灵分离，有什么就要开始，有什么已经结束？

医生说，可能更年期到了。她才四十五岁！初见面的人总以为她三十几，因为那依旧苗条的腰身，明媚的笑靥。但是她没有生育。医生说，没有生育的女人，更年期提早到来是有可能的。

啊！怎么可以？怎么可以这么早就让她干涸老去？像我这样槁木死灰的人，却因为尽本分生了两个孩子，就享有比她更长久的青春？

蓉微笑打断我激愤的发言："不是更年期。"

"不是？"

蓉在我面前一年一年老去。哪怕她有再曼妙的身材，保持青春的各种精华液和美容术，她的改变在一年一次的见面中，都是这么可悲地明显。我惧怕她的老去，远甚于自身的衰亡。如果可能，我会为她求来不老长生术，定格，在她最美的时刻，在我的上铺。

先生不了解，为什么我总爱抱着老二，总是亲他，说他好可爱，以前对老大可没这样。但就是因为对老大的爱啊，因为有过老大，了解孩子天真无邪的时光如此短暂，所以才更要加倍地宠溺和痴爱，因为失去了老大的童真，所以更加珍惜老二，第二次机会。先生不知道，一年复一年，我总在操练着这样的失而复得，得而复失，相聚的这一刻，在它发生时也正在永远地逝去，我必须尽我所能存蓄供一年取用的能量和记忆。一年只一回。我从未跟先生说过这些，他知道蓉，但不知道蓉是什么样的朋友。

"吃了激素什么的，没效，后来我知道，不是。"

"不是更年期，那是，恋爱了？"

她露出吃惊的表情。

"恋爱本来就会让人睡不好。"我悄悄逼近，"半夜醒来，想念情人？"

"胡说八道。"她否认。

基于一种绝对的专注，我可以感知眼前人。很多时候，我感觉到她的意念，不是经由耳朵和脑，而是皮肤和心。她曾跟一个小她十岁的画家有过一段，也没见她如此闪躲。她会说的，这就是今天的目的。她所有的朋友里，我是最忠实最能守密也最不会评断她的人。我指指蛋糕，乳黄色的蛋糕上咖啡色的纹路脉络分明："要尝一口吗？"

"现在才问。"她娇媚地瞪我一眼，不客气地挖走一大块。

浮 城 纪

"喜欢都给你。"

"不了，就是尝个味道。这种尝过就不点了，来个樱桃白巧克力吧。"她挥手叫唤侍者，"服务员！"她的用词越来越大陆化了，卷舌音也比从前分明。

"不用减肥了？"

"你看呢？"她一甩头发，自信十足，"现在跳舞跳这么多，吃什么都不怕。"

"怎么会想要跳舞？"

蓉叹了口气。

"跳舞老师？很迷人？"

她点头。

"很年轻？"

"二十六七吧？"

"你又不是没有喜欢过年轻的男人。"我撇撇嘴。

"不是，"她有点犹豫，但还是说了，"是女老师。"

"女老师？"我吃了一惊。

蓉开始她的告解。除了一开始略露窘态，一旦进入正题，她越讲越来劲儿，恨不得把我拉到她跟那个女老师之间，自己看个清楚。

蓉上海的朋友圈里，有不少人跳拉丁舞塑身减肥，禁不起朋友一再鼓吹，说那位拉丁舞老师灵得来不得了，新开初级班，错过可惜，一些老学生都想再从头学过呢。她勉为其难排出时间去试跳。

上课时间到了，同学都在教室等着，老师却没来。等了一刻钟，她感到不耐烦，拿了水瓶、手机，推开旋转镜门要走，眼前挡着一个人，高且瘦，穿了一身黑，帅气的短发，丹凤眼，眼尾往上翘的眼线，长翘睫毛下一双闪着寒光如宝石的眼睛。被那眼睛一扫，她乖乖走到最后一排站定。

女神般的气场。蓉如是形容这个叫艾玛的老师。

拉丁舞初级班，第一堂教的是伦巴转胯。艾玛那仿佛无肉的身躯，扁薄如黑影，此时左一片右一片切出棱角，腰胯以不可思议的角度利落写着阿拉伯数字8，后背肌骨嶙嶙，牵引着松和紧的线条。蓉试着模仿，却完全不知道如何调动腰胯和后背，不禁急出一身汗。女神艾玛无视于身后那些荒腔走板的模仿者，只是难如登天却又轻而易举地转动腰胯，与此同时，身体其他部位被切割开来，纹丝不动。这充满性暗示的动作本应释放出一种强大的女性魅力，却奇异地维持着技术的展示，跟老师的眼神一样有种科学计量的冷然。

下课后，蓉到前台缴了学费。

此后，蓉每周两次去上课，没上课的时候腰一直是酸的。腰胯慢慢可以转动了，然后是前进、后退、时间步、纽约步、螺旋转……就这样认认真真学了大半年。这段时间内，她跟老师说过的话，数都数得出来。上课时，老师从不说跟跳舞无关的玩笑话或废话，下了课立马就走，不像有的老师会跟学生"劈情操"。因为仰之弥高，她不敢去请教关于舞蹈的问题；因为钻之弥坚，老师的冷淡和寡言，让她望而生畏。从小就不是怕老师的人，这是头一回，她对一个比自己年轻十几岁的人心悦诚服。

老师的舞伴是小崔老师，联手赢过多次大奖，两人早就住在一起，步上红毯是迟早的事。蓉想着，届时一定要搜罗来最新奇不俗的宝贝，献给老师当贺礼。

蓉是个聪明人，可能舞蹈上也有点天分，这么认真用心地学习，自然变成班上的"尖子生"了。老师开始注意到她。三个月后，老师头一回喊她的名字，纠正她的动作。被老师一喊，她的心一震，脑里有一秒钟的空白。

老师越来越常喊她，有时一堂课喊了三四次，她一方面又惊又愧，另一方面却又暗暗欢喜。老师注意到她了。大概从这个时候，她开始在昼夜之交醒来，脑里第一个跳出的影像就是老师。上课时的情景在脑里回放，她暗数拍子，想象自己如何完美地跳完一段舞，博得老师的赞许，想得心潮澎湃……

我忍不住打断她："你这是粉丝情结吧？何以见得就是，就是……"

蓉却不辩驳，只是一股脑儿地把话倒出来，语速很快，背书一样的，想必一个个失眠的夜里，她就这样在心里说着，这些话被说过无数次，熟极而流了。

更衣室外的玻璃柜里陈售贴亮片的舞衣舞鞋，旁边摆了一圈沙发椅，等上课或刚下课的同学，坐在那里聊天，艾玛也坐在那里，休息，玩手机，喝运动饮料，等下一节课。因此，蓉从来不敢去坐在沙发上。她在更衣室里拉过布帘，悄悄换下汗湿的舞衣，脱下舞鞋，在身体和鞋子的汗臭味里，自觉又老又丑。不管她身上的赘肉怎么在这持之以恒的锻炼下消失了，不管她的腰腹和大腿比十年前还要紧实，四十几岁的女人毕竟不同于二十来岁。换好衣服，她低着头出去了，经过老师时，如果老师没看她，她连再见也不敢说一声。

自惭形秽！我暗叹，蓉也有这天！

有一天，蓉经过一间小教室，听到艾玛的声音。

在我的要求下，她形容了艾玛的声音。那是中低音，音质偏硬，很有几分威严，总是很凶地指正错误，简短扼要地给出权威的解答。我笑了。这实在不是理想的女声，但从她叙述的表情看来，这似乎就是完美的声音，艾玛的声音。我收起笑容。

蓉忍不住从门缝里偷看。教室里，艾玛在帮一个同学上小课。艾玛跳男步时更有一种冷酷和帅气，后背一紧手上一带，学生便听令前进后退，转圈下腰。阳光从窗外照进来，在木板地上投下一个明亮的方块，两人一忽儿跳进方块，一忽儿跳出来，框里框外几番进退。如果留在这框里，如何？如果跳出这框，又如何？这时，艾玛抬头看到偷窥者，她连忙逃开了。

蓉的生活开始以舞蹈课为重心，所有的约会、出游、购物和派对，都要配合舞蹈课的时间。舞蹈课把她牢牢钉在了上海，哪里都去不了，哪里都不想去。当她的座车转进那座大楼时，便感到心情舒畅，搭电梯到七楼，推开哈皮舞蹈室的大门，她的一天才开始。

然后有一天，这天开始得有点奇怪，早晨的第一堂课，她早到一刻钟，独享无人的更衣室。就在脱得只余文胸内裤时，更衣室隔间的布帘被猛然拉开，艾玛闪身进来。蓉惊慌到近乎僵硬，而艾玛对她一笑，姿态潇洒地脱下酒红色的毛线衫，紫色素面的胸罩托着小小的乳房，蓉脑里一片空白，艾玛的胸罩也脱下来了，两只娇小不见天日的白鸟轻颤着粉色的小喙。蓉背过身去，抖抖索索套舞衣，第一次还前后穿反了。布帘里可容两个人，如果更衣的动作不太大，不至于碰到另一个。她拼命缩，想把自己缩得像兔子洞里的艾丽思那样一寸小，在此同时，身后那个人却在无限放大，来自另一个温暖身体的热能烤着她，毛细孔张开来向外渗汗，她就像烤炉里的面团，不由自主慢慢膨胀。空气中有一股奇异的甜香，美好的事情在发生，葡萄要变成酒，她在仙境梦游。艾玛比她先换好，一件黑色的吊带紧身衣，一条黑色流苏长裤，帅气兼妖媚。拉开布帘前说，今晚在田子坊北极地酒馆，她有表演，来看吗？

　　周末夜里的田子坊，充满声光和人影，很多外国人在这里猎奇买醉。北极地就在田子坊进去后第二条小路尽头，蓉特别早到，买了一杯玛格丽特、一碟开心果，静静等待。四周喧嚣，爆笑声、诅咒声和烟味，有几个洋人过来搭讪，她自顾自啜饮杯中酒，宛如参禅入定。夜更深了。平日有乐队演唱的小舞台前，有人拿过话筒说今天是周年庆，请来好友助阵，给大家带来激情的一夜，酒客们都鼓起掌来。

　　一个男人以如女声般的清亢高音唱了一首空中补给队的歌，然后又深情无限地唱了一首王菲的歌。她听旁边的人介绍，这人曾进了歌手选秀的半决赛。然后是电吉他演奏，震耳欲聋，然后是一个混血的女歌手……都要到子夜了，艾玛才上场。

　　一身坠着黑流苏豹纹紧身短裙，艾玛俏立舞台中央，身体夸张扭出 S造型，一手贴腰，一手高举，五指怒张。蓉的心跳加速了。艾玛表演的是一段伦巴、恰恰和桑巴组合，起首的伦巴妖媚挑逗，化着浓艳舞台妆的她，表情一扫平日的冷淡，充满了魅惑的神采，每个伸展和紧缩，每个旋转和造型，都做得漂亮利落，还有一种满溢的性感，蓉在心里呐喊着天哪天哪……这是她第一次看艾玛在舞台上演出，她知道艾玛舞跳得好，但不知道竟然好到这种地步。如果有人还没有被那曼妙性感的舞姿俘获，接下来的恰恰和桑巴，活泼的节奏和身体的强烈律动，便让每个人都拜倒在她的裙下，全场此起彼伏热烈的口哨声，气氛一时 high 到最高点……艾玛退场时，蓉把双手都拍红了，在众人疯狂叫好声中，她也把嗓子喊破了地嘶吼着艾玛、艾玛、艾玛!

脑里回荡着这个叫声，心里也余波荡漾，每一次心跳，都像在打着拍子，艾、玛、艾、玛。不知道过了多久，有人坐到她身旁，勾画着粗黑眼线，金灰色眼影涂满整个眼窝，扇着两扇又密又翘的假睫毛，举着一瓶啤酒，已经半醉了。

哦，艾玛，你太棒了。她像个小女生般轻声说。艾玛一笑。小崔老师没来? 艾玛又是一笑。蓉不知还能说什么，看看夜已深沉。你要走吗? 我可以送你。艾玛说，他在陪另一个女人。啊? 蓉一时不解。艾玛笑得更厉害了，他没来，他在陪另一个女人，跳舞……

那天，蓉一手扶着艾玛，一手拎着艾玛的化妆箱，颠颠倒倒上了车。司机小朱帮忙安顿好，轻踩油门往虹桥别墅区开去。艾玛在车上倚着蓉哭了，嘴里胡乱说着，蓉似懂非懂，只是揽着刚刚舞台上的女神，轻轻拍着。

国标舞圈里的男学生本来就少，男老师永远比较吃香。他们的课时费高，可以带女学生去比赛，也能陪着到舞厅跳舞，因舞生情的例子有，但更多的是逢场作戏，有钱有闲的贵太太们借此找玩伴，能挡得住重金攻势的男老师不多，一个愿打一个愿挨，竟成了圈子里的潜规则。小崔老师的条件一流，本来就极受欢迎，最近更被一位新加坡的贵太太看上，前几天深夜回来，宝马双人座轿车的钥匙丢在了桌上。艾玛一看就炸开锅。这你也敢收?

小崔脸上挂不住，先嚷起来了，人家敢送，我怎么不敢收? 之前那些东西，也没见你说什么。艾玛气得脸都白了。你自己做的事，倒成了我的不是了？

小崔把艾玛拉过来，啧啧啧，你说你气成这样干吗？不是说好了吗？我们的目标是存钱在上海买房，能买房就能结婚。这也是不得已的，我反正，唉，你也知道的，那些老女人……

在蓉那美轮美奂的别墅客厅里，艾玛一边喝着解酒茶，一边诉苦，泪水把浓妆都洗糊了。拒人千里的老师，突然变成一个可怜兮兮的小女生。蓉以自己丰富的人生阅历宽慰她，说得艾玛连连点头，渐渐平静下来。

两人默默依偎时，花园树梢传来鸟鸣，天际裂开一线曙光，透过绣满一朵朵皇家玫瑰的窗帘，给这豪华但寂寥的客厅，镀上一层蜂蜜般的金光。从此，蓉的人生找到了价值出口，满腔的激情有了使力点。她要当艾玛的守护者，守护她的成长，让她茁壮成长为一名成功的舞者。她出资陪艾玛看国际舞坛巨星演出，票价人民币几千元，跟巨星上课，收费也不遑多让；帮艾玛打点行头，从日本定制最高档的舞裙和舞鞋，又拿出几十万助艾玛和小崔开办工作室……

我此时终于忍不住打破缄默："粉丝再加上母性，你没有小孩，艾玛就像你女儿一样，我觉得，这并不是爱情。"

蓉苦笑一声："你不会懂的。"

"不，旁观者清……"

"不是的，"她打断我，"你听我说。"

艾玛是她性幻想的主角。

当蓉讲述时，我眼光平视，表情漠然如一张白纸，仿佛她说的不过是三亚的日光浴、阳澄湖的大闸蟹、梧桐树街的阴影、阴影深处灯火闪烁的小酒馆。这张无表情的面具，催眠她继续招供，挥洒着自白书、忏情书。我的耳朵就如录音笔，记录着她的一字一句，音调的高低起伏和节奏，中断，呼吸，渐弱成耳语或是戛然而止。我的双眼就是摄像头，记录着她的面孔泛红，眼底闪光，鼻翼抽动，右眉毛下意识地挑起或是左眼皮快速地颤动。即使我心乱如麻，啊，此刻绝不能分心到自己身上，我的耳朵和眼睛都没有放过蓉的一切。所以，我清楚记得她是这么说的：晚上，睡觉前，或是清晨，或是有时候，一个月总是有那么几回，当法兰克到我床上来，这时，她会出现。由此，我百分之百确知，是爱，不仅仅是喜欢。

细节，付之阙如。关于性，她以前说过，那些男人以各种方式追求，如一只只开屏的孔雀，但从没有触及任何性爱的细节。她会说，挺好的，不合拍，喜欢，不喜欢，没有任何具体的内容，然后我们会爆发出一阵大笑，仿佛一切不需多说。这是第一次，她把性和爱连在一起，而且还仅是幻想！

这次我们没有爆出那种你知我知的大笑。蓉去上洗手间，起身时差点撞到桌脚，她一定觉得，这一切都太难令我理解了。

热爱中的伊人，总是可爱到令人心醉，性感到令人战栗。她的微笑可以融化你，她的眼波可以鼓舞起你所有的热情。如果她投身到你怀抱，你除了全身心地紧抱住她，把感官完全张开，去感受她的每一寸，你还能做什么？比这现实中的伊人更难以抗拒的，是你遐想中的她，因为她不召即来，在最不应该的时候袭击你，让你在课堂上突然感到燥热，在批阅作业时走神，在推开家门时感到撕裂的痛苦。男人把你重重压在床上，做他想做的事，很少，但一个月总是有那么几回。你知道那些步骤，你知道他已经不再年轻，有时他甚至硬不起来，于是你像个好妻子那样帮他，来来回回，然后急急上套进入。也许已经不需要上套了，不是因为怀孕的机会微乎其微，而是你相信他的精虫也已经过期衰老了。你屏气用力夹紧，让他尽快完事，当他瘫倒，从你身上滑下，你偷偷在枕上抹去泪水。是的，你怎么会不知道你爱的人是谁。

当蓉回座，又露出招牌的自信笑容。如果我不能理解她对艾玛的爱，那是我的问题，不是吗？

"那么，"我问，"你那个老师，她，也喜欢女人？"

蓉点头："我们在一起很快乐。"

细节，还是没有细节。我突然对这样的告解感到不耐。她对我说了多少？隐瞒了多少？

"她跟男朋友分手了？"

"他们婚期定在明年。"

"啊？"

"她说，因为跟我的关系，让她更理解小崔。感情世界比她原来感知到的复杂太多了，她现在比较成熟了。"

"你能接受？"

"小崔能给她一个家。"蓉说，"我可以当她一辈子的朋友。"

"这样，你就能满足？我说了，这不是爱情！"我握拳。

"你是怎么了？是不是爱情，难道你比我还清楚？"

过去我从未评断过她的情史，神父只应安静聆听，但我继续开炮："那个画家呢？你说你要等他长大，还有，香港那个小开，说什么一见就有触电的感觉，上辈子的情缘，要等他办好离婚，还有，还有……"过去蓉说过的那些情人，争先恐后地出现，想要争夺蓉的心，谁才是见异思迁的蓉的最爱？我为他们感到悲哀，但最悲哀的是……

"你冷静点好吗？"蓉横了我一眼，晃晃手上的婚戒，"你想要我怎么样？"

"你真傻，她只是在利用你，你不过是她的贵太太！"我还在做困兽之斗。

"我说过你不懂。我对她一无所求，她只要在那里，就够了……你怎么了？"

她没问，我都没察觉自己额头冷汗涔涔，陈年痼疾在我脆弱的时候发动了猛烈的攻击，我按住胃，挤出一丝笑容："饿过头了，你的故事，太长了……"

"Oh my god，快六点了！"蓉跳了起来，"艾玛还在等我呢！这次我陪她来圆山饭店参加比赛，还有好多事，你没问题吧？我要先走了。"

我点点头。蓉拍拍我的肩："老友，下回见了，保重啊!"

我目送她的背影。她的背脊依然挺直，腰线依然分明，就跟二十几年前一样。那个周末的早上，她去上完厕所后就没再爬回上铺，而是挤进了我的被窝，一起赖床。她身上有刚睡醒处女的幽香，我们身上都有，她的眼睛眯着，嘴唇干裂，腋窝有种好闻到让人想紧紧抱住她的味道。我们睡在一个枕头上，她在我耳边轻轻说着什么，那气息让我觉得好痒，好想笑，好想哭……

忍了许久的眼泪无声地滑落。我也需要告解，但谁能听我告解?

以为她不能爱一个女人。

越　　界

　　它被锁在一个特定的时空里，没有根，不会长，像一朵没有香味没有生命的……干燥花。她的爱情被制成干燥花了，而她还执拗地在挣扎，想再吸水吸氧。

　　她在站台上小跑步，背包沉沉撞着后背，往绍兴的火车就要开了。

　　"喂！"有人叫她，是站台检票员。她停步转头。

　　"软座？硬座？"

　　"软座。"她的声音低沉，比装扮成熟。T恤衫牛仔裤，又背个帆布背包，就像个学生，难怪检票员怀疑她是硬座客闯软座车厢。她继续向前跑，终于在车门关上前，最后一个上了车。

　　依票上的划位找座位。座位是一排两位，两排对坐，中间隔小茶几，她的是窗位，已坐了人，一个瘦小的男人。

　　"对不起，这是我的位子。"她说话很客气，台湾人的礼貌。占她座位的人起来，一声不吭走掉了。软座车厢是不售站票的，为的是维持旅客的舒适度。有办法就买软座，不是你的干吗来抢？她小心不表现出这种鄙视。

她坐下来，背包放脚下。眼前茶几上满满摆了其他三个旅客的茶杯和零食。对面是一对上海老夫妇，老太太一直在叨念着什么，老先生低头看杂志。每隔几分钟，老太太就摇摇他的手臂，问一声："侬晓得伐？"老先生"嗯"一声。隔壁是个胖大的中年男子，她从眼角余光看到他穿黑西装，两脚分得很开，无名指上一枚金戒。男人身上有股气味，可能是发蜡或是古龙水，反正不是一种令人愉悦的气味，男人只要换个姿势，那气味便不客气地往她鼻腔蹿。她别过头去看窗外。绿田上嫩黄的油菜花，贴白瓷砖的农舍，一扇扇蓝色的铝窗……

男人的左臂这时搁到了两人中间的扶手上。她欠了欠身，男人似乎毫无所觉。本来她的手也没放在那扶手上，公平来说，那扶手是两人共有，是一道分界，没有人有权利独占。在她看来，最文明的方式，是两人都不去靠那扶手，让它成为一道文明的壁垒。但是这男人却大大咧咧枕上扶手，而且肘部还越过分界线，侵犯她的领土，抵住她右手臂，随车厢的轻微晃动，时轻时重地碰触。她右手臂稍稍使劲，要把这不受欢迎的一截陌生手肘推回去。纹丝不动，男人一无所感。现在她只能自己往窗这边缩一点，避开跟男人的肉体碰触。就这样轻易退让吗？不退让，难道要忍受这种碰触？她不知道哪种更吃亏。

火车到中途小站，胖男人突然站起来走了。空着手就这样走了，她只来得及看一眼他胖大的背影，油光的头发。她松口气，把手臂枕在那扶手上，收复失土。有个人过来坐下，却是刚才占位的瘦子，原来他没走远。她的手臂继续留在扶手上，直觉知道他不会也不敢去争这寸空间。枕着扶手的手臂并不舒服，不像另一只手自由自在，现在它被固定在一个点上，血液循环都不顺畅了。她想改变姿势，又不想让出那方空间。到底她是主动占有还是被动拥有？

车子一开，那个胖子竟然又出现，她正诧异，两个男人交谈了。

"不要紧，你坐，我站一会儿。"

"谢谢，下去抽烟，是吧？"

"嗯，憋死我。"

"我以前一天要抽两包，肺气肿，戒了。"

"戒了？"胖男人不知是羡慕还是惋惜，"我戒过，三斤糖吃了，没戒掉。"

两人聊了一会儿，瘦子物归原主，不知哪里去了。她的手一直放在那扶手上，胖男人毫无察觉地把手臂也往上搁，两人肘碰肘紧紧靠一起。一分钟后，她挨不住，手抽回来，转头瞪男人。男人正闭目养神。

绍兴到了。一出火车站，司机、小贩纷纷围过来，"去哪里？鲁迅故居？老街？地图要吗？"她全不睬，招了辆出租车，说了旅店名称。

这家旅店是国家保护建筑文物，现在却由私人承包经营，古色古香以客栈命名。门面改装成客栈，里头依旧是绍兴的传统台门建筑，木头雕花窗门，四合院般共有三进，中有天井，天井里有桂花树，原屋的后花园改建成幼儿园了。不知哪里传来一咏三叹的古琴乐声。柜台小姐热心介绍附近一些景点小吃，"……要吃臭豆腐，最地道的是桥头那家，至于我们前面这一家嘛，"她撇撇嘴，"不卫生。"

她另有关心的事："今天，住宿的人多吗？"

"工作日人比较少，我们今天整个客栈只来了五个人，有一对夫妇也拿台胞证。"

"是吗？"她淡淡说，付了订金。旁边一个小弟，过来提了行李，带她到房间。房间在二楼，老旧的木梯窄而陡，一步一呻吟，整个房子充满了她的脚步声，她，来了……

一条长廊，有四个房间，老式的锁头，小弟熟练替她开了门，把行李放在茶几上。

"还有什么需要吗？"

"没有了，"她接过那把钥匙，状似不经意地问，"隔壁，有住人吗？"

"没有，其他客人住那头。"小弟热心推开雕花木窗指点。这一边的客房分布呈马蹄形，小弟指点的那一排，雕花木窗紧紧闭拢。古琴声更清晰了，是客栈在播放音乐带。

房间红得喜气像新房。红木家具四柱眠床，红被褥上绣鸳鸯，红灯笼横梁垂挂。红木桌上两个盖杯，眠床前两双拖鞋，一对对，一双双。她换了拖鞋，按下电炉开关烧水泡茶，倚在窗前听一会儿琴声。茶泡好，喝了一口搁下。

来之前已做好心理准备，没料到独自在旅店的心情如此难耐。她又换上休闲鞋，背上背包。离房前，对镜深深凝视。

鲁迅故居就在不远处。买了联票，看鲁迅家的老房子、老院子、求学时的书塾，还有鲁迅博物馆。人不多，不像以前假日跟他一起去的景区，总是挤满了人。但那时眼里看不到别人。他喜欢老东西，上海附近几个古镇看遍，绍兴倒没来过。受了他影响，她也有耐心看老房子，欣赏高墙窄巷脚下的青石板路，或是夕照透过雕花窗棂的投影。他总是看细节，从细节里看到美。是这样难得的不俗，跟车上那瘦子胖子完全不一样的男人。在一起，他谈得最多的就是美，眼前的美景、美人。虽然不愿意，她不自觉以他的眼光在看眼前的老台门建筑：建筑不是特别精致，但有种朴拙之美……她甚至可以听到他这样解说着。

"它的文化价值不在建筑本身，而在孕育了鲁迅……"他的声音在隔房响起，她吃了一惊，往阴暗的堂后闪去，只听他一径说着，突然一个女人说："脚好酸哦！"

"累啦？"他爱宠的声音，然后了无声息，以为走了，又听到女人娇笑一声，这时才真的脚步声响起，远去。她从堂后出来，心怦怦急跳。

沿着长廊，他俩遥遥在前，她想快步追上，佯装巧遇，看他神色如何？身边新人知道旧人否？就怕自取其辱，"旧人"竟只是一厢情愿自抬身价。初交往时就有默契，都非不经世事未闯情关，都有过去，而且都有家。以为很能把持自己，谁知领土寸寸失陷。她真没有理由怨他。

他曾自嘲是旷男，她是怨女，两人正好成对成双。谁叫公司迢迢派他们来此，不眠不休地攻城略地，回到宿舍，空对四堵白墙。一年四次返台休假，生理心理哪样摆得平？一开始，也就是这样相互调笑，喝喝酒唱唱歌，然后避开那群俗辈，相偕去古镇淘古物，越走越近、越走越深。再怎么激情时分，他却还是理性的，说好了绝不影响家庭，先是好朋友，然后是情人。红粉知己，这是他能给的最高礼赞。现在呢？她想问问在前头越走越远的他，现在还是吗？

那个女人，也像她这样了解他吗？了解到上网一查，就知道他会选古台门老房子改装的客栈做落脚处？

她想快步上前拦堵，结果却是举步如铅，终至如泥塑木人立在长廊。她不知道见面的第一句说什么。从自持到激情，从凄哀到冷嘲，脚本一改再改。无意中知道他要来绍兴，她开始狂想自己追踪而至。狂想了几天，竟然成真。她到上了火车还在犹豫，到绍兴火车站，还在犹豫，却像坐上云霄飞车，想下来也停不住。

天色渐晚，粉墙黛瓦的老房，衬着昏黄的天色，人去楼空地寂寥。密密并排的黑瓦缝间，蹿出几茎杂草，在晚风中轻摇。角落有口井，木头护栏，她探首去看那井，深不见底，映不出影像，簌簌一阵风吹叶响。她想起自己最美的时候，是两个人刚刚开始。那时的她，像一朵饱满的大理花，在情人爱恋的眼光吹拂下，恣意丰艳神采焕发。

真、善、美，你选择哪一个？他曾这样问。她选了真，忠于自己的感觉；他选了美，捕捉感官的至高经验，但当一切失了真也不再美时，他们却无法回头去选择善。

理性与非理性，只是一线间。她自以为在理性的这一边，其实已经不知不觉越过界。白天，她没有吵，没有闹，两人就像君子之交。到了夜晚，种种悲思不知从何而降，她埋首于枕头，压住哽咽，无法为自己的狼狈找出理由。

一个穿制服的妇人，手里晃着一串钥匙，趿一双拖鞋而来，瞥一眼此时坐在廊前石阶的她，眼光里有责备和催促。关门的辰光已到，别耽误人下班。她起身，今天这一身休闲打扮，似乎换不来别人的敬重，远不及平日的高跟鞋套装。

压低帽檐，她是最后一个走出来的游客。大街上，传统民居高低错落的马头墙，框画出曲折的天际线，街上旗帜飘摇，卖着各种土特产。她知道他会怎么评说这样的商业化老街，对另一个人。走出观光街，几辆三轮车挤过来招揽。她没有游兴，却看到他在不远处，拉着那人上了一辆，依偎甜蜜。车子从她前面缓缓踩过，他的眼光从她身上飘过，过去了。

"小姐，半价，算你半价就好。"车夫游说，硬塞一本相簿到她手里，上头全是一湾流水两岸人家的古镇美景。她上了车，别无选择。是巧遇，是错过，都不是她能左右。

两车一前一后，仿若同游，她几乎泪下。吞泪听车夫介绍绍兴，浓浓口音，再加上被晚风吹散，竟有大半听不清。车在大街中穿行，一会儿来到老街。从巷口转进，误入时光隧道。狭长的巷道，旧式的民居，一个个小小的门脸，有理发店，有杂货铺，更多的是摆了油锅炸臭豆腐的小摊，油香混入尘灰，她想到连午餐都忘了吃。路旁停了几部三轮车，他们哪里去了，在哪个小店流连？车夫不经她要求，在一个寻常院落前停下："进去看看吧！"

木门石阶已败落，门口堆满杂物，她犹豫，这里看来不像是观光景点。"不要紧，看看老房子嘛！"

看看原汁原味的老街生活！他的声音突然在耳边响起，仿佛还感觉到他在耳边吹气。她艰难举步，一条窄窄的过道，一个老人蹲在小炉边，汤锅里不知在炖着什么，听到她来，连头都没抬。举目所见到处堆着挂着各种新旧物事，有几扇门，门后都有人家。她茫然朝后走，天井晾满衣衫，男人和女人的内衣裤，泛黄与绽线，都无从隐藏。不，它们本来藏得好好的，藏在房子后头隐蔽的天井，外人眼光本不应有机会检视。杂乱也好，败落也罢，小镇平民百姓的生活面貌，纯属私人的作料和气味，原与她无干，勿搭界，沪语如是说。衣旗下一个老妇，正在竹筛上晒菜干，此时抬头看了她一眼，眼光如此平淡，就像看见一只闯入的野猫或狗。他们已然习惯于不速之客。她张口想道歉，讷讷无法成言。

为何无意越界的她，却不请自来呢？

车夫要带她去看绍兴酒厂和老戏台，她谢绝了。讲好的两小时游览时间还剩一个多小时，车夫有点不知所措："小姐，不喜欢看老房子？"

"不喜欢！"她赌气。

车夫也有点愤愤，这条老街可是绍兴之宝呢！一家老少温饱全靠它。"老房子好看啊！"

"好看在哪里？它跟旁边的现代建筑格格不入。"它被锁在一个特定的时空里，没有根，不会长，像一朵没有香味没有生命的……干燥花。她的爱情被制成干燥花了，而她还执拗地在挣扎，想再吸水吸氧。

车夫拉她到客栈附近一家面馆："试试乌干菜肉丝面吧，绍兴特色。"车夫抓住最后一个推介机会，她笑了，真的点了乌干菜肉丝面。小店只有三张桌子，倚门望客的老板娘，给了她一杯淡茶。她看表，才五点，吃过面回客栈，长夜漫漫。难道真的找上门去？

手机哔哔，一则短信。

"你来做什么？"

她心一缩，是啊，我来做什么？

"来凭吊。"

回信来得很急："我以为我们有默契！"

怪她逾分？"我自凭吊我的，与你无关。"

良久，终于回复："好吧。自己当心。"

她眼眶一湿，当心什么？单身女子在异乡？他已知道她跟来，不必再思量要现身还是躲藏了。如果在路上巧遇，她可能都笑得出来。但还有这堵在胸口的一句话呢？要怎么去说？

回到客栈，檐下几盏灯笼已点亮，柜台小姐板着一张脸，看到她回来，也不打招呼，跟中午时判若两人。她举步朝里走，突然身后一声暴喝。

一个妇人叉手站在客栈门口高声朝里叫骂，绍兴话，她一句也听不懂，只听到语音的高亢尖锐。柜台小姐也不遑多让，早收起待客时的盈盈笑语，杏眼圆睁，指着妇人回敬一串高高低低。在内地看人吵架不稀奇，在旅店大厅上演铁公鸡，却是头一遭见到。门外妇人抒起袖子，一副要打人模样，柜台小姐也非省油的灯，一拍柜台，拿起笔筒作势要丢。

这时小弟从后面赶来，看到她，脸上堆起笑容。

"怎么回事？"她问。

"前面那个小吃摊，说我们停的车占了他们的位。"

吵架的双方听见她在问，都改成普通话了，一个说我们要做生意，车子故意停在那里是何居心？一个说客栈前面本就不能摆摊，越界了还要争什么？说着说着，双方火气越烧越旺，小弟也加入战火骂起来。突然外头人影一闪，一个男人提个水桶，用力一泼，整桶水啪啦全泼进大堂！几秒钟的错愕后，柜台小姐厉声高叱，拿起电话嚷着要报警，妇人和男人一溜烟跑了。

"来呀，再来试试看！"柜台小姐放下电话，用普通话说着，大概察觉到她是唯一的观众。

就在这时，一男一女出现在门口，她耳边响起那声石破天惊的泼水声，啪啦！

"当心，地上有水！"小弟一面拖地，一面提醒来者。

"怎么了？"男子问，一抬头看到她，一愣。

她报以微笑，笑意在脸上越漾越大。真的，她打从心底觉得好笑。她觉得自己既是那个叫骂不休心有不甘的妇人，又是那个佯装报警虚张声势的柜台小姐，而那个泼水男人做了她觉得最过瘾的事，啪啦！

那正是她想说而说不出的一句话。现在见证了这一出，如此荒谬可笑。他还在看她，眼中有不解。不再是知己了。她再笑，转身回楼。还来得及，来得及赶夜车回上海。

背　叛

　　宝马疾驰在落着秋雨的大上海，外滩高楼和牌招五彩的灯光，照得不夜城梨花带雨更添迷离。真的看不出，台北、上海，有什么不同。这也是个灯红酒绿的温柔乡，只是更大更深更缠绵悱恻，或不可测。

　　胡总在澳门机场候机楼里，拿出手机拨了两通电话。一通给台北的胡太太。"喂，我到澳门了……嗯，好。"要言不烦。第二通也是言简意赅。"喂，在做什么……我在澳门了，洗干净等我回来。"

　　五十开外的胡总，把手机放回公文包。他稀薄的头发上了发油，小心往中间梳，盖住全秃的头顶。一张国字脸，除了眉心深刻的几条皱纹，没什么特征，就是一张中年男人的脸，疲惫，怀疑，不满足。好几回，有陌生人在候机楼向他亲热地叫唤，伸出手要握。他摇头，我不是，不是邱经理，不是陈董，更不是吉姆、马克、强纳森。来来往往的台商和他们的员工，都取了英文名字，即使工作上根本不需要讲英文。

　　他穿了一条灰色休闲裤，皮带穿到最后一个孔了，常年外食又跟着内地人餐餐佐以啤酒的结果。小牛皮休闲鞋擦得晶亮，搭配灰袜，是秀瑛替他准备的。老母今年七十九过八十大寿，这次回去整整一星期，秀瑛孩子吵吵闹闹，事情一堆。临走前一晚在床上，秀瑛还在他怀里拼命啰唆，埋怨这种日子还要过多久。

"我信任你，不会不要这个家，黄脸婆不要，儿子女儿总要吧？"

小杰功课好，每学期都是前三名，小莉更是他的小公主，以前一天辛苦回到家，最享受的就是宝贝女儿在怀里撒娇的甜蜜。为了这个家，七年前他西进大陆，跌跌撞撞吃了不少亏，终于站稳了脚，尝到成功的果实。可是，他也失去了女儿撒娇的乐趣。十六岁的小莉，戴着深度近视眼镜，有着跟妈妈同样严肃的神情。

"三年，你再忍耐三年，我准备收起来。"

他在上海松江工业区设厂制造的高级塑料容器，订单源源不断，这两年更争取到国际知名大厂的订单，在生产包装技术上提高不少。找个机会把这厂转卖脱手，下半辈子够了。

为着幸福，你得要忍耐……一段熟悉的流行歌曲旋律在耳边回响，胡总张开嘴，那曲调却消失了。他打了个很大的呵欠。没人懂他的心。老母、秀瑛、小杰和小莉，都只会对他提要求，没有人给他一点安慰。

澳门候机楼的免税店，就是那么几家，他买了一瓶雅诗兰黛最新出品的乳液和一支唇膏，花了大陆打工族一个月的薪水。想去买杯咖啡，看到饰品店里那些色彩斑斓的丝巾，走上前，抽出一条湖绿色薄纱方巾，上头绣了娇艳欲滴的红牡丹。

胡总走出上海浦东机场时，司机小赵已经等在门口了。小赵长得干瘦，脱掉衣服，胸膛上准是洗衣板似的骨架。跟胡总相反，小赵脸上总像是带着笑，随时准备道歉赔小心。他殷勤接过行李，引老板穿过步道，到地下层停车场找黑色宝马。

宝马疾驰在落着秋雨的大上海，外滩高楼和牌招五彩的灯光，照得不夜城梨花带雨更添迷离。胡总眯眼望着窗外的车水马龙，真的看不出，台北、上海，有什么不同。这也是个灯红酒绿的温柔乡，只是更大更深更缠绵悱恻，或不可测。

"小赵，没什么事吧？"

"没有，唐小姐上国标舞，去了一趟新天地，老家那个堂兄弟来，没到家里，就是去逛了一下南京东路，还有珍珠城，当天就走了。"

这个堂兄，两人同居前，唐燕就跟他提了。可不准你乱吃醋哦，唐燕搂着他脖子说，他是我大伯的儿子，我们从小一起长大的。每趟来，唐燕都要托他带东西回老家。只有这个堂兄知道他们的事，唐燕的家人还以为女儿是外企公司的粉领族。大学毕业的唐燕，英语流利，打扮摩登，本来也像个粉领族。应该说，她本来是粉领族，是被他"挖角"过来的。

那是一年前的台商圣诞晚会，在百乐门大舞厅，套交情的套交情，找乐子的找乐子。像他这种成功的老台商，被许多新登陆的台商包围，名片收了一堆。他端一杯红酒，一边应付着一边打量场子里的人。好个老林，哪里弄来那么一个美人？穿一件公主式的白纱蓬裙，紧身金缕衣，染着条金的鬈发随舞姿散扬，最吸引他的是那双百年不遇的修长玉腿，小腿有点肉的性感曲线，金色三英寸高跟鞋踩着恰恰，配合臀部的摇摆，性感到不行。

好容易等他们退场休息，他连忙上前自我介绍。近距离看到了佳人，跟方才挑逗的舞姿迥然不同，瓜子脸上一双文秀的凤眼，端坐就像个女学生。逢场作戏时，他向来偏好丰满火辣的女人，眼前这位苗条女学生，竟然让他心痒难禁。迎着他热切的眼光，她甜甜一笑，介绍自己是某知名国际品牌化妆品的公关。

之后，他天天约她出去。他们去外滩看游船，船灯照得水上好些个月亮，摇动轻晃，碎成一片片。在金贸大厦喝咖啡看夜景，听她幽幽说起乡下贫苦的童年，天天盼过年，可以扯几尺粗花布做新衣。上了大学，她做家教打工，省吃俭用，给自己买件漂亮的毛外套，里头将就点不要紧，至少外头体面。

"我就是爱漂亮！"她嘟起嘴，娇态十足。

他送给她名牌衣物和皮包，唐燕给他一个又一个甜甜的吻，他好像又回到宠小莉的时光。他不希望有别的男人去宠她。

"你好好跟着我，我不会亏待你。"

他在古北高级小区置了两房一厅豪华装修，作为两人的爱巢。他尽量满足唐燕的需求，唐燕则让他快乐似神仙。这其实比打游击找女人的方式好多了，他需要有个停泊的港，岸上有个温柔解意的女人。

为了拓展内地市场，北到哈尔滨、南到深圳，他常在各个省份各大城市跑来跑去。他要小赵好好看着他的女人。小赵是上海人，跟他三年了，人很机灵。

他还没按铃，门就开了，唐燕热乎乎软滑滑地扑进怀里。

"洗干净了？"他低声问。唐燕扭了一下，没吭声。

"今晚就穿这个。"他从公文包里抽出一条绿纱巾，盖住她的头脸。

老胡在冲澡时，唐燕打开衣橱，拉出装内衣的方匣，里头是各种颜色不同材质但同样性感的情趣内衣。她像学生在图书馆找数据，又像上海主妇在市场采购，眼神锐利地搜寻，终于被她翻出一条红色丝质钉亮片的丁字裤，跟手边那条湖绿纱巾放在一起比看。太俗艳。再找，这回找出的是暗红薄纱的低腰内裤，裤裆处浮出一朵牡丹花，欲盖弥彰。她满意了。打开鞋橱，拎出那双银色尖头高跟鞋，道具全了。

这是她跟的第二个男人，对她不坏，舍得花钱，她看上的东西，眉头不皱立马买下。有些她留着，有些转卖出去，手边存款很快就可以买房子了。老家早就翻了新厝，爸妈都很高兴，妹妹也找到好婆家。堂弟妹们托她的福都有书读，靠种地，大伯三叔哪供得起。

她相信自己的眼光，挑个有良心的富商，好好跟几年，以后的生活都不愁了。她是爱漂亮，但头脑还是清醒的，不像有些女人，钱全花掉了。这可是青春饭呢。

她敬业，尽心侍候这个男人。男人对她着实疼爱，她想做什么都可以。唯一受的委屈，也不过是夏天时，胡太太来探亲，住了一个月，那阵子风声鹤唳，老胡紧张得很。听说，这个老婆很厉害，娘家在当地是有头有脸的大户，如果老胡被逮到外头有人，儿子女儿都别想再见。

也是那个月，她在地铁站遇见大学同学宋军。她在徐家汇上的车，车上人多。地铁向来是人挤人，抢起位子来那个狠劲。有时也不过就是坐两三站，但有位子一定要坐，否则就便宜别人似的。一长排座椅，六个人可以坐得舒舒服服，偏偏常是挤了七个，大家缩着身子跷起腿，身体紧挨着，不管你是衣着光鲜的白领还是一身臭汗的民工，有位子的，还是胜过那些站着的。那天，一个大块头起身下车，她眼明手快坐下，空出半个屁股大的位子，一个妇人硬是挤进来，把她挤到隔壁男人身上。哎，两人都缩了一下，一看，竟是宋军。

大学时，他们好过。他年少气盛，不懂得哄人，后来就散了。几年不见，两人都到了上海。宋军成熟了，身形还是很挺拔，穿着盖普黑色无袖恤衫和李维斯牛仔裤，挺帅气的。他在服装界，当什么采购代表，说她还可以当时装模特儿。真是，几年不见，嘴巴也甜了。她说自己替一家国际名牌化妆品当公关。她曾当过那家店的专柜小姐，常用它当名片。

她是有分寸的。她做的是长期投资，好聚好散。她也不能长久做这个，攒一笔钱，再做其他打算。人说"第一桶金"都是肮脏的，之后钱滚钱，洗钱也洗人。可是老胡的太太来了，有些想法就来了，心情不好，跟宋军就聊得有点过头了。她跟他一起下了车。不能怪她，因为天候还早，五点多，还要好几个小时才天黑呢，回去做什么。

宋军还记得她喜欢漂亮的东西，从她一身名牌的穿着，也知道她什么都不缺，他什么都送不起。他带她到绍兴路。就这么两百米长的短街，一字排开全是画室和画廊，还有几家老字号的出版社、咖啡馆和茶坊。两旁梧桐白漆斑驳枝叶正茂，太阳从掩映的枝叶缝隙泻下一条条碎碎的亮光，他们的皮鞋轻快地扣着人行道，她好像回到大学时代，跟当时的恋人在轧马路。在上海三年了，她去过多少气派豪华的场所，却不知道这个地方。

两人兴冲冲闯进了几家画室，主人招呼他们，都把他们当一对了。外形上，他们特别登对。不像跟老胡出去，她流动的娇美和他留滞的疲老，总引来一些异样的眼光。她看到一幅油彩，画的是秋叶，留意了标价，也许有一天她会来把它买下。这就是有钱的好处，可以拥有美丽的物品。宋军在一家美术出版社逗留良久，那里有许多新印的旧版漫画，什么《白蛇传》《三国演义》《西游记》。里头有几把旧椅子，宋军一坐下就不起来了，她只好也拿了本漫画，是《三打白骨精》。看了一会儿，主人问要不要喝茶。宋军说好。端来两杯用茶袋泡的茶。就这样，看到天有点暗了，要走时，他们什么都没买，主人收了十块茶钱。两人出来都笑，笑得直不起腰，好像回到童年了。

往前走了几步，眼前是一长堵雅致的白墙，哪个大户人家的花园。一探看，却是个公园。格局像是人家的后院，进门处挖了个小水池，养几只锦鲤，告示上说"湖边走路小心"。两人看了又笑。曲径通幽，走到后头有长廊，里头一个人都没有。他们在廊边坐下，风吹鸟叫，两人眼里都是笑。她想到第一次宋军吻她，就是在一个小公园的凉亭里。正在心猿意马，突然廊外树丛里一阵窸窣，却是个男人背过身在解裤裆，两人连忙站起来走开。

她告诉宋军，有时走在僻静的地方，老觉得后头有人，真的回头去找，却是人家在找地方小便。宋军笑说，肯定是有人跟着你，哪个男人不想跟着你？

眼看短短一条街就要尽了，她拐进一家精油专卖店。店面很小，他们两人一进来，店就满了。仿佛四下里都是宋军的影子，他的耳朵，他的胳臂，他的脚。她嗅闻着玫瑰、茶树和薰衣草，宋军笑眯眯看着。如果她要，他会买给她的，这样，她就能拥有一个纪念，纪念这次愉快的相遇和出游。甜橙、茉莉，还是佛手柑？什么香味能让她记得此时此刻？她会需要这个纪念的，因为不能再见宋军了。这样短短一条路，根本没花什么钱的，就给她那么大的快乐。她怕。

他们空手出了店，站在门口。两个十来岁的女孩从旁经过，一个扯另一个的袖子说："这家老板好势利，上回挡着不让进呢！"她们很快拐进一条巷弄，巷弄窄长，一些老人在那里走动、纳凉，穿着灰蓝的旧衣。巷里横空架几支竹竿，晾着衣衫，有个穿睡衣的妇人正在收衣服，也许是其中一个女孩的妈。弄堂里头看过去比她所站的街要暗一些、旧一点，那边的日头先落山。她无端打个哆嗦。

老胡一早就出发去北京，三天后回来。唐燕睡到近中午才起身，拿出新买的珠灰色连衣裙，紫色羊毛斗篷单扣小外套，摊在床上。对镜把鬈发松松盘起，垂下几缕发丝。今秋流行发亮的粉底，有亮粉的眼影，晶亮的唇膏，她画着描着，看着镜里精致发亮的脸庞，生起节庆的喜意。

当唐燕穿着短靴款款步出大楼，车已经等在门口。小赵在心里暗吹一声口哨，表面上仍恭谨地问："今天去哪里，唐小姐？"

"去接姜小姐。"

小赵闻言，把车掉个头，往虹桥区去，嘴里说："唐小姐今天跟姜小姐吃饭吧？"从照后镜里观察唐燕的表情。她今天的妆真亮眼。每隔几天，她跟姜小姐会见面吃午饭，她们喜欢有特色的小型餐馆。姜小姐也跟了个台商，做什么金属加工制品，常跑国外，最近迷跳国标，请了个退休的国家级教练，带着在上海各大舞厅练本事，常拉唐燕去，老板不是很乐意。老板也不喜欢她们去泡酒吧。这些都是他在车上听来的。有时她们压低声音咬耳朵，他就觉得是防着他的。这两只小妖精。头一回载老板去接唐燕时，就看出这个哆妹妹不得了，那个身段，那个走路的姿态，就是生来迷男人的。看她用的吃的，天天翻行头，花钱像水流，得要像老板那样兜得转吃得开的人才供得起。

小赵载着唐燕在街市里穿梭，车里有股说不出的香味。美人、香车，可惜都是别人的。再瞥一眼，唐燕看着窗外，唇边泛笑，他也不禁有了笑意。今朝个天气勿要太好哦！

姜小姐上了车，娇小的她穿了个红皮短裙，黑色贴亮片的开襟毛衣，头发高梳，缠上几串彩珠，也很摩登，但没有唐燕那种迷人的媚劲儿，让人乐意去伏在脚跟处听她差遣。

她们在衡山路下车。小赵找了停车位，一份《申报》摊开来，心思却在跑野马。他都三十了，连个女朋友也没，像唐燕这样的美人，却去做人家的二奶。老板说要盯牢她。老板不"刮皮"，给他薪资很优渥，他也不是拎不清的人，拿了人家好处不替人办事。其实不用老板叮咛，他早就盯牢唐燕了。他留意她去哪里，跟什么人一道，买了什么，甚至，心情好不好。有一回，他记得很清楚，就是老板娘来的那个月的某一天，老板让他把她接到他们常去的那家云山咖啡馆，她晚了十分钟下楼，阴天戴个大墨镜，上了车半声不吭。

那个老板娘可不是省油的灯。第一次载她独自出门，在车上跟他东拉西扯，把他身家探了一遍，又声东击西问老板的行踪作息，下了班常去哪些地方，跟哪些人在一起。他暗暗担心，如果唐燕被老板娘逮到了……一分神，走错了路，还好老板娘根本不识路。他的心定下来了，对上海一无所知的人，又怎么听得出他话里的破洞？跟老板娘数得出来的几次车上独处，他都特别警醒。老板娘带孩子返台前一天，让他把车在一个公园前停下："赵师傅，你也下车，我有话跟你说。"从照后镜里看到她目光锐利，像刀子一般。

手机响，唐燕说她们吃好了，要去长乐路买舞鞋。到了鞋店，唐燕让他先走，说待会儿要溜达溜达。他在附近绕了两圈，找到停车位。走了一段路赶过来，到了鞋店附近，只在对街梧桐树后站着。鞋店的门脸小，五分钟过去了，没有半个人进出。正想是不是还没盯上，就把人给丢了，却见街转角处，她们手上各提了个鞋盒，站在一个小摊前。那是卖秋蟹的小贩，地上两个竹篓。唐燕弯下腰去看蟹，一片梧桐叶落下，轻拂过她的肩头，满足地坠到地上。

她们往前去了，看来是要沿着这条路往前逛，路上有很多精品店。他远远跟着，她们走得很慢，看到有趣的店还要逛一下，他一个大男人，步伐本来就大，走走停停。他不知道自己是在做啥。虽说老板交代要留意唐燕，他其实不需要这样跟着的，不需要。她们有说有笑转进一家皮包店，不远处是个文明公厕，他突然感到内急。

从厕所出来，却差点一头撞上唐燕。哎哟，两个人都惊叫，一旁姜小姐则"咦"了一声。

"你怎么在这儿?"

"我，我上厕所。肚子不舒服，赶快停了车，就……"

"我们也是来上厕所，"唐燕说，"真巧。"

"那，我先走了。"

"小赵，"唐燕叫住他，"我今天不用车了。"

"好，好。"他挥挥手赶紧离开。

隔天下午三点，唐燕准时下楼来，对他亲切一笑，小赵揪了一天一夜的心才松开来。

"去哪里?"

"武康路。"

"武康路?"

"怎么? 你不知道吗?"

"知道，知道。"小赵硬着头皮往前开。

"昨天，我跟姜小姐跳舞去了，"唐燕主动说起，"她拉我去，我说我穿着靴子呢，她硬要我也买双舞鞋，美国货，可好穿呢。我们十二点以前就回来了。"

"欸。"

"我的话你信不信?"

小赵一颗心差点从胸腔里蹦出来："信什么，我是说，我有什么不信的?"

"你信就好。"唐燕不再言语了。

车子到了武康路。这是条老街，两旁错落着一些老洋房，掩映在蓝天和黄叶之间，充满异国情调。但是从洋房里探出的那一根根晒衣竿是中国式的，衣竿上的衣服不知怎么的，总比身上穿的来得灰旧。一栋洋楼住了五六户人家，金玉其外败絮其内，早已是表里不一了。

白天的武康路，看来是寻常人家，到了夜里，有了月光和树影，夹在住家间的小店和咖啡馆，就有点艳艳的魅影了。大白天的，她来这里做什么？

"小赵，你也下车吧，我有话跟你说。"照后镜里，唐燕冷冷的眼光像刀子一般。小赵真想掉头就跑，但他只是听话地找了个停车位。

下了车，好像缴了械，站在她面前，他什么都不是，还比她矮那么一丁点儿。唐燕转身开步走，他亦步亦趋。那双要命的美腿，腰和臀之间奇妙地和谐摆动，那挺直的背，那迷人的发卷，她摇曳的背影如此熟悉。多少回了，他悄悄地跟着，茫茫地跟着。

唐燕在一栋洋房前停步，看他一眼，默默走进去。有好些个晚上，他看着她这样走进去。如果他告诉老板，之后，她就会像水滴般蒸发了，消失在上海的某个角落，换一个新的名字新的身份。他再也见不到她了。

他举步向前，从明亮的世界跨进了迷蒙。那是个楼梯口，螺旋式的楼梯一级级往上，木扶手上的雕花磨损了，窗玻璃上厚厚一层灰，午后的光线斜斜照出空气中飘浮的微尘，几只拖把从不同楼层长长短短垂下来。一层楼有一个门，想是一户人家，同样灰扑扑的门上方是灰扑扑的玻璃，隐约看到里头堆了好些纸箱和一辆自行车。唐燕已经一级级走上去了，咔咔的皮鞋声，在这寂静不似人居的楼梯间产生巨大的回音，咔咔咔催促着他。

楼上有什么呢？这是她和那个男的爱巢，肯定有一张床，软得让人陷下去就再也起不来。他算什么呢？

咔咔咔的脚步声停了，现在回荡在这楼梯间的，是他沉重的呼吸声。咔咔咔的脚步声又响起，这次是下楼来了。小赵转身就跑。

"小赵！"

那声音里的急迫让他停下脚步。回过身，唐燕倚在楼梯扶手旁，可怜兮兮看着他："小赵……"

"唐小姐。"

"我知道，老胡要你盯着我。"唐燕看着他，眼睛水汪汪的，"你也太死心眼了，他许了你什么？小心吃空心汤团。"

（只要有证据，让我抓到，我说的这些条件，立刻兑现……）

"老板待你不错的，他要知道了，会伤心的。"难眠的夜啊，每个盯梢后的夜晚。

"小赵，你听我说……"

"你不应该，背叛……"

唐燕的脸闪过一丝轻蔑，那丝轻蔑像根针细细从她光滑的脸蛋上划过，刺在他柔软的心肉上。她冷冷地问："说吧，你要多少？"

（这笔钱够你付房子的头期款，准备讨老婆……）

"我不要你的钱。"

"不要钱？你跟踪我，还不就是要钱，说吧！"

"我说了我不要，"小赵脸涨红了，但好像还带着笑，"我不要！"

小赵冲出去，他跑回车上，锁门。唐燕并没有追上来。他真蠢，真是个戆大。为什么会被她识破，为什么又不敢跟她上楼？她那么随便地想用肉体用金钱收买他……她瞧不起他。

只能这样了，别无选择，只能当个背叛者。当天晚上，小赵终于拨通了那个越洋电话，这是他头一回打电话到台北。

"喂，胡太太，我是小赵……"

彼岸的月光

断了的弦再弹一遍，我的世界你不在里面……

周六晚十点多，一钩淡月浮贴于上海灰蒙的天际。这是一周内最热闹的夜，广场摆满摊位，卖服饰、鲜花、小兔子、台湾香肠和烤红薯，上海老牌月饼铺杏花楼，亭式小店亮着黄灯，盒装或零售，人潮络绎不绝。在路边抽烟的司机小刘想着，今年公司送的月饼，会是广式还是台式？吃来吃去，还是像杏花楼这种沪式月饼合口味……湿热的夜风吹来，墙角的尿骚味更浓了，小刘扔了烟蒂，回车去。还有三分钟，大东的交通车绝对准时。准时、负责、纯洁，公司对员工的三条要求。

快满座了。会有人在最后一分钟赶来，课长或经理，副总夫人，协理的娇儿，都开罪不起。车后有个年轻人，恤衫牛仔裤，背包搁腿上，戴个耳机听音乐。小刘朝他走去。

"你，下车!"

年轻人拔掉耳机："怎么?"

"这是台干的车，只有台干和眷属可以坐。"

"啧，这么晚了，没车回去啊！"

"待会儿还有人要上，位子不够。"

年轻人脸皮够厚，继续磨着："我站着，可以吧？"

"站着也不行，他们要投诉的。"

"他们，他们是谁？"

"台干啊！"

年轻人背包一抄，下车去了。

"都推给我们了。"后排座位上，制造科副理 Alan 赵用闽南语对王显陆说。一天工作十二小时，饮食不定睡眠不足加上异乡寂寞，他头发早秃，身材中广，戴着深度近视眼镜。刚过三十五，看着已四十好几。"伊心内一定很干，"他笑，"台干，真干！"

制造科经理王显陆牵了下嘴角。他又高又瘦，突出的喉结不时上下滑动，总像在酝酿着什么。他看着窗外那个假他们之名被赶下车的人，跟自己的穿着无大差别，为什么小刘一眼认出他不是台干？换作是他，绝对认不出来，除非是眷属。她们一脸不耐和疲惫，跟那些女员工的气色没得比。非周末的晚上，回公司的大巴上空位很多，常可看到年轻的上海小姐，不，应该说是四川妹、安徽妹，这两个地方穷，都跑到大城来挣钱。这些小姑娘，月薪七百，连加班费了不起就千把块，个个却穿着时髦，冬天是媚劲十足的假皮草和长靴，夏天是曲线玲珑的紧身上衣短裙，如巫婆般的尖脚鞋，秀发或直或鬈，染金或红或褐。她们手里提着大包小包不知哪个批发市场搜来的货，低头忙着在手机上发短信，偶尔接触到他的眼神，连忙避开。心虚吧？毕竟，这是台干的专车。而台干，个个都是她们的领导。

引擎发动，所有座位都坐满了，还有几个站着，大家脸上都露出玩了一天的疲态，车里的灯熄了。就在这时，王显陆看见那个被赶下车的员工，朝着大巴呸呸吐口水，突然大踏步跑起来。

快，快跑！

快跑啊！李嗣！

他翻过墙头，拼命往前奔。这下祸可闯大了，没法收拾了。老妈和大姐，都没法替他顶了。凭着在农村上学天天往返数里路练出的脚力，他跨大脚步，再大，追兵快追上了，要被逮住，肯定活活抽死。他不能死，不能这样死，他还年轻，还没真的活过呢！突来的热血，让他跨大脚步腾空而起，一只大足腾到半空，慢速落下，一时地震山摇扬起土尘无数……

李嗣翻身坐起。一定是昨晚看的电影作怪。片里一群蛮牛追野人，男主角跑起来像飞，最后女主角被他放风筝一样放到天上去了。几个人都在笑，他倒挺向往的。

放映厅有两百个位子，只坐了一成。这些台干家庭，晚上都有自己的节目，在上海，只要有钱，什么好吃好玩的没有。电影是为他们放的，他们不看，像他这样想看的人，却得偷偷摸摸混进去。

也是他脑筋动得快。靠拉线把美眉，跟在台干宿舍当警卫的张山成了拜把兄弟。全大东最美的一枝花，干妹杨莉，人长得巨粉。跟古代美人杨玉环都是四川人，四川自古出美女，杨莉皮肤又白又细水亮亮，谁看了都想咬一口。本来是他自己想把的，无奈杨莉说了，喜欢他的好嗓子，只当他是哥，认了干兄妹。

电影开始放映后，他悄悄从后门溜进去，谨遵张山的叮咛，独自远远坐在后排，不敢弄出一点声响，像只偷吃大米的老鼠。没人注意到他，他不过是黑暗里一个蜷曲的影子。放到一半，一个六七岁的男孩，手里拿着果汁杯，从前头晃到后面来了。这是个对成人冗长电影失去兴趣，决定遗弃带他来的爸妈，独自在黑暗里探险的小鬼，却在后排发现了另一只鬼。李嗣恐惧戒备的眼睛，让他很好奇。他用力吸着果汁，目不转睛盯着这只鬼。

三分钟？五分钟？小鬼终于走掉了。李嗣的背凉飕飕，有好一阵子不知道电影在演什么。

要是被逮到了，他发誓好汉做事好汉当，绝不把兄弟扯下水。被逮到了，是记过、扣薪，还是干脆让他滚蛋？好容易进了这个台商企业，在生产线干了快一年，每个月可以寄三百元回家，老妈和大姐都乐坏了。小嗣子有出息了。

其实可以寄得更多。住的是四人一间上下铺的员工宿舍，同一楼就有厕所和浴室，一个月两百元。吃的是食堂，三菜一汤，白米饭吃到饱，一餐三元。要在外头照这标准吃住，还要多贴好几百块钱。扣掉吃和住的钱，他买了 MP3 和一部小灵通，买了衣服、球鞋、棒球帽……想买的东西好多好多。在安徽芜湖老家，他不知道自己要这么多。他以为找到工作，养活自己寄钱回家，就是过上好日子了。哪晓得花花世界让人眼花缭乱，种种舒适做梦也想不到，却完全没有适应问题，没有，就像吃惯糙米后吃白米饭，那个香软。他只要牢记，不要随地吐痰和乱丢垃圾，台湾老板对这点很坚持。老妈听他说起公司的环境和福利还有上海的繁华，先是不敢相信，后来就一直在他耳边念叨：这么好的地方，你可千万要给人家好好干啊！

如果老妈知道，他为了看一场电影，冒着被解雇的危险溜到禁区，肯定要活活气死。你这摊炮子的，我抽死你，抽死你！

不，我还没活过呢！

李嗣翻身下床。宿舍里空荡荡。今天轮休，下午要干什么呢？他穿上长裤，趿了拖鞋，舍直梯不坐，三步并两步从四楼到六楼。通往阳台的门上写着：紧急逃生口，未经许可不准使用。

一上了顶楼，阳光灿烂得眼睛都要睁不开。这是空气污染严重的上海难得的晴日。说是不准上阳台，还是有不少被子晾在这儿，两把椅子架起，像小时候玩耍时造的小屋。一些布鞋、帆布袋小物件，也一溜排开晾着。灰泥裂缝里，蹿出几株不甘心的野草，几只麻雀在地上扑来扑去瞎忙。

宿舍大楼连三栋，矗立于田野中，四周空旷，除了几个也像这样的厂房和大楼，视野无碍可以看到远处的高架高速公路。公路前有一排绿树、一湾鱼塘、几间瓦房。这里本是一片水田，地方政府半买半送给大东公司，大东斥资盖了厂房和宿舍，带动了全区的经济。这几年，公司营运翻了好几番，新的宿舍大楼也快完工了，跟他住的这栋外观颜色一致，据说里头的设备更好。工地旁搭了一排临时屋，给民工住的。那些七日无休、没有医疗保险、工作量大工资又低的民工，仰望着他所在的这栋大楼，一定很羡慕吧？肯定要叫老家的孩子上学，多点文化，找个像他这样的活。

李嗣清清嗓子，对着蓝天开唱了。他的声线有点窄，但唱起流行歌曲还不坏，尤其是周杰伦。他长得也有点像周杰伦，细长的眼睛，高挺的鼻，喜欢耍酷。小时候他喜欢齐秦，我想大约会是在冬季，喜欢孤独的浪子形象。台湾的歌星不错，好听的歌都从那里来。从小就学习，我们的宝岛台湾，没想到跟台湾这么近，唱台湾歌，捧台湾饭碗。

中秋节要到了，晚会上，他要上台唱歌，上回公司卡拉 OK 歌唱比赛，他拿了冠军。他选了周杰伦的《断了的弦》。一想到要唱给大东所有领导和员工听，身上就热起来了，喉头也有点发紧。老妈和大姐，做梦也想不到他小嗣子站在舞台中央吧？杨莉也要上台，排在他前面，她人漂亮，不秀一秀太可惜。她要唱邓丽君《月亮代表我的心》。

他走到另一头，远眺，隔着操场最左边的灰色建筑是厂房，然后是一条狭长空地，设了几个阳春羽毛球场，过去就是员工活动中心，里头有食堂，有交谊厅可以看电视、打牌和打乒乓球，再过去是种了法国梧桐的步道，树刚长到一人高，但已经添了几分幽静。再过去就是台干宿舍，白色圆形大楼，天蓝色镶边，气派的落地窗，落日余晖照在这摩登大楼上时像图画般美丽。刚来时，他很喜欢在这里眺望，私底下管它叫白宫，因为它就像宫殿般神秘堂皇，里头住的更是公司的头头们。认识张山以后，张山曾在这里指着白宫，不无得意地告诉他里头宏丽的景象……

白宫的底层，是奥运标准大小的恒温游泳池，透明天窗泻进天光，落地玻璃窗外是花园，绿意葱葱，白色瓷砖地摆着一溜躺椅，天花板上垂下一盆盆盛开的金线菊和太阳花，柜子里有叠成方块的雪白浴巾，还有终日供应的茶水。这样的戏水天堂，常常整天没有一人，池畔三个救生员呆踞在高椅上……李嗣看见自己精瘦的身子浪里白条，在水中来回穿梭，昂然激起一波波水花，游累了，服务员送来一杯雪碧，不，现榨的橙汁，他在躺椅上做日光浴……

白宫的顶层是舞蹈厅，一流的灯光和音响，榉木地板光可鉴人，两面是镜墙，另一面开向屋顶花园，厅旁的休憩处有皮沙发和咖啡座，还有调各种鸡尾酒的酒吧。从市区重金礼聘来的国际标准舞一级教师，提供免费课程，但没什么人学，舞蹈厅一个月难得开放一次……李嗣看见身手灵巧的自己，身着喇叭袖V字领红上衣和黑色紧身裤，臀部扭动如浪，走步轻盈媚人，乐声一变，他转身拥着身穿曳地长裙的杨莉优雅滑行，转圈，再转圈……

还有呢，还有什么？当时张山却沉默了，盯着白宫出神。夕阳已西沉，红酒般的余晖即将消失，白宫亮起一盏盏灯火，是暖色调的黄灯，跟宿舍白惨惨的日光灯大不相同。

那看过千百次的白宫，在日光照耀下太过明亮而有点刺眼。李嗣早就不能满足于远眺白宫了。经过无数次的恳求，并保证安排跟杨莉一起吃饭唱KTV后，他终于在一个月前达到目的。深夜，他像只老鼠在张山的掩护下第一次潜进白宫。他看到，一人高的虎头兰盆景琉璃屏风和长幅山水画，假山拱桥和喷泉锦鲤，大理石地雕花墙，厕所里芳香扑鼻，宽敞洁净得难以相信。他不敢乘电梯，走楼梯到顶楼去看舞蹈厅，暗幽幽没开灯，他的影子瘦嶙嶙映在镜墙上。临走前，他看到了游泳池，这是他头一回见到室内泳池，月亮照得黝黑的池水泛着银光，外头的枝叶和里头垂下的盆景影影绰绰，比他想象的更神秘更美妙。他心口发痒，忍不住对池里吐了一口痰。

那一刻，他真羡慕拜把子张山。

白宫的几位警卫，都是精挑细选出来的，学历在高中以上，身材和相貌堂堂，冬天穿着笔挺的深蓝色夹克和长裤，夏天是天蓝色短袖上衣、贝雷帽，戴一枚大东公司的红色徽章。受训课程里有礼仪课，教他们怎么措辞微笑，怎么替太太们开门提重物。张山是浙江人，身高一米七八，在南方算是挺拔的好身材，常年打羽毛球和乒乓球，锻炼得十分结实。他眼光炯炯两道剑眉，脸型方正一口白牙，立正举右手在眉边敬礼时，帅气十足。

他工作的基本要求是，熟知出入大厅两百多名台干的职称，一见到人，立刻行礼问候，"经理早上好""协理下午好""副总晚上好"……不能有丝毫差错。眷属就简单了，不需行礼，只要一声"太太好"即可打发，但是如果想留下更好的印象，让她们逢年过节觉得有必要送点红包和糖果，最好能记得她们的夫姓。张山很自豪，目前有八成以上的太太，他都叫得出来，"陈太太早上好""王太太下午好""邱太太晚上好"……太太们都会微笑答礼，替她们搬水果箱提购物袋，她们总是说谢谢，从不曾像以前打工地方的老板娘和资深伙计，扯着嗓门喊他小张，支使得他团团转。

"王太太中午好。"大厅自动门外出现一个丰满的身影，他快步上前，接过王太太手上的购物袋。"去买菜啊？"

"是啊，外头热死了。还是你舒服，在里头吹冷气。"王太太额头汗津津的，一件枣色恤衫黏在身上，显出内衣的形状，还有被内衣挤压出来起伏的肉。

张山带头走到电梯口，按了电梯："我送您上去吧？"

"不用了，就是几步路。"王太太谢过他，门关起来。

张山的笑容不见了。什么好命吹冷气，每天回到宿舍就像进到蒸笼的面团，一台老电风扇吹的是焚风，还有打不完的蚊子，一个字，毒。他站回大厅，眼前浮现王太太肉颤颤的胸脯。王太太是众太太里比较俏丽的一个。他在脑里把那枣红恤衫三两下剥掉，露出汗津津白灿灿的两团肉，峰顶两朵野菊花，淡粉色的。

中秋节快到了，他存了一笔钱，要替杨莉买点什么好的。她一开心，兴许就肯了。这一个多月来，亲也亲了，抱也抱了，可就是不许他更进一步。看看四周吧，一到晚上，多少员工成双入对，在阴影下叠成一团。公司围墙后头的那片草地，每天多少用过的保险套和卫生纸扔在那儿，远远望过去，像草地里开了许多野花。

杨莉的长相，放在这些太太之间，是出类拔萃一等一。没那个命。他听妈妈说，表舅一家当年本来可以到台湾的，船票都弄到手了，叔公求卦说是不宜远行，坚决不允，后来，一族人饿死了大半。表姐现在也在上海，给一个台湾家庭煮饭带孩子，总说那孩子投对了胎。那会是当年饿死的族人投的胎？

"赵副理中午好。"

Alan 赵点点头，往餐厅去了。Alan 赵常常中午从公司回到餐厅用餐，不像有太太的人有爱心便当。赵太太在台湾，因为考虑孩子升学问题，没有来上海陪先生，Alan 赵孤家寡人，身材倒是越来越富态了。值晚班时，张山常看见餐厅服务生小荣送夜宵去给 Alan 赵。情人节那天，小荣请他帮个忙，说是订夜宵的人太多了，又有人请病假，托他代送了几趟夜宵。他记得有一份就是送给 Alan 赵，那是一碗鲜肉汤圆和一碗芝麻汤圆。门开前，他分明听见里头有女人笑声。

一个身影闪进来，是开交通车的小刘。"小张，我上个厕所。"

小刘住在他隔壁。他们那一层住的全是警卫、司机和大楼的办公人员，跟其他员工区隔开来。警卫里也分等级，台干宿舍的警卫，比起其他又高了一等。厂房和大陆员工宿舍的警卫，样子没他们体面，但是他们有他们的神气。他们是管人的，是管理阶层，有权拦下任何大陆员工查问。"喂，你，过来，通行证呢？""快点快点，干什么呀？"员工们都做出恭谨的姿态。有一回，他穿着制服到员工宿舍去找李嗣，一些进出的员工看到他都有点心虚似的，快步走过。

小刘出来，递了根烟，他接过放进口袋。小刘这人就是这样，见到谁都是这副小心翼翼的样子，让人瞧不起。

"我说小张啊，听到风声没有？"

"什么风声？"

"工厂那里要裁人，一大票呢，说是中秋节后走，恐怕，要出事……"小刘神情严肃。

"你是说？"

小刘突然又笑嘻嘻的："天塌了也轮不到我们操心，我随便说说，走了。"

张山目送小刘的背影，恨得牙痒痒。小刘凭着接送台干和台干眷属的机会，不知听到多少小道消息，后来都经证实，包括上回尾牙的红包数目，关闭员工KTV室的真正原因（有人在里头打枪），还有公司附近那家新开的旅馆，幕后老板其实是大东。但是，会出什么事呢？总不能造反革命吧？把这票台干和他们尊贵的夫人，揪上台去开斗争大会？

打倒台干，打倒资本主义！

打倒阶级不公，打倒双重待遇！

Alan 赵跪在台上，后面插个木条写着罪名：乱搞男女关系！王太太披头散发，双手反剪，胸前挂个纸板：奢靡浪费蛊惑人心！

张山被自己的狂想逗笑了。他生也晚，根本没经过那个一个又一个运动的狂热时代。他出生时，大街小巷已经传唱着小邓的《何日君再来》，等他懂事时，人人都想发财了。那天上网吧看到，网上投票公认，中国最肮脏的职业，一是大学教授，二是医师，人人都在搞钱。

台商也在搞钱，半斤八两。但是，张山的笑容退去了。这样一群人，几十万地拥进上海，趾高气扬，花钱如水流。为什么？凭什么？

市场上最高级的鱼是冷冻进口的鳕鱼和鲑鱼，银鳕一斤九十余元，鲑鱼也要六十多。他看过，超市里巴掌大一块鲑鱼要五十元。五十元，他一天工资还买不起。可是王太太从批发鱼市买回一条十五斤重的鲑鱼，是他帮着提上楼的。

听他这么说，小刘笑了。这有什么？前阵子流行吃雪蛤膏，一斤要一千两百元，有人有货源，她们在车上，每个人当场一斤、两斤地订，打开皮包就掏钱。这些太太天天搭车到上海市区，逛的就是襄阳市场、豫园、南京路和各大百货商场，每次都是大包小包，然后在车上互相展示战利品，一双靴子要八百元，不就是我们一个月挣的钱？人家一买两三双。一件羽绒服要两千元，我们的羽绒服不就两百元搞定？她们还一口一声"好便宜"。

要真能造反，把财富分给大伙儿，岂不美？"里应外合"四个字突然跳上心头。乱哄哄抢个精光，大家奔散各地，中国这么大，哪里去抓……

张山想得出神，用过餐要回去上班的 Alan 赵都走过去了，他才看见，连忙对着那矮胖的背影敬礼喊："赵副理中午好。"

送往迎来。被张山致敬的台干，常是含糊点头走过，不习惯接受如此正式的欢迎，听说在台湾，那是保留给有官阶的大人物，或是学校里的校长教师的礼仪。于是，他的立正举手，他的雄赳赳气昂昂，往往对着一片空旷。

"王太太下午好。"

王太太换了一身干爽的灰绿恤衫和白色七分裤，露出一截圆润的腿肚子，趿一双黑底红带两英寸厚跟日式拖鞋，戴着墨镜。

"又要出门啊？"

"去邮局，哦，如果送月饼的人来了，替我收着。"

王太太交代完，款款步出大楼，朝梧桐大道的方向走去，过了大道是员工活动中心，邮局就在活动中心的二楼。

九月的太阳，让王太太雅姝出了薄汗，鼻头上几粒晶莹的汗珠。她天生容易出汗，也爱哭，皮肤光润润，眼睛水汪汪，水做的女人。这几年有点干枯了，就像这四点多的秋阳，逐渐减去热焰，本来丰满迷人的身材，开始从尖挺步向圆颓，年轻时特别圆大的眼睛，现在鱼尾纹特别多。她的思路跳来跃去难以捉摸，这一分钟还在讨论去哪里吃饭，下一分钟就问起中秋晚会要不要参加，正说着内地的物价，下一句接的却是补习英文的事。如果顺着她的思路，所有问题都得不到答案。谈恋爱时，王显陆很为她这种思路着迷，只觉得灵光闪闪神秘有趣，婚后柴米油盐绕弯子说话太费事，便觉得她的头脑缺乏逻辑。雅姝不知道王显陆所谓的逻辑因果为何，好端端说着话，他却硬生生截断，神情充满不耐烦，她越是想解释，他看她的眼光就越严峻，喉结上上下下。她噤声不语，口腔里泛出苦味。

她没有不快乐的理由。尤其来到上海后，他们的生活水平往上翻了几番，购买力大增，从一个台湾的小康家庭，变成此地所谓的金领家庭，要什么有什么。当四周充满了为糊口而劳动终日的人，她有什么权利觉得不快乐？

雅姝到邮局去，准备给在广西的表舅一家汇钱。这是妈妈交代的，中秋节汇点钱去，祝他们过节快乐。表舅一家是种地的，种粮食、甘蔗和柚子。她两年前曾经陪着妈妈去看过，盖到一半的砖房，已经住上人了，一楼还是泥地，四壁萧然没有油漆，大厅正墙上贴了张旧的毛泽东彩像，一边墙上贴了几张学习优良奖状，屋里光秃秃桌子椅子皆无，一个水泥楼梯上去，应该是睡觉的地方。厨房在后头，茅草搭就，外头拉了电线垂下一盏小灯，但表舅妈一直没开灯，就着茅顶漏下的天光劈柴，掺些晒干的甘蔗皮生火，取了唯一的一只烧黑的锅子，泵抽了半锅地下水，放到炉上。

烧水泡茶。这是她的提议。一进门，表舅妈就谦称没什么可招待远客，她说带了台湾乌龙茶，只需要热水。等待的时间，表舅显得窘促，一会儿走出去，拿进来两个柚子，在泥地上直接用手剖了扒皮。她庆幸没带女儿来，谁知道养尊处优的她们，会说出什么话来。

锅里冒出热气。"雅姝啊，你瞧瞧这样可以了吗？"

她忙点头。表舅妈抱歉地说："家里只有塑料杯，用碗可以吧？"

"可以可以。"

表舅妈拿出四个碗，没有多的了。雅姝在碗里倒入少许茶叶。真没想到会是这样泡的茶，这是金奖茶叶，一两算起来要两百块人民币。当然这话绝对不能说给表舅和表舅妈听。

　　注了热水，茶叶并不舒展，水还没烧开呢。"没关系，泡久一点也泡得开，我们到外头看看。"妈妈说了。

　　表舅带着他们参观猪圈，一路有鸡鸭鹅和黄狗拦路，他指着不远处自家的农地，第一次露出笑容。他们算是村里的有钱人，有房有田，还有大小十二头猪，儿子媳妇在城里打工，孙子读得上书。

　　回到厨房，茶终于泡开了，雅姝端起一杯要给表舅，发现里头浸只苍蝇，在茶叶间浮沉。表舅说他不喝，喝不惯，于是三人各一碗温茶，表舅妈啜一口，做了个怪表情。她没喝过茶。

　　孙子回来了，八岁，系着红领巾，圆亮的眼睛很是纯真无邪。表舅妈把茶碗凑到孙子嘴边，男孩喝了一口咂咂嘴："不好喝。"

　　大家都笑了。雅姝想到皮包里可能有女儿吃剩的零食，果然翻出一包已开封的 M&M 巧克力，男孩笑弯了眼睛，雅姝从入门起就揪着的心，这时才略略松开。

　　那天晚上，表舅妈杀了一只鸡款待她们。雅姝知道，这是乡下人最隆重的待客之礼，心里万分过意不去，尤其是妈妈茹素多年。吃过晚饭，她们执意要走，旅馆早都订好的。

　　她对表舅一家存着愧疚，虽然他们的贫穷，并不是她的责任，但她觉得自己带着昂贵茶叶，无知地踏进表舅家门，却的确该担负着某种程度的责任。或者说，单单是她的存在，衣饰光鲜站在那里的那种存在，从台湾从上海，背景里满城尽带黄金甲的奢华，都让她有愧。她想给他们钱，一大笔钱，让他们把房子盖完，再盖个真正的厨房。

　　王显陆劝阻了她。"救急不救穷，"他说，"何况他们家在当地，也算过得去了。凡事适可而止，不要想改变别人的生活。"

　　妈妈也说不妥："我们在大陆的亲戚不只表舅一家，要说关系，他们也不算是最亲的，王家在大陆也有亲人，亲家公不还有两个儿子在四川。都要帮忙，帮得完吗？逢年过节，表表心意就可以了。"

中秋节，该寄多少钱呢？一直到踏进邮局，雅姝都还不能决定。几百块对她就是打开皮包的事，对种地的表舅，却是几个月的收入。那天听开车的小刘说，他每年也就是春节前给老母三四百元，买办点好东西过年，叫"过年钱"。轮到她，她数了六张百元大钞，交给汇款人员。这份礼金来自表外甥女，绝对是算多的了，但如果是来自月入数万元人民币的台湾亲戚，又不算什么了。收到钱的表舅，是喜出望外充满感激，还是悄悄议论她太过小气呢？雅姝觉得二者皆有可能。

她在活动中心晃了一下。食堂是员工用餐的地方，台干及眷属可以免费用餐。冰箱没菜时，雅姝会带个不锈钢杯，里头分深浅三格，打几道菜回去，用高级瓷盘装好加热上桌。但是食堂的菜总比不上私房菜精致洁净，而且油多味重，雅姝并不常来。这里的兰州牛肉拉面倒不错，手拉的面条，现点现拉，宽细都有，加上葱花肉片和豆芽菜，她能吃下大半碗。也是拿钢杯盛回去吃，怕食堂的餐具不卫生。

食堂的大门锁着，雅姝继续往前走。哪里隐约传来歌声。断了的弦再弹一遍……不在里面……我的指尖……留你在我身边……她继续往前走，歌声越来越清晰。断了的弦再弹一遍，我的世界你不在里面……

在走廊转角尽头处，一个年轻男孩背对她，朝梧桐大道的方向旁若无人唱着歌。这首歌她听女儿哼唱过，但她从不知这歌这么美，而且头一回听懂了歌词。断了的弦再怎么连，我的感觉你已听不见……

歌声止住，男孩猛然转身。

"周杰伦，你唱的是周杰伦的歌？"

男孩瞪着她，眼光里有被打扰的不悦。但很快地，似乎察觉到她身份的不同，他移开目光，轻点了头。

"你唱得很好。"雅姝在男孩面前，自觉像个长辈，年龄和身份，都让她讲话特别有自信。

"谢谢。"受到赞美，男孩有点不好意思，"你也喜欢周杰伦？"

"是我女儿，哦，是啊，我喜欢。"

男孩咧嘴一笑，很齐整的白牙。

"你唱吧，没关系的。"

"我唱完了。"

男孩一溜烟跑掉了。雅妹觉得，这男孩歌唱得有味道，长得也有点像周杰伦，一跑起来，白色 T 恤衫鼓风扬起。T 恤衫，牛仔裤，她想到自己的大学时代。这个大东生活区就像个校园，成千上万名二十出头的男孩女孩在园区来来去去，他们工作、谈恋爱、发呆，在球场上跑跳、骑脚踏车穿梭，边散步边吃冰棍。他们的青春，让整个园区发光。而她，就像梧桐树下那块阴影，静悄悄地，从西移到东。

手机响了，屏幕上显示是王显陆。每几个月，王显陆就给她换新手机，款型都是最流行的。

"又趴趴走？"

"我能走去哪里？去邮局。"

"丘总从台湾来，晚上请吃饭，在徐家汇。"

"哦。"

"我会搭交通车回去。"

"记得哦，是十半点发车，不要错过了。"

"知道啦，我什么时候错过了。"

人算不如天算，王显陆赶到车站时，交通车已经拐个弯上了高速公路。就差两分钟。如果刚才少敬一杯酒，少说两句话，唉！他拨通手机。

"喂，是我，没赶上车……我打的好了，嗯，拜。"

把手机收进公文包，王显陆扬手打的。来了几部，没有一部是空车。

"对不起，先生……"

一声娇媚的招呼声。是个长得十分秀丽的苗条女孩，杏子眼菱角嘴，红褐色的头发束成马尾，路灯照耀下，浓密的睫毛在白皙脸上投下惑人的暗影。王显陆饶有兴味地打量，看她想干什么。

"你是不是大东的员工？"

“对呀。”

“我也是，”女孩松了口气，笑得很甜，“我叫 Lily。”

“我姓王。”

“王先生，”女孩有点犹豫，舌尖润了润红唇，那动作看似无邪，“王先生，你想打的，是吧？我可不可以搭你的便车？”从这里打的回大东，车费要七八十元。

“好啊！”王显陆一口应承。

“我还有个朋友，也是大东的。”

王显陆这才看见，女孩身后三步远处，站着一个矮瘦的小伙子，戴耳机背包，一顶帽子遮住半张脸。他后悔自己的爽快，但话已经说出口。

不知何时，一辆空车停下来，小伙子径直坐进前座，把后座让给了女孩和他。他先上车，体贴穿短裙的女孩，女孩一坐下来，露出一截肤可胜雪的大腿。座位的安排不太寻常，但令人满意。上海郊区的出租车开得超猛，为了超车可以开到对面车道，每每几乎迎头撞上来车，他从不坐前座。身旁女孩身上的香气，随着车子每次的颠簸和刹车传来，混合着饭局上的长城葡萄酒和石库门绍兴，他都有点发晕了。

“Lily，我没叫错吧，跟男朋友出来玩？”

“他是我干哥。”女孩扑哧一笑。

“如果没遇到我，你们打算怎么回去？”

“搭公交车，要等上半小时，下了车，还要走十分钟。”

“走夜路，不怕？”

“有干哥。”女孩又笑。

“你是美人，他是英雄，护花使者。”王显陆很想多逗女孩笑，那红唇一掀一掀，露出可爱的小虎牙。

女孩果然又笑了，很娇媚地，前座的干哥却一声不吭。

司机说高速公路大堵车，得走小路，不由分说，车子便掉了头，驶进路灯不明的茫茫夜色。一进了郊区，景况便浑不似上海。如果上海市是那流金洒红五颜六色的广告牌，被千百瓦的灯炯炯照着，这郊区就是广告牌的背面，土黄色粗糙的木板，躲在后头，不打算让人瞧见。路的两旁不是空地就是工地，一些未完工的建筑物，夜色里像倾颓蚀坏的旧房子，露出一个个大窟窿。正在搭建中的二号高速，石灰泥的桥墩，一座座矗立着，像一道道牌坊，衬着灰黑迷蒙的天。不知何时起雾了，估计这就是高速公路堵车的原因。车子颠颠走着，司机看来熟门熟路，专走小路。这些路王显陆从未走过，或是走过，但夜雾里分辨不出。他开始有点忐忑。

餐宴上，Alan 赵还在说，最近这区的治安越来越不好了。这里比起上海是一穷二白，聚集了大批外地人，来盖房子或给人打工。大东是大金主，带来多少就业机会，但也成了不肖分子眼中的肥羊。人人都知道，台湾人有钱怕事。餐宴中，几乎每个人都能讲出一两桩被扒被抢的事，不管是发生在自己身上或是同事。这些宵小匿藏在各个角落，他们不知来自哪里，也不知会逃向何方。多加小心，各位，你们的安全就是公司的财富。丘总敬大家。

事情有点蹊跷。车子真的是往大东开去吗？为什么这些路这么陌生？那个小伙子，为何晚上还戴帽子，不让他看到脸？又为什么不吭声，任由女朋友对别的男人抛媚眼？不对，王显陆暗叫不妙。大陆员工根本不能上台干专车，他们何必在那里等车，跟他一样"错过"交通车？他们真的是大东人？他为何凭一句话就相信了他们。只怪美色当前，对女孩没有戒心。是了，那女孩来跟他搭讪，解除他的戒心，让他不好意思拒绝。当时，应该要求看一下员工证。晚了，完了。王显陆一颗心沉到底。这一定是一伙人，知道大东的台干天天在这里搭车，盯上了准备干一票。他偷眼看刚才还一直巧笑的女孩，此时面无表情，又长又翘的睫毛微微扇动，像在耐心等候猎物。他坐的位置，依规定门都是反锁的，从里头打不开。难怪，难怪让他坐后座，跟这个女人一起。

路越来越偏僻了，许多的转弯，许多的上下坡。他像被吸进一个黑洞，这里，太大太大了，他无法尽知所有，他无法像在台北那样心中有本地图，有很多后援，他早已失去坐标。而车上的三个人，不怀好意沉默着，都在观察他，看他晓不晓得。

小伙子低声跟司机不知咕哝什么。他口干舌燥，汗涔涔流下。要钱，拿去，要手机要公文包要皮鞋，拿去，就是把他剥光了都可以，但是，别打人，别打。他从未被打过，连跟人干架的经验都没有，他受不了那种暴力。别，别杀……杀他，太容易了，随便挖个坑埋了，没有人知道，没有人找得到，他就被埋在上海郊区不知名地的黄土下，直到工程挖土机把他的尸骨掘起。

他颤抖着掏出手机，假装不在意地打短信：我被劫持，二男一女，出租车车号……

连最后的短信都来不及发出，车在一块空地前停下，他害怕的事千、真、万、确要发生了。

小伙子脱下帽子，回头来对他说："我们就在这儿下车。"女孩也笑出她的小虎牙："王先生，谢谢了，再见。"

他还在错愕中，两个抢犯都下车去了，跑过马路消失在夜色中。他们的同犯则继续往前开，拐个弯，来到大东公司的正门。原来是先到大陆员工宿舍的后门。王显陆付了车钱，发票也没拿，迫不及待下了车。

这件事，王显陆没告诉妻女，只在跟同事聚餐酒酣耳热时，当作笑话说给几个台干听，省略了那女子的娇媚，强调了男子的神秘。Alan 赵边笑边摇头。他是管生产线的，手下有几百人，这些员工非常被动，他就像拿长竿赶鸭群，要盯头盯尾大声呵斥才能确保质量。他的眉头永远深锁，眯起的双眼射出刀般的锋芒，员工见到他都是噤声低首。被人如此畏惧，对 Alan 赵是全新的经验。他们畏惧的眼神，勾引出深藏在他心中，连他自己也不知存在的一种残狠。

"我听说，有些员工对我们是不服，生产线的，还有那些陆干。"Alan 赵把酒干了。他是几个人中，酒量最好的一个，当地人好喝的黄酒，他一个人至少要喝掉两瓶。"不是要裁人吗？最近厂里的气氛怪怪的。"

"裁人，也不是我们要裁的，有种就去跟老总他们抗议啊！"

"让他们去跟陆干讲嘛，让陆干去出头啊！"在座一致点头。

台派的干部是不跟当地雇用的陆干应酬的，大家住不同宿舍，福利和待遇大不相同。虽然大东公司给了陆干和大陆员工相当优渥的薪水和福利，以当地的水平，怎么看都是好差事，但跟台干相较，又有云泥之别。人比人，气死人。至于陆干眼中的天之骄子台干，不少人却是心不甘情不愿来到上海。成长过程中不曾流浪的这群人，离乡背井来到上海，牵扯着夫妻亲子间的关系，千丝万缕，在繁重的工作中更添烦乱。最近大东公司大整合，面对竞争更加剧烈的市场，开源节流深耕大陆，半年前提出了栽培陆干计划，给陆干加薪升等在职训练，让一票台干心中很是不平。

"我们在上海打天下，没有功劳也有苦劳，台湾那一票，他妈的坐享其成也罢了，还扯后腿，现在又提升陆干打压台干，我们的生存空间越来越小，总有一天要被陆干取代！"王显陆又灌了一杯。

"真的要被干哦！"Alan 赵笑嘻嘻的，"呃，是公干，还是私干？"

"喂，上个月你们那里调来的那个小吴，做手机测试的，他跑了！"王显陆放下筷子。

"跑了？"

"他负责测试的手机被扒了，要赔钱，他就落跑了。"

"真的？要赔多少？"

"两千多吧。"

"他一个月也能赚一千多吧？连工作都不要了？"

在座的台干们都笑，搞不懂这些人，为了两千元，宁可放弃一份好工作。

笑过一阵，王显陆交代手下的小陈："查查看他东西拿了没？该拿的不该拿的，查清楚。通知警卫，小心别让人混进来。"

聚餐就在宿舍餐厅，喝到十点餐厅准备打烊，大家也就散了。Alan 赵一个人不想回房，往大门走去，警卫张山向他敬礼，他也没瞧见。出了玻璃门，夜风袭来，更添酒意，他站在台阶上，点了烟，看天上一轮冷月，胸口堵闷，把烟朝那月恨恨吐去。一转眼，在上海的第三个中秋节都要到了。前天老婆电话里还在问，有没有买月饼，别吃太多，当心胆固醇。老婆懂得疼惜他的身体，为什么不懂得疼惜他的心情？看别的同事，一家和乐在上海安居，而他跟孩子几个月见一次，越来越疏远了。

月色里，可以看见年轻员工双双对对勾肩搭背，走进梧桐树下，走进大楼的阴影，在那些拐弯和抹角，在月光迷蒙的草坪，形成另一种引人遐思的暗影。所有的人影都背着他，往另一个方向而去，他所在的地方就像被遗弃的孤岛，远处独独有个人影向他这里走来，他像被催眠似的盯着这个移动的影子，影子越走越近，在宿舍大楼的日光灯照耀下，影子仰起一张光洁的脸，极长的睫毛投影在那白脸上。"赵副理？"

"啊，你是？"

"我是生产线板机组的杨莉，送过货给您……"

"哦，是是。"Alan 赵根本想不起谁是杨莉。他肯定自己没见过这样的美人。

"我来找警卫张山，有点事。"

"哦……"Alan 赵完全想不出该说什么，真是喝多了。

"我，能进去吗？"杨莉问。原来是怕他拦人。

"进去进去。"Alan 赵定定神，一挥手，转头去看远处。

杨莉很快就出来了，她向 Alan 赵道谢，睫毛一眨一眨，剪水双瞳映着月光，转身移步，马尾在脑后左右甩动，像在对他召唤。Alan 赵把烟蒂往树丛里一扔，跟上去了。

自从那天见到那个像周杰伦的酷小子，半个月中，雅姝又见到他三次。整个生活区有一万多人出出入入，除了眷属和下班员工，大部分的人都穿着天蓝色夹克，是一群面目模糊的群众。但不知为何，一群人走来，却像是镜头突然推进，集中在一个人身上，她就是看到了他。

头一回是在梧桐大道上，五六个小伙子迎面走来，她习惯性地转头他顾，明知道他们在看她，一个浑不似身旁姑娘和老家大婶的女人，却在擦身而过时跟他的视线交会，两个人都愣了一下。

他记得我！雅姝感到一阵欢喜。

第二次，是在同一个走廊，在廊的尽头见到他的背影。他没有在唱歌，在吹口哨，吹的是《月亮代表我的心》。好老的歌。这里人听歌，常是横跨往返数个时代，因为数个时代的流行歌压缩在短期内输入，小虎队和 S. H. E 的歌可以出自同一个人口中，周杰伦和邓丽君也能和平共存，不像她，忠于自己十几二十岁爱唱歌的那个时代。她在离他几步远的地方站定，静静听完这一曲。你去想一想，你去看一看，月亮代表我的心……他把末段旋律反复再三，余音缭绕。转过身来看到她，先对她一笑，她也笑。

"你口哨吹得很好。"她忍不住就要夸他，逗他开心。

"没有啦！"他搔搔头，大男孩的稚气，没头没脑问了一句，"你住白宫？"

白宫？她还来不及反应，男孩又跑了。

第三回也就是昨天，她买完菜在交通车上，突然看到男孩三步并两步潇洒地上了车。车上很空，司机小刘没拦他。她赶紧拢拢乱发，出门时涂的口红不知退了没，刚才在超市里一阵厮杀。男孩就在隔着走道的座位落座，看到她，很吃惊的样子。男孩穿了件黑色薄外套，里头是白恤衫，头戴运动帽，帽檐压得很低。他的眼睛贼亮，脸庞黝黑泛光，挺直的鼻梁，线条分明的薄唇。看到青春勃勃的美，真是赏心乐事啊！

"又见面了，今天不上班？"

"休假。"

"你叫什么？"

"叫我小李吧。"

"吃月饼了吗？"

"还，还没。"小李有点错愕。

"明天我拿几个给你。"

"不用……"

"我订了一大箱呢，不要客气，嗯，你白天要上班，我看，"雅姝突发奇想，"这样好了，中午我们在员工餐厅见，一起吃午饭，顺便给你月饼，好不好？"

李嗣很惊奇，这个台湾太太竟然要跟他共进午餐！来自白宫，尊贵的女士。她是谁？她有没有可能让他光明正大地走进白宫？就在昨晚，他梦见大姐，大姐兴奋地瞪着眼睛急挥双手，李嗣，都打听好了，去台湾打工的门路，嗒，船票都给你买好了，就在那个码头上船。大姐遥遥一指，那儿好像真的有个码头。早上出发，晚上就到台湾。他半信半疑。但是大姐说了，村里的进哥和明叔，都已经平安到了台湾。

台湾。生活区电视里看到的，蔡康永、马英九、周杰伦、陈水扁、蔡依林、大小S，热闹滚滚繁华富裕，阿里山、"故宫"、西门町、101……月亮代表我的心！

准十二点，李嗣在员工餐厅入门处找了一个空桌，等待神秘的台湾太太到来。他没跟任何人说起这事，怕人家不相信，也怕他们取笑。这位台湾太太也真没有一点架子，听说他们都是吃香喝辣，竟然也跟员工一起在这个食堂用餐。哦，台湾太太真的来了，右手提钢杯，左手提塑料袋，笑吟吟在眼前落座。一瞧，脸上抹粉涂了口红，人显得很精神。

台湾太太掏出员工卡，嘱他去刷两碗兰州牛肉拉面。一会儿，热乎乎的面端上桌，台湾太太打开钢杯，拿出一套三件大小不同的容器，小盒装的是牛肉片、中盒的是生豆芽，大盒的则是一道菜。她对他拿来的塑料餐具弃而不用，从袋里取出两套餐具，是描花上釉的日式竹筷和配套的调羹。她把生豆芽浸到面汤里烫熟，筷子一顶，大盒的菜推到他面前："尝尝看，这是三杯鸡，台湾菜。"只见九层塔和炒得黑黑的鸡肉，扑鼻一股麻油香。筷子一顶，那碟牛肉片也推到他眼前。他呆住了。

"怎么不吃？哦，忘了给你餐具了，用这个，食堂里的不卫生。"

他拿着精致但滑手的筷子，不知道该感谢她的盛情，还是怨恨她这么清楚地演绎彼此的生活距离。他低头吃起来，这碗加料的拉面，味道完全改变了。

台湾太太谈兴甚高，她告诉他，台湾的月饼是什么滋味，人们怎么赏月，她的童年生活。读小学时，父亲在南部一家美国航空公司任职，薪水丰厚，休假很多，还有一间员工会所，里头有游泳池、舞厅、桥牌室、图书馆和餐厅，那种豪华的设备，不是一般民众所能想象。完全是美国标准的哦，她这么强调。她的父亲有时会从公司带一些时髦文具回来给她和弟弟，钢珠笔，双色笔，圆形橡皮后头带有小刷，还有厚厚的上等白纸，都是三十年前台湾市面上看不到的。他们拿那白纸当计算纸，带到学校给要好的同学，同学舍不得用，铅笔写过又擦掉，反复使用。圣诞节的时候，公司招待员工的小孩参观，她看见大飞机和圣诞老人，还得到两粒好香好大的红苹果……

"那时我就下决心，一定要去美国读书！后来，我真的去了，在美国住了三年。"台湾太太这样说。

他本想听台湾的故事，台湾太太说得最多的却是美国。

"美国，月亮比较圆？"

台湾太太微笑不答。那段辛苦打工说破碎英文的日子，不提也罢。她拿出一盒随身包面纸，秀气地擦擦嘴："你快吃呀，吃饱了还要上班。"

他三两口胡乱吃完，把面前的菜也吃得一干二净，台湾太太又眯着眼笑了，她笑起来很有点慈母的味道。

"喏，这几个月饼，跟朋友一起吃吧。"

提着月饼，他心里挺感动的。台湾太太收拾好，起身离开。

"阿姨！"

她愕然回头。

"阿姨，谢谢你。"

台湾太太眼波闪烁，哈哈几声干笑，连声说不客气，很快就走远了。

李嗣呆了一秒钟，跳起来，跑了出去。

快，跑呀，李嗣！

再三分钟就上工了，迟到要扣钱的。吃得太饱，一跑起来胃袋都在翻搅，嘴里全是麻油三杯鸡的怪味。我说，你何必硬撑把所有菜都吃完呢，自讨苦吃，台湾菜，也不是那么好消受的……

"喂，李嗣！"

梦里叫唤他的声音又出现了。总是在催促着他，总是在担心他。

"李嗣！"

他硬生生刹住往前飞奔的步伐。是杨莉。

"我要晚点了，你去哪儿？"他从袋里摸出两个月饼丢去。

"谢了，我下午请假去美容院！拜！"杨莉晃晃马尾，唇红齿白笑得很灿烂。

这家美容院紧挨市场，顾客多是买菜的主妇阿姨和邻近商铺的售货员，像杨莉这样的漂亮小姐还真是少见。小尤立刻过来招呼她，杨莉是老顾客了。过了中午，店里没有别的客人，两个美容小姐坐在沙发上，一个吃烤鸡串，一个喝珍珠奶茶。

"今天怎么有空来？"

"今天不来，明天来不了，待会儿还要去取改的衣服。"

"你这根指甲有点裂，可惜了，要剪掉，不然会整个裂开。"小尤审视她的右手食指。

杨莉看着自己的纤纤十指，九长一短，多难看。

"怎么裂的？撞到了？"

"咬的。"

"咬的？你自己咬的？"

杨莉笑笑，还是看着手指。

小尤说："我剪掉了？"

"剪吧剪吧。"

"你那衣服在小郑那儿改吧？叫她们帮你取去。"小尤转头叫那个喝珍珠奶茶的女孩，"小晶，去小郑那儿取杨小姐的衣服。"

"我在等那个割双眼皮的客人，马上要来了，还有王医师，手机打不通。"

"那，小春，你去一趟，把手抹干净啊，瞧你吃得。杨小姐，工钱多少？"

杨莉一手被小尤抓着，一手去皮包里掏出一张五块钱。

"你这个包好看，新买的？"

"你看看，什么牌子。"

"哦，这牌子转角那个店也有。"

"转角那个店？"杨莉好像被侮辱般提高了嗓子，"我这个是真的，你睁大眼睛看看，这做工这皮料，还有最重要的，要看它的拉链和内里……"

小尤抿嘴一笑，烫得毛卷卷的长发，一张白团团的脸天生亲切，只有两道修得很细的弯眉，显出一丝精干。她中学毕业就进城打工了，先做美发后习美容美甲，在这家店里干了快两年，店里其他小姐都是她帮着训练出来的。

"男朋友送你的？"小尤看杨莉的神情，猜中了七八分，"男朋友是小开哦？做什么的？"

"是我们公司的干部啦。"

"哦，是台湾人，台湾人钞票多。等一下要涂颜色吗？"

"我明天要上台，画花吧，有什么新的花？"

"那个月亮星星太阳的不错，要不就是这个玫瑰……"

"画月亮吧，中秋节，我要唱《月亮代表我的心》!"杨莉甜滋滋地说。

"男朋友疼你吧？"

"他陪我上街，到南京西路的百货公司，我就是逛逛嘛，也没想啥，他一个劲儿地说，要什么，我买给你。"杨莉粉脸放光，得意地抖了抖肩，颊边两缕鬈发跟着轻晃。

"你说了吗?"

"才第一次出去，怎么好意思。后来，他就送了这包。"

"别傻了，有什么不好意思，他愿意花钱，能买就买吧！"小尤捧着杨莉的手仔细端详，柔弱无骨白皙修长，她自己的是一双指头短掌心厚的粗手。"我有这样一个男朋友就好了，我要教他给我买买买，买一家美容院，我当老板。"

衣服取来了。小尤把衣服一抖摊开，黑色低领蓬蓬袖的绉纱短衣，钉满了闪闪的亮片和假珠。这也是转角那家店的货，只是原来上头的一圈毛领子拆掉了。小尤没点破，笑着夸一句："这衣服看上去挺洋气的！"

指甲花画好，枣红色为底，镀了一层金，拇指上画了一钩明月，其他指头画了星星。"众星拱月，美死你！"

一个穿深色套装的女士提个大包走进来。小尤介绍是整形科的王医师，从上海市区请来的。什么样的医师，愿意从市区搭车来这里替人割双眼皮？杨莉想着，这时对方也在看她。她眨眨自己那双水灵灵的大眼睛。沈医师知道这不是今天的病人，随着小晶到后头房间准备去了。

杨莉的名牌包里装着跟小尤借来的银色眼影，步出店门，差一点撞上一个疾步而来的小姑娘。小姑娘生得白净，眼睛一单一双。杨莉想，为什么要让无照医师在眼皮上操刀，这样一张纯洁白皙的脸，可惜了。

杨莉很晚才回到大东生活区。从白宫那边的大门进来，要穿过偌大的操场才能回到宿舍。夜深人静，月色很亮，照得操场亮汪汪的，树的枝叶蒙了金沙，底下的暗影更黑。杨莉想起一首老歌。嗳，月亮出来，亮汪汪亮汪汪，想起我的阿哥在深山。哥像月亮天上走，天上走，哥啊哥……

杨莉走到操场和高尔夫球场间的小路，两边是七里香的矮树丛。明天的舞台就搭在这一头，表演者从这边上台。她想到，明天的自己，黑色绉纱亮片短衣配银灰色迷你裙和长马靴，长长的鬈发丝丝缕缕披下来，烘托出她精致的脸蛋，如此美丽动人闪闪发亮，台下所有的人都会移不开目光。想到那情景，她眼里泛出泪花。

小路那头来了两个壮汉，月光下看得分明，是巡逻的警卫。他们看了她一眼，继续向前。这阵子以来，巡逻的警卫好像多了，即使白天也可以看见他们在各个角落站岗。听说有什么坏分子什么阴谋，不过，这些都离她很远，跟她无关。她的青春正美年华正好，还在往上长往上攀。她轻启朱唇：你问我爱你有多深，我爱你有几分……小路那头又来了个警卫，杨莉继续唱，你去想一想，你去……

一只大手掩住她的嘴。

一早，王显陆就去开会了，虽说是中秋节，却召开了由老总主持的紧急会议。他昨晚深夜接到电话就显得心事重重，今早临出门时雅姝才看见，惊叫："你的眼睛！"

"怎么了？"

"流血了！你不痛吗？"

王显陆也有点慌，到浴室照镜子，镜里映出他的左眼通红，像揭了皮露出的血肉。"奇怪，不痛也不痒。"

"要不要？"雅姝递过来一瓶眼药水。

"可能是内出血，毛细血管爆了。"王显陆审视他的左眼。眼白的地方有一半是肉红色，向右看，还有正常眼白，向左看，就像外星人般诡异骇人。

"好像兔子。"

王显陆瞪了太太一眼，更狰狞了。

"叫你早点睡，你不肯。"

"我能早点睡，为什么不睡。好了好了，开会要迟到了。"

"不去看医生？"

"这个会非开不可，生死有命。"王显陆讲完，自己都觉得有点悲凉。

身体是不是出毛病了，眼压过高，中风前兆？但是这个会非开不可。他把眼药水往口袋一塞，走了。

雅姝很担心。不是担心老公的健康，而是担心如果老公倒了，她跟女儿的生活怎么办？她所知道的这个世界都将瓦解。她掀起窗帘的一角，看到远处操场已经搭起舞台，空气里有节庆的热闹，属于年轻人的浮躁。那个长得像周杰伦的小伙子，今天要登台。

她跟王显陆的世界，一个固若金汤的城池；她跟小伙子的世界，一个沙漠里的海市蜃楼，都那么轻易。一只红眼睛，一声阿姨，就土石崩落影像模糊。

她该怎么办？能怎么办？她跳起来，拿了皮包和推车，出门买菜。

买完菜回到家，一开门，听见厨房垃圾桶里沙沙作响，她拿起厨房的小凳子往垃圾桶上一罩，桶子被撞得咚咚响。

前几天送来的一箱月饼，搁在厨房角落，昨天发现纸箱被咬破，里头的月饼有几个塑料套也被咬开来，啃掉了一些。王显陆分析是老鼠，两个女儿特别兴奋，学老鼠般吱吱尖叫，雅姝立刻交代宿管员去买捕鼠纸。捕鼠纸打开来像本书，上头有强力胶，东西粘上了很难拔掉。她把捕鼠纸放在厨房垃圾桶旁，第二天早上，王显陆的一只拖鞋粘在上头，怎么样也拔不下来。她赶紧从柜子里找出一双新拖鞋，并排放好，把残存的一只拖鞋连同捕鼠纸和纸上的鞋，扔进垃圾桶。早几年，这很可以是夫妻间拿来调笑的趣事，现在她只担心王显陆皱眉头。

这个家有老鼠。不知藏身何处的老鼠，随时都有可能蹿出来，令她魂飞魄散。突然间，这里不再是安全温暖的空间，充满了不确定的危险，就像王显陆的眼睛。雅姝连忙打电话叫张山，但是前台说张山今天没来上班。

白宫会议厅的会议结束了。散会前，老总再次强调，这一季的业绩非常亮丽，出货再创新高，大东已进入中国工业企业排名中的前二十名，主营业务年收入达五百亿人民币。它为地方制造了数万个就业机会，为地方经济带来生机勃发的春天。"大东是个和乐的大家庭，每个员工都是不可或缺的一分子，我们讲求纪律，我们要求员工负责和纯洁，在上海设厂五年来，大东从来没有发生过一件非法的事，我们的员工都是最负责的，我们的员工都是最纯洁的，"老总拱拱手说，"台湾的生产线已经全面关闭，各位，大东的未来全靠大家了，加油加油！"

在一片掌声中，老总被众人簇拥着出去了。会议厅里人都走光，只余Alan赵和王显陆，两人对望苦笑。

"Surprise，surprise！"王显陆恨声说，喉结上上下下，"整个制造厂要搬到苏州，唉！"

"怎么样也比我好吧，打拼了三年，现在要调回台湾。台湾哪有位子给我？"Alan赵苦笑。

"半斤八两啦，这下子，你老婆孩子高兴了。"

Alan赵摇摇头。不知道当他们听到被调回的原因是"乱搞男女关系"，会有什么反应？到底是哪个人去告的密？他得罪了谁？他想不清，也懒得再费脑筋了。

傍晚时分，球场上亮起灼灼白灯，临时搭建的舞台四周摆满一盆盆紫红和嫩黄的小菊花，各色气球翻飞，后面布幕上贴着"中秋"两个闪闪大字。舞台前排了二十排椅子，最前面几排有长桌，桌上整齐放着节目单、汽水和糖果，是台干的贵宾席，后头单放椅子的是陆干的席次。时间还没到，座席都空着，但是其他员工早早就聚在球场上，挤到前头的席地而坐，来得晚的只好伸长脖子站着。

好容易时辰到了，或是说，老总出现了，从上海电视特别请来的主持人，一男一女也上了台，插科打诨逗唱了一段，恭请老总致辞。老总谦辞不上台，只在贵宾席上用麦克风祝贺大家中秋快乐，并宣布捐出人民币二十万元为摸彩奖金，作为晚会压轴，众人一致欢呼叫好。

晚会正式开始，韵律舞、国术、吉他等员工社团轮番上阵，穿插了外头专业的魔术和杂耍，热闹十分。雅姝来得很晚，先招呼女儿吃了晚饭，她们要在家打电玩，王显陆打电话来说在医院检查眼睛，语气苦涩欲言又止，也不知为什么。舞台两旁都是警卫挡着，不让人往前头去，但是他们看到她都自动退开来。雅姝又感到那种眼光，特权，特殊阶级。她低头在贵宾席落座。他也在吗？也在这众人之间，看到她这样走过来？

李嗣早早就在后场等着，后场就是用塑料布简单围了个棚子，快要上场的表演者在这里等候。他的节目在后半场，因为紧张吃不下饭，索性早点来，而且他有点不安，一整天找不到杨莉，也没见着拜把子张山。这两人肯定又吵架了，最近闹得凶。

前台一阵热舞之后，开始猜谜和抢答。猜谜先是打内地地名，每个都要猜上数回才猜中。中国太大了，隔着千山万水，现在的年轻人对地理又没兴趣。接下来猜娱乐界名人，抢答热烈多了。

再来一段歌舞，唱的是采茶歌。雅姝原以为是熟悉的茶叶青耶，水也清哟，清水烧茶，献给心上的人……没想到一群戴斗笠村姑打扮的女孩，在舞台上比来比去，唱的是：当年领袖毛委员啊，带领红军上井冈啊，茶树本是红军种，风里生来雨里长……她偷眼看老总，老总正跟旁边的书记贵宾笑眯眯地交换意见。同志哥，革命传统永不忘呵！采茶女细数恩情后下台去了。

突然舞台蹿上一群小伙子，摇头摆尾有如疯子般扭唱，那歌听来既熟悉又陌生：古老的东方有一条龙，嘿！它的名字就叫中国，嘿！古老的东方有一群人，嘿！他们全都是龙的传人……摇滚式的唱法，染着金色红色头发的歌者，让雅姝瞪大了眼睛。

李嗣在后场，每隔几分钟轻轻清一下嗓子。他期待着在台上高歌的时刻，却又恨不得自己只是台下的观众。杨莉还是没来，领导已经把她的节目撤掉。

"现在让我们欢迎，卡拉OK冠军得主李嗣！"

雅姝精神一振，聚精会神盯着舞台，只见走上来一个瘦小的人影，穿一件砖红色的西装外套配牛仔裤，那外套本应是时髦的，样式却十分土气，颜色更是伧俗，他站在那里，手足无措，像个乡下来的孩子。雅姝心一凉。这不是他，这怎么可能是他？但千真万确，那个帅气的男孩，白衬衫鼓风扬起的男孩，现出了原形。然后，伴唱带响起，一丝惊疑闪过他脸，他怯怯唱出了第一句：你问我爱你有多深，我爱你有几分……歌声跟乐声根本不对 key。

李嗣还是继续唱，设法提高声音去和女声的调。他的声音高，那乐声更高，他努力攀爬，却预知自己会跌得很重。底下黑压压的嗡嗡众人，被暂时克制但就要如潮水般袭来的嘲笑声，一波波在推他下舞台。他什么都看不到，双腿发抖，一直抖到了嘴唇，抖进了歌声。快，快跑！那声音又在耳边响起，快跑啊！但李嗣没有跑，他被钉在了台上，认命地继续唱别人的歌。你去想一想，你去看一看，月亮代表我的心……

在一片抑不住的嗤笑声中，雅姝哭了。

不夜之城 · 执念

NEW YORK

浮 城 纪

纽约无论老少都喜欢黑色，整个城黑压压一片。
这是怎么样的一个黑白人生？

在洗衣机里相遇

如果她要这样待在洗衣店里，过去读的书是为什么？ 最困扰她的还不是这些，而是她的青春。

一个男人，穿件黑色雪衣，上头沾了一粒粒白米似的雪絮，一进店来，雪粒立时化作水渗进雪衣里，微潮的雪衣显得更黑了。他驮着一个蓝条纹鼓腾腾的洗衣袋，像带礼物来的圣诞老人。有双眼睛一直在看他，因为他是这里少见的华人，年轻又不难看。

他打量四周，几台机器轰轰转着，空气里充满洗衣精、柔顺剂和除静电纸的人造香味，被烘衣服的热气一蒸，像人造花园里的暖春。男人打了个喷嚏，抹抹鼻子，朝那对眼睛的主人走来。

"你可以帮我洗衣服吗？"他用生涩的英语说。

她知道他的意思是说，要代洗服务，心想，我又不是你老婆，干吗替你洗衣服？但还是忍住脸上的笑意，用流利的英语说："当然。八磅五元，每多一磅加六毛。"朝墙角的磅秤一指，"请你称一下。"

男人照着做了。

"七块四毛。"她立刻说出数目。

男人在雪衣口袋里掏钱，一面问："什么时候可以好？"

"晚上。你的名字？"

"张。"

没等他拼出来，她已经利落地把收据写好，撕下一半交给男人，另一半用晒衣夹夹在洗衣袋上。男人把收据塞到口袋里，看着她，过了两秒钟，才突然醒悟："就这样？"

"就这样。"

男人松了一口气，转身走了。

她的眼光追随着男人走出店去，没了洗衣袋牵绊，他走起路来的样子是很大派的，手脚自在地晃动着。很少看到华裔男人这样走的，除非是在这土生土长，已经学到了美国人那种放松的姿态。可是这个张先生，听他讲的英语，还有那副土样子。她忍住的笑意，此时在脸上漾开来。

今天店里没什么人。往常上午这个时候是热门时段，挤满非洲裔和西班牙裔的妇人，一个个像有仇似的朝洗衣机里死命塞，运动衫和内衣，被单和毛巾，白色和花色的，不分青红皂白一股脑儿往里扔。她常常得叫住她们："对不起，女士。"指指墙上的牌子，上面写着不要塞过多衣物，机器会承受不了。

"过多是多少？"她们会问。

心情好的时候，她会耐心地解释，小机器十八磅，中的二十五磅，大的三十磅。

"十八磅等于多少衣服？"她们又会问，"我们怎么知道有没有过多？"

所以很多时候，她只是面无表情地说："不要过多，否则衣服会洗不干净。"

有的人仍旧把全部衣物都塞进去了，两手使劲把门给关上，不在乎地听着机器特别沉重的转动声。有的人则听话地去多换几个硬币。她不确定哪种人她比较喜欢，一向羡慕敢于漠视别人意见的人，他们有种可佩的爆破力。

洗衣其实不贵。自助洗衣，一家两口一星期的衣服，连洗带烘也不过两块五，但是耗的时间多，一个半小时跑不掉。虽然墙上贴了告示要大家别把衣服留在机器里，但很多时候，她都必须替顾客把洗好或烘好的衣物拿出来。等他们去吃过午饭，买好菜回来，看到自己的衣物被人碰过了，照例是一脸的不以为然。

这些人一星期连一个半小时都不肯耗在这里，而她却一天要守上八小时，早上八点到下午四点。在二十四小时营业的店，这算是最好的班，当老板的舅舅不止一次这样强调。她和上工才一个多月的乔治守着五十台机器，要应付顾客的问题，维护环境的清洁，接电话，机器有故障得报告，收代洗的衣物，最重要的是抓住每个空当把代洗的衣物洗好、叠好。

像根竹竿似的乔治，淡褐色的头发和瞳孔，两道粗眉把眼睛压得深陷下去，显得额头大而无当，像衣夹夹出来又高又尖的鼻子，把鼻孔挤成两个小三角形。唯一让她觉得顺眼的，是细薄的红唇和一口齐整的白牙。现在，他那两片薄唇正大张着打呵欠，迎着她的眼光也不回避。是昨晚赶报告，还是在酒吧里流连忘返？对在社区大学上课的他，这已经不知是第几份非正式的工作了。

从上班的第一天起，他的漫不经心摆明了不把这工作当一回事。也许是因为它只是个跳板性质的工作，也许是工作的本身根本用不了什么脑筋。他有光明远景，而她则不知道第二份工作在哪里。舅舅似乎很满意让她在洗衣店，有个自己人总是放心。自己人，但是舅舅的女儿从未在洗衣店做过，她在几小时车程外的私立大学就读。

如果她要这样待在洗衣店里，过去读的书是为什么？数学是为了能心算出洗衣的价钱，不必像乔治那样在计算器上按来按去？英语是为了能讲"好的，你的名字？晚上可以好，谢谢"？最困扰她的还不是这些，而是她的青春。

她又跑进洗手间，从香皂罐里挤了一团香皂，掌心手背搓摩着，搓出许多泡泡。小时候，妈妈洗衣服时，总是拿个凳子到客厅去，一面看电视一面在大洗澡盆里搓衣服。她也陪着坐在一旁，不看电视，看妈妈怎么在衣服上打上肥皂，搓出好多泡沫来。妈妈有时叫她去做功课，有时则动动酸痛的臂膀说："阿妹啊，赶快长大了，帮妈妈洗衣。"她猛点头。洗衣好好玩。

刚洗过的衣服是最干净的，好像一个人最光明的那一面。为了维护那份洁净，她不知不觉养成了常洗手的习惯，虽然顾客不会知道碰过贴身衣物的手是刚洗过，才摸过钱，或是倒过垃圾……

"南施，你在里头吗？"乔治又来敲门了。他一定以为她躲在洗手间里偷懒，好像她才是那个受人监管的新伙计。漫不经心又气焰嚣张。她开了门。

"我要去买点吃的，要我替你带点什么吗？"乔治问，一只手撑着门，摆出一副自以为很帅的姿势。

"不用了，我带了三明治。"她冷淡地说。

店里只有十几台机器在转，发出时高时低的轰轰声。浸泡，一段清洗，脱水，二段清洗，脱水，冲洗，脱水。杂色衣物挤在密闭箱里，从透明的玻璃窗看到它们高速地转着，所有的袖子和裤管，所有的胸罩带子和长丝袜都缠在一起，转出个空心圆。机器急促尖鸣着像喘不过气，越转越快，塞得饱和的洗衣机好像就要爆开来。所有五十台机器都爆开来，她想，会是多么惨烈而壮观的景象，各种质料、款式和颜色的衣物，长长短短，厚厚薄薄，飞上洗衣店的天花板，像节庆的烟火，像万国旗。

但没有。在她工作的这一年来，没有任何爆破事件。她甚至不确定这种看来充满爆破潜能的机器到底会不会爆开，只有几次机器不动了，她帮客人把衣服拿出来，赔了硬币，打电话通知舅舅。如果机器真的爆了，有人受伤，舅舅的麻烦就大了，也许要赔很多钱，也许要关门。每一样对寄住在舅舅家的她，都不是好事。但她一点也不在乎。她倒希望有些意外来打断每天从舅舅家搭公交车到店里，从店里搭公交车回舅舅家的生活。

"小姐，硬币卡住了。"一个肥大的女人向她招手。

是新顾客吧，还不了解这些机器的脾气。她走过去，用力在投币口拍两下，硬币下去了，红灯亮起。女人道过谢，吃力地弯下腰去把衣服塞进洞口，她瞥一眼就知道这女人有男人，有小孩，衣服都不是好料子，起着毛球。

她看看柜台边一字排开的洗衣袋，有四户人家的衣服要洗，蓝布纹歪歪排在最后。她把它提起来，抓了一把硬币，到一台洗衣机前，像往常一样，戴上手术房里用的薄手套。她不喜欢去碰触陌生人的脏衣服。

把洗衣袋解开来，第一个拿出来的是件宽大的牛仔裤，裤脚上有干掉的泥块，拿在手里沉沉软软的，仿佛有肉体的余形，她前前后后审视了一遍，才把它轻轻放进机器里。像摸奖一样，再掏出一件格子衬衫，是唐人街便宜卖的那种。接下来摸出的是件黑色男三角裤，把它丢进机器里，接下来，又是同色同款三角裤，都已经穿得很旧了。

为什么以前没看过这个男人？才刚搬到这附近？还是以前有人替他洗衣服？

她很快地在袋子里翻找了一阵，发现所有的衣物都是男用的，看尺寸大概都是他的。

突然间，她发现自己花太多时间在这件事情上了。感到舅舅锐利的眼光。研究一个陌生男人的内衣裤，太无聊了。她把剩下的衣物依颜色略作分类，分别塞进两台机器，再倒了洗衣精和柔顺剂，温水和冷水洗净，收据夹到机器上头。

其他三袋也都送进机器里去洗了，整个店里响着机器的转动声，显得勃勃有生气。大家都奋力在工作着呢，她微笑看着机器，发了一会儿呆。在这里，很少有人不发呆，如果他们没有人陪着讲话，拼命转圈又轰轰作响的机器，看久了就像被催了眠。有些人会带着书报，但最后他们还是瞪着眼睛发起呆来。

洗衣机的红灯一灭，她就跳了起来，利落推了一部车过去，把洗好的衣服拿出来，湿衣服沉沉地全堆到车上，然后又送进了烘干机，投了硬币，按下开关。红灯艳艳亮起，机器开始缓缓转动了，原本纠结的衣物被甩开来，甩着甩着，多余的水分慢慢被烤干了，衣服轻软起来。牛仔裤飞起一只裤管，像在踢腿，格子衫扬起一只袖子，像在招手，她看得有点入神了。

她几乎等不及衣服烘干。想起那时看妈妈把长竹竿的一端从架着的高墙上拿下，晾干的衣服一件件乖乖滑进怀里，有几件卡住了不动，她便上前去帮忙拨。晒干的衣服硬硬的，有肥皂的香味。

她再去洗了次手，洗得香喷喷。出来时，果然烘干机已经停了。一打开，一股热气冲上脸，伸手去抓衣服，温热得像刚脱下来。把衣服推到大方桌边，有两个妇人已经各据一角折着衣服。她也来折，想象自己折的是亲人的衣服。

白皙隐隐游着青筋的手，飞快翻折着，像白蝶在花丛里钻动。折了一年的衣服，各种衣物到手里，手就知道该怎么去折它，两三下就是服服帖帖的豆腐块。长裤一件两件、衬衫一件两件三件、抖平了袖子往里折，对折再对折。卫生衣一二三四、毛巾一二三。内裤，哦内裤，一二三四五六七八，翻到正面，胯部往上，两边朝里。袜子，白对白，黑对黑，一二三四五，五双，多了一只。她探头到烘衣机里看了一下，又到洗衣机里摸了一回，都没有。不知掉到哪儿了。

折完衣服，对他这个人也有点底了。衣服没有油渍，不像是做餐馆的。不爱运动，没半件运动衣裤，还算爱干净，保守，省俭。衣服的质料都很普通，已穿了好些年，有几件卫生衣的领口和袖口都磨破了，这种人怎么会花几倍的钱把衣服给人洗？太忙？还是有钱但不舍得穿，跟舅舅一样？最重要的是，看标签就知道男人跟她来自同一个地方。

把折好的衣物放进洗衣袋，多的一只黑袜子收到抽屉里，熟练地束紧袋口，夹上收据。晚上，他就会来拿回去，跟留言机一样，她觉得自己留了一点什么在袋子里。她把冷冷的手贴住脸，乔治叫了她几声都没听到。

一星期过去，两星期过去了，大风雪闹了整整两星期，所有的事情都停摆，除了洗衣。没有衣服替换就是没有。很多人不情不愿地一脚脚深深踩进雪堆里，把车道清出来，把覆盖车窗的冰雪刷掉，使劲打开卡住的车门，缩着脖子坐在车里暖车。车子发动前像肺痨的人咳着，咳咳咳断断续续几声，让主人捏把冷汗，以为它就要罢工了。终于那点星星之火烧起来，车子轰隆隆发动了，屁股放出大蓬蓬的白烟，坐在车里的人衣上的雪粒开始融化，不耐烦地把车门开了一条缝，探出腿去把靴上的雪泥磕掉。半天，小心翼翼把车颠颠开出来。一切为的只是洗衣。

当然，也有一些人宁可好几天不换衣服，也不愿这种天气出门。那个张先生大概就是其中之一，她想，因为他再也没有送衣服来洗。还是他来过了，只是她不在店里？也许他不住在这里，只是一名过客。

她盯住路边一部粘满雪泥的跑车，老远就看到它在那儿喘气吐白烟暖车。现在跑车开上路了，一会儿就超过她的公交车，车后袅袅白烟被风吹得不停变花样，像是有仙人就要现身，她目不转睛，只愿这车跟她走的是同条路线。车子一震一震地跑，车顶的雪块一路往下掉，在马路上疾跳着，一会儿就碎成冰碴儿。公交车连忙赶上去辗过冰碴儿，但是跑车转眼跑远了。她的注意力顿时失去目标。

洗衣店里的日子依旧，只是客人更不合作了，拼命把衣物往小小的洗衣机里塞，送洗的人大幅增加，而乔治还是常用各种借口溜出去。她的手因忙碌的折叠分外冰冷，身体的热从手腕以下堵住了过不去，好像一敲就可以把指头像冰柱一样敲下来。已经干了的衣服没有人去理会，在烘衣机里不由自主被带着跑，再没有水分可以蒸发了，干热得随时都要着火。她漠然看出玻璃门外，灰蒙蒙羽毛似的雪片间，出现了妈妈悒悒的面容。

当男人再度拖着蓝布纹的洗衣袋进店来时，她那双含着怨怒的眼睛，让他连忙去看脚底，以为自己把雪泥带进了一尘不染的洗衣店。没有，脚下是干净的。他再去看眼睛的主人，但是她已经低头忙着在折小山似的衣服，一双白皙没有血色的手，在山前山后来来去去，这边矮下去了，另一边越来越高，眼看就要撑不住倾倒了，却见一只白手往上一压，两手一夹，就收进袋里去了。

男人好容易才找到一台空着的机器，开始笨拙地把衣服往里塞，一面塞一面往外掉，一只袜子，一条内裤，还有不知是什么卷在一起，从机器里牵牵扯扯垂挂下来。终于机器开始转了，男人直愣愣站在洗衣机前，也不懂得去找张椅子坐。站了一会儿，把雪衣脱下来，露出里头一件花格子衫。

看着男人的背影，他现下身上穿的衣服一件件都在她记忆里现形了。如果记得不错，应该是一件领口磨损泛黄的卫生衣，一条黑色三角内裤。身上那件牛仔裤是故乡带来的，右边臀部有一条小裂缝。她心底暖暖的，像常在公交车上看到的人家窗台上点的烛火，一闪一跳。背后长眼睛似的，男人转过身来，吓了她一跳。"请问，小姐，"男人的声音哑哑的，带点鼻音，"要多久才会好？"

"再二十分钟。"她明快地说，用母语。男人很明显地松了一口气，笑了，没去想她怎么会知道已经洗了多久，也改用母语问："烘干呢？"

"那看你要烘多久喽。"

"把衣服完全烘干的话……"男人有点笨拙地问。

"可能要四十分钟，你分两台烘，快一点。"

男人没其他的可问了，但两个人都没动，好像对话仍在继续。只是短短几句母语的交谈，从讲话的口气彼此都听出对方是读过几年书的。

"小姐，硬币卡住了。"有人在叫，她迟疑了一秒钟，转身走了。

之后，男人又开始送衣服来洗。有一次她问，最近很忙？忙，忙，没时间洗衣服。男人讲话时总是流露出一种男孩似的稚气，也许是因为他牵动嘴角的方式，也许是他黑发垂下来盖住前额的样子。头发好长了，都没理。也是太忙吧？忙什么呢？

又下了几场雪，但天气开始转暖了，雪和雨交替下着，像互相在调笑。雪片轻薄，被风卷着朝人面袭来，她在公交车上对着小圆镜涂口红，车子抖着，但她的手很稳。

男人在店里逗留的时间从不超过五分钟，每次都跟她客气地笑笑。男人似乎很老实木讷，即使她满面含笑，也不懂得跟她搭讪。可是她觉得跟男人更亲近了，因为每星期都是她替他洗的衣服。包住他、伴他出入的衣物实实在在握在她手里。

男人对洗衣缺乏概念。有一次送来一件红葡萄酒色的新羊毛衣，胸口有块污渍。是在什么餐馆大快朵颐时沾到的油渍？这种娇贵的毛衣应该用冷水手洗，送来这里羊毛就洗坏了，还会缩得再也穿不下。但是，她能提供的只是最普通的洗衣服务。

昂贵的羊毛衣出现后，又送来一条李维斯牛仔裤，这种牌子的裤子不便宜，她想起好久不见那条有裂缝的旧裤子了。她翻检着口袋，像尽职的主妇，结果翻出了两张电影票存根，是隔几条街的一家电影院，坐公交车天天会经过。隔天，她特别留意了一下，演的是个浪漫喜剧。戏院门口没贴海报，只是把当天上演的几个片名打出来，连个可供想象的场景也没有。

她问乔治知不知道那个电影，"听过，好像还不错。"他说，"想看吗？"她不置可否。乔治带着研究的神情看她，"南施。"乔治意味深长的笑出一口白牙，但是她不想再继续这个话题，拿起抹布和清洁剂，开始擦拭洗衣机。

男人再送衣服来时，她以一种严峻的神情迎接他，但男人并无所感，仍旧笑着跟她打招呼，而且看来心情很好。

"还是忙？"她问，男人点点头。

"张先生在哪儿高就？"

男人愣了一下，含含糊糊地说："到处打零工。"看她仍盯着他，又补充说，"主要在一个朋友的店里帮忙。"

"不错啊。"她没再追问，默默把收据写好。男人忙些什么她不知道，但是他的生活方式显然有了变化，从他的衣物就知道。这一切让她一成不变的生活更难耐了。

男人走后，她解开他的洗衣袋。把手深深探进去，扑鼻是男人的体味，一种非常熟悉的感觉，她不敢相信自己连他的名字都不知道。她照例把衣服一件件掏出来，却意外掏出几件名牌条纹内裤。常在电视上看到一个身材呈倒三角锥形的模特儿，瞪着无辜的蓝眼睛，一条一模一样的内裤紧紧包住他。

她脱下手套，轻轻搓摩着。

男人的经济条件显然有了改善，而且不仅如此。她知道自己什么时候会开始注意起内衣的款式和新旧。难道男人晓得是她在洗他的衣服？经由洗衣，她跟男人有了几近肌肤之亲的亲密关系。她眼里涌上泪水。

像回话似的，那天她留下了一条男人的内裤。

男人再到店里来时，什么也没问，她却红了脸。以后，她很小心克制着留下男人衣物的欲望。也许不要每次留，也许每隔一次？她跟自己商量着。

在洗衣店的日子一天天过去了。在一个空气里浮动着春天那种蠢蠢欲动芽味的午后，她在男人的洗衣袋里，发现一件蕾丝边的丝质紫色三角裤和一件白色饰有蝴蝶结的亚麻上衣。

这种上衣应该要干洗的，她像宣告什么似的喃喃说着，也许是那种可以洗的亚麻布，但也应该很宝贝地用温水手洗滴干。

跟男人一样，这是个对洗衣缺乏概念的女人。身高跟她差不多，也是穿四号，内裤的尺寸也一样，只是款式和品牌都高级太多。

她把袋子里所有的衣物都塞进机器里，最高温强力旋转，再加上漂白剂。机器应命使劲转了起来，要把衣服嚼碎了似的嚓嚓响着。抬头看看四周，店里的气氛很诡异，机器的红灯魅魅亮着，每一台都满塞着衣物，辛苦打着饱嗝。快爆了，就要爆了，早晚要出事。她眼前一阵眩晕。

"南施，南施，你还好吧？"乔治在洗手间外头叫她。二十分钟了，他还不放弃。

"南施，你再不出来，我要打电话给老板了。南施？"

她把水再开大，双手用力搓洗着，手有点红肿了。妈妈离家出走后，没有人洗衣服，她自告奋勇，把一桶泛着汗臭味的衣服拖到客厅，又泼泼洒洒提了水来。坐在妈妈的凳子上，手却够不着洗衣板，于是她整个人向前俯，几乎要跌进巨大的洗澡盆里了。她用力搓啊搓，浸了水的衣服有千斤重，她实在搓不动，搓完一只袖子，再一只袖子，再是衣服的上半和下半，搓完一件手已经红肿了。一直洗到夜深爸爸醉醺醺进门，客厅地板上到处汪着水和肥皂泡。作死啊！爸爸一拳打来，她摔进澡盆里。

"南施……"

她开了门，赤红着眼，水淋淋一双手。

"你还好吧？"

她点点头："我只是，洗手。"

乔治撕了张擦手纸给她，她接过来把手擦干了。

四点下班时，乔治没像以前一样，提早五分钟走，而是靠在店门前等她出来。

"还没走？"

"我是想，"乔治有点迟疑，"上次你提过的那部片子，这两天就要下片了，要不要去看？"

她抬头看他。额头看起来还是太大，鼻子还是太尖。

"反正还早，你有别的事吗？"乔治的声音里有一丝奇异的温柔。

他们沿着街走下去，一路乔治一直在说着什么，她心不在焉地点头。到了电影院，已经开演二十分钟了，还是买了票，乔治还买了大包的爆米花和两杯可乐。电影有一半的对话听不懂，没有看到开头，也不知道要怎么期待结束，但有很多接吻和做爱的镜头，前面一对男女越坐越近，后来索性吻起来了。

出了电影院天已经黑了，乔治提议送她，他们又走回洗衣店去开车。

从店后绕到停车场，洗衣店灯火通明，里头人影晃动，像百货公司一样，那种热闹她怎么也无法跟每天的生活联系在一起。她突然很担心，怕遇到男人来取衣。

乔治熟练地开上马路，走的不是公交车路线，拐来拐去，也不知道开到哪里去了。她侧头看他，高鼻子显出冷酷的线条。即使他把她载到什么奇怪的地方，她也不会在乎。

车子在路边停下了。"南施，"乔治说，"明天得去机场接个朋友，我想在这里顺便洗车，很快就好，希望你不介意。"

洗车的大招牌，在寂寥的马路上亮着灯。在一个黑洞似的厂房前，乔治付了钱，把车开上输送带，放开方向盘，一会儿车子便缓缓朝前移动。坐在紧闭的车厢里，只见许多粗大的布条混着泡沫朝车的风挡玻璃扫来，好像狂舞着皮鞭一下下打上脸，发出啪啪的闷响。她转头看四周，群魔乱舞的布条，从四面八方挥来，两旁森森的机器和喷出的溶剂向她身上招呼，然后是水，不知从哪儿来的水，倾盆而下，完全看不到出口，所见只是一片漆黑。她一定是在做一个最可怕的梦，梦中被人塞进洗衣机里。

"南施……"乔治突然把她拥住，她没有力气挣扎，出乎意料地，他只是用手抹她的脸，"好女孩，别哭，别哭……"她尝到嘴角的咸味，恍惚中，一个温热的什么盖住她的唇，什么又软又硬的东西跟她的纠缠不清。

舅舅对她的迟归非常不高兴，瞪着一双老鹰似的眼睛等她道歉，她只是简单地说，去看了电影，又说，希望能调到夜班，十二点到八点，白天可以再去打工或读书。舅舅从鼻孔里哼了一声，但没反对。夜班不好找人，工资也较高，有自己人总是比较方便。只是在她转身要进房时，冷冷丢下一句话："别以为我不知道你在搞什么，衣柜里收着男人的衣服内衣裤，像什么话。"

房间里一片漆黑，她也不去开灯。舅舅摸过她的衣服，这个念头让她胃里一阵痉挛。摸着黑她把所有衣裤都拿出来，她的，男人的，全部扔进洗衣桶，桶子塞不下，掉到地上她也不管。

　　舅舅为什么要指责她呢？她没有做错什么。男人根本不曾发现掉了衣服。她在衣上留下的手泽，随着衣领轻触他的脸，或在胯下替他手淫，他都无所感。她拿走东西，他不觉察失落，她留下的，也不会属于她。

　　她倒在床上，耳里听到机器轰轰转动声，眼前看到洗衣机的红灯魅魅亮起。明天，也许就是明天，所有的洗衣机都会爆开来，她和男人的衣服一起飞上天花板，蕾丝胸罩紧紧钩住条纹内裤，红裙子密缠着黑袜子，那会是多么惨烈而壮观的景象。

我可以跟卡门说话吗?

> 她转身的那一刻,所有的都不属于她了,消失得这么彻底,就像腿上的那些瘀青。

叶红的电话线以前属于另一个女人卡门,全名是卡门·塔雷欧,西班牙裔。这是叶红有了电话以后不久就知道的事。

卡门有个美国朋友叫莉莎,特别喜欢深更半夜打电话给久未联络的老朋友,也许那是人最容易缅怀过往的时刻吧?总之,她每隔一段时日,就会翻出电话簿,找到卡门的电话,问住在纽约的卡门,是否安好?

"哈啰,卡门,是你吗?我是莉莎呀,记得吗?"

"打错了。"叶红平板的声音。中国人讲英语,总是缺乏那股高昂轻快的热闹劲儿。

"这里是这个号码吗?"叽叽咕咕念了一串数字。

"是的,可是这里没有卡门。"叶红捺着性子回答。

"哦……抱歉。"莉莎有点不情愿地把电话挂了,不太相信既然电话号码是对的，怎么会找不到人，过一阵子，她会再试一次。

叶红搬进纽约这栋公寓三个多月了，打电话来找卡门的，不止莉莎一个。其实应该说，所接到的有限电话里，大部分都是找卡门的。在这个冷漠的大都会里，这个陌生女子卡门竟有那么多的朋友，而且他们都急于找到她。

叶红记得很清楚，在新住处接到的第一个电话就是找卡门的。

"是卡门吗？"很兴奋的男子声音，好像已经试了很久，终于打通了。

"打错了。"她做了个深呼吸。

"打错了？"对方失望地重复她的话，也没道歉就把电话挂了。她站在那里，已经痛得说不出话来。

电话响时，正在洗刷浴池的她，急着赶往客厅去，狠狠在走道上被未拆封的纸箱角绊了一下，大腿上很快浮现了一个巴掌大的瘀青。为了接卡门的电话，换来一个那么大的印记，叶红不能不记得卡门。

晚上洗澡时，她审视着腿上那个奇特的伤痕，上半部是紫红色，越往下颜色转青，像一枚秋天的红叶，不肯离枝紧攀住黄白色的枝干。她轻轻抚着它，一整天长途搬家的疲累，这阵子以来换工作、找公寓的疲累，还有更多累积了不知多久心神上的疲累，突然都涌上了。这样的疲累，就像腿上这个印记，痛楚只能自己默默承受，无法说也无人可说。

叶红从小皮肉就特别容易瘀青，轻轻碰一下，别人都没事，她一定会留下一块青青红红的痕迹。久了，也就习惯了，家人对她身上的瘀血都没什么反应。

只有恋爱的时候，子雁对她身上的瘀血大惊小怪。"又撞到了，怎么不小心点呢？"他每次都把她抱上腿来，爱怜地问她，"要不要我替你揉揉？"手指轻轻划着那或大或小的撞痕，她禁不住痒，笑了起来。子雁看着她白皙腿上一块奇异唐突的色块，显示着皮肉下毛细血管被强力撞击裂开的痕迹，感到一种难言的刺激，好像坐在怀里已经开始熟稔起来的叶红，又多了一点陌生的什么，忍不住便把手探到她衣服底下去了。于是两人吻吻笑笑缠成一团。

不久，他们找了一个大一点的公寓，开始过起小两口的生活，说好了毕业就结婚。毕业了，叶红开始上班，子雁找了一阵子工作后，改变心意要再念书。前程未定，结婚的事就拖着了。不知道什么时候开始，当叶红撩起裙子让子雁看腿上的瘀青时，子雁的反应跟她的家人一样了。她最记得的一次是，子雁从报纸后很快抬起无神的眼睛，嘴里"嗯"了一声，又低头继续看报。她讪讪把裙子放下，突然感到自己站在那里很多余，转身进房，在要扑上床去时，无可避免地又结结实实在床脚上撞了一下。

叶红身边的人，都习惯了她身上不时出现的瘀痕，有点像一个一年四季都生着面疱的人，多一颗少一颗，谁也不去注意。但是生面疱的人，不因为一年到头都长面疱而不在镜前烦恼，而叶红也不因为常瘀血，就不感到那种痛。瘀血是个讨厌的印记，老是提醒人跌倒的地方，在痛过当时的剧痛后，还要好多天去痛过后的隐痛。

叶红浸在浴缸里漫想着跟子雁间的种种，原先热气腾腾的水很快失去了热度，正在想要不要再加点热水时，听到了电话铃响。丁零零……

电话，她一惊。只有子雁知道她的新电话。

丁零零……

响了两声，来得及去接吗？拉条毛巾先凑合着裹住，再跑到客厅，应该来得及吧？但是如果它只响三声，那就一定来不及，而客厅里黑漆漆的，不小心又要绊一跤。绊一跤，子雁会心疼吗？

她坐在浴缸里飞快转着念头。接，还是不接？

丁零零……

她放弃了。子雁生性急躁，打电话很少会等超过三声。可是电话又响了两声，直到第六声才硬生生腰折，像一个人深吸了一口气，憋着不吐出来，让听的人气血不稳，心神不宁。也有可能是子雁，要问她新家如何，搬家是否顺利，所以一声又一声耐心地等她。为什么不在听到第一声时，就当机立断去接呢？

洗过澡的叶红，坐在电话机旁，一面把箱子里的书本、信件照片拿出来整理。子雁可能会再打来，也许就是下一分钟。走的时候，她故意把放了许多两人合照的厚相簿留下了，但是零零散散的合照，还是夹在其他的文件书信中一起来到她的新家，子雁那两道浓眉，嘴角那抹笑，在离开数百英里外的此刻看来，还是充满了挑衅，不知道为何相片中的她，脸上却荡漾着春花般灿烂的笑。

　　一直等到眼皮沉重，不得不上床去睡时，电话都没响。而且，电话像是故障了，连着一星期都没再响过。叶红把电话拿起来听，听到表示运作正常的嗡嗡长声，几秒钟后，竟传来计算机合成语音僵硬地说，如果你想打电话，请挂断再拨。她连忙挂了电话，脸上一阵热，像被人识破了她的等待。

　　装了电话，而电话却老不响，分明是宣告她没有朋友，一个朋友也没。没有人关心她，想到她，像想到卡门。

　　叶红腿上的瘀血都好了，她小心翼翼避免再给自己新的撞痕，并努力做一个自给自足的纽约客。她把电话告诉公司几个较熟的同事，他们看来风趣和善，午餐及咖啡时间，都会主动跟她攀谈几句。"有时间打电话给我吧。"她尽量说得很轻松，可是同事还是露出诧异的神情。谁会在下班后还打电话给同事呢？有一个也是台湾来的女孩，倒是说了："有你的电话，如果假日我们要去中国城，可以约你去。"是知道她独自一人，人生地不熟，很体贴的话，但叶红听来只觉得分外凄凉。

　　在美国原也有些朋友，念书时有几个还常约了一道出游，虽说不是特别投契，可是在国外交朋友，不能这么挑。有背景相近，话能说得通，又能在同个城市一起住上几年，真是要靠缘分的。往往才混熟了，就有人要回故乡去了，或是换到别州了，即使是换到城市的另一头，聚在一起的机会也就少了。但是过去那些朋友，也都是子雁的朋友，巴巴地打长途电话去，是要让人笑话的，让子雁笑话的。

　　说电话完全不响，也不正确。一星期总有那么几次，在她下了班回到家不久，正瘫在沙发里，或在厨房里下面条做晚饭时，电话响了。她欣喜地接起来，结果不是卖报纸就是推销信用卡。几次下来，有经验了，只要是这段时间，对方怪腔怪调发着她的中文名字"龚一野"，而不是叫出她的英文名字埃米莉，那肯定是素昧平生的推销员。

最呕人的是电话公司，拼命跟她推销各种服务，什么三人同时讲的会议电话，什么占线时别人也可以打进来的电话插播。

"如果我有那么多电话，我就要这个服务。"她不带劲地说。

"哦，哈哈，"对方把它当作是一个笑话了，现代人谁不是电话占线接不完的，"像你这样年轻的女孩，那不应是个问题的，而且，"对方滔滔不绝地说，"你总不愿错过任何重要的电话吧?"他特别强调"重要"两个字。

如果有重要的电话，她当然不愿错过，叶红有点悲哀地想。这个不知趣的推销员倒提醒了她一件事。也许，她的确错过了一些重要的电话。粗心大意的子雁向来是想到就做，也许打来的时间，她都还在上班呢。如果一直联络不上，搞不好还以为她有意躲避。

隔天，下了班她就去买了个答录机。有了答录机，不会再错过任何电话了。她仔细看了说明书，把答录机安上。想了一下要留的话，练习了几次，才把答录机启动，说："这里是七四九五八二三，请在哔一声响后留言，我会尽快跟你联络。"

录完了，把带子倒回去听，答录机吐出来一个女人紧张僵硬的声音，讲到电话号码时，中间停顿了一下，显得不够伶俐。她又重录，这次把电话号码写在纸上，看着念，听起来流畅多了，可是声音还是很硬，是孤单了太久后的一种僵硬。她试着做几次深呼吸，让自己放松，并回想这阵子比较愉快的事，竟然一件也想不出来。新工作还好，是她的本行，同事间相安无事，房子也不错，地段安全，出入方便。可是想到这些，并没有让她觉得愉快。

无论如何，在这个录音带里，她要听起来很有自信，很快乐，有很多朋友。她微笑着录音，声音听起来软多了，前头加上嗨，显得很轻松，加上自己的名字，暗示着打电话来的人跟自己是很亲昵的，又把后段"尽快跟你联络"拿掉了，因为那显得太急切。一小时后，录成的内容是："嗨，你接通的是在七四九五八二三的埃米莉，在哗一声响后，请留言。"

果然，第二天下班回家，一眼就看到答录机闪着红灯。有人留话了。叶红几乎要流泪了，原来，是有人找她的，而她还以为她被完全遗忘了。

倒了带，她屏着气，凑近了答录机，答录机开始说话了："这是给卡门·雷塔欧小姐的留话，有关档案×××号，请立刻打电话到……"

很公事化的一串话，不带一丝感情。事实上，好像还有点非打不可的胁迫味。叶红愣愣地听着。

隔天，以及接下来的几天，录音机里千篇一律是这样的留言。到底是谁这么急着找卡门？这样锲而不舍地打来，可见是很重要的事了，可是却不肯多花一点心思去查明卡门的新电话。照理说，刚取消的电话不会立刻再给人，那么，卡门换电话也有一段时日了，为什么这些人到现在还打这只电话呢？卡门是故意换电话让大家找不到她吗？那些电话，不客气的男人，深夜打电话的莉莎，以及这个天天打来的莫名电话，都是卡门躲避的对象？她越来越觉得，那个找卡门的机构，说不定是个讨债公司。卡门借了钱没还，人家打电话来讨债了。

有一天接到电话，对方很亲切地用英语喊她："卡门?"她不由得心生警戒。如果是卡门的朋友，应该分辨得出她的声音，如果不是卡门的朋友，就有可能是对方想突破她的心防，让她以为是朋友打来，而承认自己就是他们要找的人。

"这里没有这个人，对，电话是对的，可是这里没有这个人。"她口气凶起来了，对方竟然怀疑她，以为她帮着卡门躲债吗？

这个讨债公司也真差劲，这样打了几星期找不到人，却不换个方式，只是不断由不同的人打这个相同的电话。有一次，对方在听说是打错了之后，竟然说："我会再打来。"

叶红暗自诅咒这些电话。可是,当卡门的朋友及债主不打电话来时,叶红的电话就哑了。无论卡门是否在躲着什么,有那么多牵绊的卡门,似乎比无拘无绊的她活得要热闹有意思。这条电话线,在卡门离去后,仍属于卡门。而她离去后呢?她转身的那一刻,所有的都不属于她了,消失得这么彻底,就像腿上的那些瘀青。

为自己也不愿面对的理由,叶红并未积极设法处理这件事。直到一个星期六的早晨,她在熟睡中被电话吵醒了,迷迷糊糊下床,踢上了开着的衣柜门,电话铃催命符似的一声紧似一声,她顾不得痛,一跛一跛赶到电话旁。

"哈啰?"

"我可以跟卡门·雷塔欧小姐说话吗?"一个女人的声音。

她再也不能忍受了。

"打——错——了!"她对着话筒吼,"告诉你们多少次了,没有这个人,没有卡门,只有我,只有我!"

电话那头一片死寂。叶红做了个深呼吸,决定今天要把话说清楚,"对不起,我被吵醒了,所以……"

"哦,没关系,很抱歉打错电话了。"对方急着要挂电话。

但是叶红不肯,她幽幽地说:"我拥有这个电话号码已经三个多月了。也许以前它属于卡门,但它现在属于我。"

"我了解,我很抱歉这么早把你吵醒……"

"不,你不了解,你不可能会了解。"叶红截断对方的话,"我是说,过去三个多月来,不断有人打电话来找卡门,如果,如果我知道卡门在哪里,我很愿意告诉你们,甚至,我自己都想打电话给她,"叶红不知道自己在说什么了,但话语继续从她嘴里出来,"因为,卡门,卡门已经是我仅存的朋友了,虽然我不认识她……"她声音低下去了,看着苍白的脚拇指慢慢转成青紫。

"我会跟我的公司报告的,说这个电话不再是卡门的,我们会改正这个记录的。"那个女人再三保证，叶红让她挂了电话。

从此，讨债公司或不管是什么公司不再打电话来了。但是，其他的电话并没有断。莉莎打来一次，有个老太太，细如游丝的声音，还有一个男子，沉沉的嗓子，想来定有很伟厚的胸膛……就像她会接到一些推销员的电话，卡门也不例外。来向卡门推销的多半讲西班牙语，听到说是打错了，便换上不怎么流利的英语，开始向她介绍本来要介绍给卡门的服务或商品。叶红代卡门接着这些电话，熟极而流，卡门成了她永远不在的室友了。

叶红在咖啡时间跟同事说起卡门，有人摇头，认为是电话公司处理不当，有的则提醒她小心，也许有人偷用她的电话线。

"不会的。"她立刻说。

"难说，除非每个月仔细对电话账单。"

叶红笑笑，转移话题。她觉得同事们并不了解卡门跟她的关系。

许多个百无聊赖的夜晚，吃过饭看过报纸的叶红，一面任电视响着，一面想着卡门，以及她的朋友。叶红想，如果告诉对方，卡门不在，有事吗？对方是不是会让她知道有关卡门的问题，卡门的交游和生活？如果，她说她就是卡门，故事会怎么发展？

也许，卡门也在某个地方接着一通又一通打给别人的电话。

叶红对找卡门的电话没有怨言，没想到对方先有意见了。这一天，当推销西班牙文报纸的年轻人知道他不是第一个打错电话的人后，语带不满地说："你应该要求你的电话公司改正啊，我们用的是电话公司提供的用户数据。"一副叶红浪费了他时间的样子。

于是，叶红打电话给电话公司。"我是轰一野，电话是七四九五八二三，你们的电话用户数据有错，不断有人打来要找卡门·雷塔欧。"她装出兴师问罪的口气。

"什么时候开始的？"

"打从第一天就这样，已经三个多月了。"

"名字怎么拼?"

"我，我不知道。"她气势一挫。

"你的名字怎么拼?"对方提高声音。

"哦，我的，不是卡门的?"叶红笨拙地说，赶紧拼了出来。只听得对方嘀嘀嗒嗒敲计算机键盘，然后斩钉截铁地说："我们的数据没错，是这些人用的资料太旧了。"

"那我该怎么办?"

"你可以换个号码，但是我不保证不会有人打去找黛安娜。"对方说。

换个号码，彻底摆脱掉卡门?叶红发现自己并不真的想这样做。她曾不习惯孤单，不习惯卡门，但现在，她发现自己对电话的期待已经不一样了，而生活也走上新的轨道。继续走下去，也许不久后，卡门有再多的电话，或者都没有电话，她都不会在乎了。她突然很想跟卡门说话。

叶红翻出电话簿，在卡门·塔雷欧名下，就有三个号码，她一个一个打过去。第一通，响了很久没人接。第二通，接通了，她怯怯唤了一声，卡门?对方叽叽咕咕讲了一串西班牙语，她只好挂了。第三通，是答录机，一个清亮的声音要她留话。叶红轻声说："卡门，这里是七四九五八二三，如果这个号码对你有意义，请打电话来。"

打完电话，叶红觉得很轻松，坐在沙发里不想动，没点灯的屋里，渐渐什么都看不清了，窗外透进来的一点微光，也许是人家的灯火，也许是天际的月光。

电话真的响了!

她很兴奋地接起来："哈啰?"

"叶子，是我啦。"

传来的是一个听来很陌生的男人声音，但会叫她叶子的只有一个人。

"子雁?"她很意外。

"刚才在跟谁讲话，我都打不进去。"

他竟然先抱怨起来了。叶红觉得很荒谬，荒谬得想笑。

"交了新男朋友啦?"他又问。总是这么理直气壮。

"你确定不是要找卡门?"她冲口而出。

"什么卡门?你……"子雁在电话那一头诧异地问，哇啦啦说着什么，叶红把话筒拿远了，等了一下，最后还是轻轻把电话挂了。

她现在等的是卡门的电话。

不　伦

伦是什么？　是人跟人之间的正常关系，社会所认可的关系。

那时她住在新泽西一个靠近华盛顿大桥的小镇，开车过桥到纽约市，只要十来分钟，镇里住的多是像她这样通勤到纽约市的上班族。她在一家律师事务所当高级助理，主要负责华人移民申请。因为她通中文，虽然是助理，申请者对她更要推心置腹一点。

急着办身份的这些人，在餐馆打工或在华人家庭帮佣，做着劳动低薪的工作，最大愿望是尽早办好身份，享受美国福利，也换个像样点有尊严的工作。"苏菲亚，"他们讨好地对她堆起笑容，"帮个忙，问问律师案子怎么样了？"申请案总是不顺利，有时是移民局的要求达不到，有时是律师借故增加费用，有时是申请者时运不济。

没有人像她跟萧这样一步到位。她从台湾到美国时，父母亲早就拿到身份住在圣荷西，替她办好绿卡，第一趟来美国就是来拿绿卡。回台湾后，跟大学同学萧结婚，一起到纽约读书、就业，萧的身份凭这样的关系，比其他朋友都快办下来。

因为婚姻而有身份。她经手过很多这样的申请案，大多是美国老先生娶华裔女人，女人一般都要年轻个二十岁，办结婚手续后取得临时绿卡，过两年再申请永久性绿卡。这种案件因为有假婚嫌疑，要经过严密诘问。碰上男人年纪大记性差，答非所问，案子被拒绝的也有。女的听到结果往往在事务所里就哭了，抽噎得喘不过气来，整张脸涨得通红。

印象最深刻是黄娟，苏州人，四十三岁，颇有几分姿色，也有高中文化，苗条的身形看在美国移民官眼里不过三十来岁，嫁的是七十几岁从台湾来的邱先生。填表办手续时，她提醒过黄娟，这种案子不能保证成功。花钱寻律师办的通常是疑难杂症，但像他们这样年龄悬殊，外貌差异巨大，难度就更高了。邱先生得过一种皮肤病，脸脖和手臂布满咖啡色的块斑，这还是露在衣服外可见的部位，黄娟则肤白如瓷，一张精致的黄皮绷在小小倒三角的脸架上，两道修得细细的眉，凤眼薄唇，唇边一颗美人痣，可以想见年轻时的风采，不知为何流落到纽约，下嫁像蟾蜍一样的老先生。

黄娟的案子被拒后，律师再度帮他们申请，让她仔细教他们应答的技巧。面谈时，夫妇分开来问话，内容从所用牙膏牌子、喜欢的食物到衣物尺码都有可能。她把手上一沓模拟题给了黄娟，要他们回去多练习。黄娟叹口气："就怕老邱记不住。"上回移民官问了，太太身上有没有手术疤痕，邱先生说没有，但黄娟腹上明明就有剖腹生产的刀疤，是前一任婚姻里留下的。

昨天晚餐吃什么？最近一次做爱是何时？最爱喝哪个牌子的咖啡？别说是他们这种没有真爱的婚姻，即使是她跟萧从大学到现在，有些也答不出来。所有一切生活习惯早就习而不察，重要生命细节被时光淘洗得影像模糊，就像鲜艳的彩布在日复一日洗涤暴晒下褪了色，趣味、嗜好、体形的与时改变，更让标准答案无处寻觅。难道要巨细靡遗知道对方所有一切，数据库随时更新，才是真的婚姻生活？

黄娟眉头深锁，"你说我冤不冤？两年了，每天陪着他，从早到晚。"她声音低下去了，像耳语，"这种老男人……"

"这种老男人"，不是单指下嫁的那个人，是老男人这一族群。久不沾荤的老男人。也有年轻男人娶老女人，这种案例少，更难通过，不分中外，大家都习于男大女小的组合。是娶老女人的男人难，还是嫁老男人的女人苦？

她比萧小两岁，年龄外貌学历都相当，是最正常的组合。这份"正常"也不是没有经过考验。他们没有生育。女人到四十，没生也就不会再生了，她跟萧团抱着，世界里只有他们俩，就这样携手终老于美国吧！到佛罗里达州买个农场，或到气候温和的圣荷西陪伴老母，靠着两人的积蓄和社会安全福利金，以及多年来各自养成的嗜好（萧是西洋棋和高尔夫球，她是花艺和游泳），足以安度晚年。

三十五岁一过，每一周都是一晃眼，过去热烈期待的周末，像免费大赠送似的一个个来。如果萧没去打球，他们便驱车往北往南，或到邻州，在无名小镇的小餐馆用餐。有时经过一些傍湖的度假小屋，群山环绕，屋后木条铺成的甲板，小孩抱了泳圈从甲板跳进湖里，尖叫大笑溅起水花。就在这样的地方养老吧！喜欢水的她想，即使不会有孙子孙女抱着天鹅泳圈在水里载浮载沉，也不能驮着小小软软的身躯泅水，像小时候爸爸驮着她。可是萧喜欢大片草地，建议找个有高尔夫球场的高级养老小区。周末两人在车里总要吵架，吵到一方累得无法再回嘴为止。

萧最近跟谁在哪里打高尔夫？为什么没有生育？将来要如何养老？这些问题她的答案不会跟萧相同。

母亲在电话里说，找了个房客。她一直主张母亲找房客。三年前父亲去世后，她看得出母亲害怕独居。母亲向来怕黑，几次抱怨屋子里有怪声，尤其深夜。左邻右舍都是白人，只有两个街口外有个华人家庭，以前夏天还会请母亲到家里烤肉，后来也搬走了。

现在母亲的交友圈全集中在老人中心，自己开车，到老人中心或附属图书馆。母亲老得很优雅，小女孩一样细柔的嗓音，娇小的身材，受日式教育而坚信出门一定要化妆，说化妆是一种礼貌。记忆里的母亲一直都化妆，在洋行上班时，搬到美国后，只要出门总是打扮得很整齐。她本来疑惑，六十多岁的母亲为何还热衷打扮？眼影都涂不上去了，眼皮皱褶得太厉害。去了老人中心才知道，在那里，母亲还年轻，还好看。

母亲周一到周五中午在老人中心用餐，那是老人福利之一，餐费很便宜，有荤有素还有牛奶水果，省去自己买菜烹煮的麻烦。母亲总是坐固定的一桌，靠门那桌。那桌有约翰，一个不分四季戴花格子帽的老先生，还有一个喜欢开玩笑看侦探小说的杰克，都是丧偶单身，一左一右如护花使者坐在母亲身旁。"约翰不喜欢吃水果，水果总是送给我……杰克跌了一跤，一个多月没来了……"母亲在电话里报告老友近况。还说在图书馆认识了一个亚当，相貌堂堂，看来六十开外。亚当一直在猜母亲年龄："五十五、五十六、五十七？不可能更多。"母亲娇羞地笑了。

关于亚当的话题持续了三星期，之后再没提起。她问起，母亲支支吾吾，问烦了才压低声音仿佛电话有人窃听，"有一天晚上他打电话来说，露西，"露西是母亲的洋名，"露西，我现在一丝不挂。"

母亲说到此，笑得讲不下去，再三叮咛："千万别跟人说。"那个赤裸的亚当，到底想干吗？母亲不交代，她也不会跟任何人说，怕破坏母亲的形象。端庄贤淑，母亲向来如此，说话从来不提高嗓门。是这个地方，是那些放荡恣意的美国男人，还是母亲已经到了不在乎的年龄？她发现自己暗暗责怪母亲，尽管并非母亲主动。

会不会有一天，母亲真的跟这些男人交往？黄昏之恋。然后，她就有了继父。当然，在美国是不用喊爸的，如果是亚当，就喊亚当，如果是约翰就……独居的母亲，实在需要一个伴，省得天天往老人中心跑！

母亲当时坚决不肯："一个人住惯了，找个房客多不自在。万一是坏人呢？"

"找个女的，华人，这样既有房租可收，又有人做伴，房租算便宜点，没那么难找的。"

当母亲说有房客且是华人时，她着实高兴。贾姬，大陆来的，在同乡开的宠物店里打工。还有，家里现在养了只狗，是金毛猎犬，六个月大。

看来母亲的生活有很多变化，不像她。她也想过养狗。美国人常把像金毛猎犬这样的狗放在副驾驶座上带进带出，狗探头出窗张望，伸出长长的舌头，跟好奇的小孩没两样。但她跟萧每年都要出国度假，还要跑台湾和圣荷西探望父母，养狗不方便。小孩都不生了，哪会去养狗？他们的人生都是计划好了的。

那天，她打电话去，接电话的却是个年轻男人。不可能拨错，号码是预先输好，按键就通的。

"嗯，露西在吗？"

"请等一下。"男人的英语有华人口音。

母亲来接电话，听起来心情很好。

"怎么家里有个男的？"

"没告诉你吗？是贾基啊！"

原来是贾基。

偏偏那几天报上一个新闻让她忘不了。就在新泽西北部一个中学，一个三十六岁的白人女教师跟十五岁的黑人学生发生关系，因为诱拐未成年人获罪，必须入狱服刑，而女教师已经怀孕。男学生说他会等，等她出狱，他们将组成家庭。女教师原有家庭，儿子跟年轻爱人差不多大。报道说，女教师被起诉后，男学生被家长看管起来，而两人竟然还偷偷见了一次面。女教师开车，在男学生家附近等候，等男学生溜出来，把车子开到荒郊，又发生了关系。

不伦之恋，这四个字跳出来。伦是什么？是人跟人之间的正常关系，社会所认可的关系。新闻里的男女，一下子跨过许多界限：黑白族裔、师生关系、婚姻盟约，还有年龄。一个三十六岁成熟的女性，为什么做出这样的事？放弃家庭、工作和名誉，为一段不可能有未来的感情，甚至愿意为年轻爱人生养小孩。这新闻她挥之不去。而现在，母亲找了个年轻的男房客。

她没有跟萧说自己的担忧，反而跟安娜提了几句。安娜也从台湾来，两人是泳伴，每个星期一和五都到健身房报到。安娜比她大几岁，有个儿子正值青春期，常对她诉苦。安娜说儿子，她说母亲，还有不伦之恋。

"像我们这种乖乖牌，只要婚姻没出问题，一辈子就一个男人，人家羡慕我们生活平顺，我们也觉得正该如此。"安娜戴个紫色蛙镜像外太空人，胸部已经下垂，松吊在泳衣里，"美国女人无法想象我们这样，她们婚前有过多少性伴侣，婚后也不见得没有。我们还自认幸福，谁知道？"

她跟萧大学就在一起了，一辈子只有萧一个男人。"我就是不懂，那个女教师是着了什么魔？总该不会只为了性？"

"你问我？我是性冷感。"安娜笑嘻嘻潜进水里去了。

她把今年的休假全拿了，一共十二天。订了去圣荷西的机票，本想来个突袭检查，后来还是在前一天给母亲打了电话。是贾基接的。这回两人用中文，贾基说起话彬彬有礼，用台湾人少用的敬语"您"。她也很客气，但语气冰冷，公事公办就像应付事务所里那些华人。

"露西会很高兴的，她常说起您。"

她听了觉得很别扭。一个二十来岁的小伙子，喊六十五岁的母亲露西，但又对她使用敬语。聊了几句，打听出贾基来美国一年多，跟母亲在宠物店里认识。母亲想养只狗做伴，在院子栅门挂上"小心有狗"的木牌，吓退宵小。他帮她挑了一只好狗，取名玛吉，帮她训练大小便、坐卧等规矩，母亲教他英文作为交换。他常来走动，最后成了房客。

她马上知道，职业的本能，此人身份黑掉了，逾期居留，正在想方设法办身份。年轻男人找上老女人，因为老女人容易哄骗。她会让他晓得，这一招行不通，移民局面谈时马上会被拒绝。

母亲说会来接她。她拖个拉杆箱，背一个小包，机场外头是那部熟悉的白色本田，母亲笑眯眯对她招手，从副驾驶座。驾驶座下来一个身材高大的男子，戴墨镜，笑咧一张阔嘴，抢上前来替她拿行李。上了车，见母亲穿一件小黄花洋装，显得年轻了十岁。加州这里喜欢穿得花里胡哨，而纽约无论老少都喜欢黑色，整个城黑压压一片。设计婚纱有名的王薇薇，电台采访参观住家，打开衣柜，全是黑色。相对于婚纱的白色，这是怎么样的一个黑白人生？

母亲的花园显然精心打理过，草地理得像绿板刷短而齐，没有一根杂草，廊檐下的黄玫瑰盛开，每一朵都饱满得像今晨才绽放，进门红砖地上一左一右两个大盆，一个里头亭亭立一株散生着褚红叶子的日本枫树，一个是天堂鸟花，顶着橙黄冠毛的大鸟从绿叶缝里探出头，紧闭的长喙下了决心什么都不吐露。而父亲当年手植的星星茉莉，绿叶上铺满小白花像满天繁星，浓郁的香气让她打了个喷嚏。

上回来时母亲抱怨园丁做事马虎，房子外墙的油漆剥落，花园里的地灯也有几个不亮，入夜后，零零落落亮起的地灯就像宾客走掉一半的筵席。这样逐渐寥落的门面，是在父亲走前半年开始的。母亲坚决不换地方。"住惯了，这房子我跟你爸住了十五年！"可是母亲一辈子小鸟依人备受疼惜，动嘴不动手，一栋大房子实在是太大的负荷。

看来，贾基不但能驯狗，而且手脚麻利肯劳动。她不禁回头，贾基把车停在车库前，拉了她的行李过来，墨镜摘下了，那是张有棱有角的脸，单眼皮的大眼睛，眉毛像两道刷子黑而粗，穿一件杏黄色带帽子的棉衫，牛仔裤用一条花皮带系在低腰，样子跟她的想象完全不同。她想象中的贾基像那些到事务所来的华人，脸上有种小心翼翼，身形瘦小，血肉被异乡给噬尽榨干，即使长得高，也多半驼背。总之，不会有这种天晴地朗的挺拔，明亮如星的眼光不闪不躲，尤其他的笑，笑得那么舒坦。她暗叫一声，哦，我的天。

事情比她想象得要棘手，对手比她想象得要难缠。她发现自己很快地紧绷起来，不是心理上的，是生理上的，吸气缩腹，一扫长途飞行后的倦容，也回给贾基一个微笑，但愿如初绽的黄玫瑰般娇美。她完全能理解为何这个年轻人能轻易赢得母亲的信任，如果不说"欢心"。

正在心神不宁时，一条长毛尾巴扫上小腿，然后两只热情的前脚攀上大腿。

"玛吉，不可以！"贾基一出声，大狗就离开她身，回到贾基身旁摇尾巴。

"这是玛吉。"贾基说，"它很听话，你可以摸摸它。"

"玛吉。"她依言对大狗伸出手，玛吉过来闻闻。她没有摸它，虽然它看来无害还挺可爱，但这样是否进展得太快？

了解对方需要时间，但第一印象在瞬间成形。印象不靠言语，是两人接近时气场气味暗地里交换了名片。那是动物性的交接，没法用头脑去理解，更无法控制自己喜欢或讨厌。她怀疑玛吉已经闻出了她所有能说的不能说的，包括她的疲累和困惑，她在飞机上吃的奶酪沙拉，以及她正来例假。

晚餐是一人半片烤鲑鱼和一大盘综合蔬菜沙拉加蜂蜜芥末酱，贾基多吃了一份用微波炉煮熟的甜玉米和马铃薯，她跟母亲喝柠檬汁，贾基独灌一瓶可乐，围成一桌，像个家庭晚餐。他们谈加州的失业率居高不下和油价狂飙，然后话题转到贾基打工的宠物店，在中国的家……

她听出了这个房客是不用付房租的，但自从他来了，家里再没有关不紧的水龙头、漏水的马桶、不亮的灯。"你怎么会这么能干？"中国一胎化政策下，年青的一代大多四体不勤不谙家事。

"肯学就会，以后自己也要买房子吧，总得学。"贾基口气不小。房子还排在后头，有了钱先买车，现在上下班只能骑自行车去坐公交车。

贾基是以什么身份在这里挣钱呢？

身份。这是她的照妖镜降魔棍。没有人比她更清楚华人移民办身份的内情和环节，一亮出这个，贾基绝对现出原形。只要他一撒谎，她就推翻从见面到现在快速累增的好感，回到公事公办。

不急吧？不急着见面的第一顿晚餐就谈这个。她在犹豫，没想到贾基先开口。"苏菲亚,"他两手撑着大腿像个汉子,她很少在台湾男人身上看到这种阳刚坐姿,它只出现在武侠剧里,"露西说您在移民律师事务所做事?"

"呀。"她点头。没有出招,不急着揭露真相。

"那我办身份可以请教您了。"

"没问题。"

"我拿的是学生签证,没读下去,想转工作签证。"

"嗯。"她不置可否,"很多这样的……"她喝了口柠檬汁,润了喉将会有长篇大论,却什么都没说。

"你们聊吧,我去喂玛吉。"贾基把盘子收进洗碗机里,告退了。

"不错吧?"母亲带点炫耀,仿佛贾基是她的一件宝。

朝南的大套房,是母亲的房间,她睡在朝西的客房,对面是客卫和贾基的房间。老房子隔音差,一点水声都听得到,她不嫌麻烦地到母亲房里去用卫浴。偶尔听到贾基瀑布狂泻的尿声,却不嫌弃,感觉比萧那涓涓不止的声音来得爽气多了。

东西岸有三小时时差,她把百叶窗拉下,早早和衣而眠。不知睡了多久,听到男人的低笑声。她坐起来,试图分辨那笑声来的方向。虽然是六月,屋里的温度已经降下来,她身上在打哆嗦。腕表上头荧光指针指向十二。一阵狗吠,有点像狼嚎。是玛吉吗?满月下,玛吉长嘴向月,露出森森白牙,一个男人,裸着上身被月光浸得发亮……

她发誓,吃饭时她没有朝贾基脸部以外的地方看,只是盯着他活泼灵动的眼睛,不时漾开来的笑容。但此刻,眼前出现了贾基结实的手臂,靠在饭桌上,筋肉饱满含着黄铜般的光,汗毛长而密。转身到水槽去时,臀部惊人地鼓翘,弯下身子放碗盘到洗碗机时,双腿如此修长。她竟然无耻地照单全收。

原来那声"哦,我的天"的惊叹,不是为母亲,却是为自己?向来知道男人是视觉性的动物,打照面时,他们打量你胸部的大小,转身离开时，他们看你臀的摆动。但女性不是这样的，至少她不是。她不曾渴望过一个男人的肉体。是年龄改变了她？熟女。水果熟透就要腐烂前发出阵阵腻人的甜香，再不吃就不能吃了。她用力抱住枕头。

时差让她起得很早，五点多就坐在客厅里。从客厅可以看到后院，一带缓缓起伏的土黄色远山。玛吉趴在树下，半眯着眼，有时竖起耳朵，接收着它所听不到的频率。沙漠的凉风从窗外吹来，夹着花园里的清芬，小鸟叫得十分起劲。一个圣荷西典型的大晴天。

她闭上眼睛打盹。再睁开眼睛，贾基站在玛吉面前。在清冽的晨风中，他套着件鹅黄色夹克，一条天蓝短裤，整个人就像这个早晨般清新。他很快替玛吉戴上狗链，两个悄悄出去了。

如果她自己是个熟透的苹果发出甜香，贾基就像薄荷口香糖，一入口就让人精神一振。她闭着眼，裹着晨褛斜靠沙发上，迷迷糊糊中，贾基悄悄进了屋子，在她面前站定，给了她一个薄荷味的吻。那个吻有点羞涩，恰到好处地动人。这是一个新角色，她要扮演的是引导、征服和缴械。二十几岁的男人一触即发，一点点肉色一点点眼风，都能让他们立刻奋起。一个未婚的年轻男子，生活里只有老房东和一只狗，只能望着电脑视频上暴露的女性胴体自我折腾。她感到他双臂强而有力环抱住她，胸膛结实饱满紧紧贴住她的胸乳，而那里，那像铁棍般坚硬的肉，抵住她，年轻迫切的喘息声告诉她，他也多么需要……

"苏菲亚，起得这么早？"

"啊，早。" 她连忙坐起，惊觉自己尚未梳洗。

"我去上班了。"

"哦，拜拜。"

贾基彬彬有礼走了。她庆幸贾基不是玛吉，无法单靠嗅闻就知道她刚才做了什么。

是什么让偷情曝光、身败名裂面对牢狱之灾时，还一定要再见一次面，再做一次爱？生命到中游，不过是渐行渐缓，还能有什么湍流险滩，还有什么非如此不可的冲动?

贾基白日上班,母亲不去老人中心,母女俩从早到晚守在一起。细细看过后院,白色黄色和紫色的鸢尾花互不相让,李子树累累挂了一树的青果,贾基说可以做李子酒,夹竹桃后塌掉的一截篱笆,贾基已经买了木料,有空就会动手修整……贾基长贾基短,母亲眉开眼笑,脸色滋润有光,这表情在父亲死后,不,死前许多年就不曾再见到。对母亲而言,这园子这房子,都只是必需品,只要有人能替她照料,她乐得一根手指也不动。她从来不知道母亲真正爱什么。母亲爱她自己,这是能确定的,大凡极端爱美的人都自恋。如果,如果有这么一个人可以照顾母亲,让她自觉美好,母亲会接受这个人吧?

"贾基他,有居留身份吗?"她小心探问。

"黑掉了。"母亲倒很爽快,"他很烦恼,我跟他说,要身份不难啊!"

"怎么说?"

母亲弯下腰来嗅闻蔷薇,身子骨柔软得惊人:"娶个有身份的不就好了。"

她愣住了。

"这花怎么不香?"母亲不满,"以前家里的蔷薇是香的嘛!"

"他没有身份,你还让他住这里?"

"有关系吗?"母亲说,在太阳下眯起眼睛,"人跟人,是一种缘分。"

"有时候是孽缘。"她嘀咕着,转身回屋去。

不可能,不会的。她甩甩头,倒了杯冰柠檬汁。冰箱上面两层写着露西,下面两层写着贾基。母亲跟贾基过日子有条不紊,她却觉得天要塌下来了。在这即将倾塌的天幕下,贾基和母亲一脸无辜的表情。

退一万步,他们真的"相爱"(她倒抽口气,这个俗烂的词竟如此耸动),结了婚,也顺利办了身份,还能说这是不伦吗?或者,能说这不是不伦吗?

连着几个晚上,半睡半醒之间仿佛听到狗吠。

"半夜为什么要叫?"早上她问玛吉,玛吉理都不理。

"吵到你了?"贾基体贴入微。

"狗多大会发情?"她记得猫发情晚上就要喵呜呜地叫。

"时候还没到,"贾基爱抚着玛吉的背,玛吉舒服地软下身去,抬起一只后腿,露出粉嫩的肚皮,"等它一发情,附近的公狗都要发疯了。"玛吉准备好要交配的气味,将会让附近的公狗生出挣脱链子的力气。她怀疑人是不是也如此,不分男女,充满欲望的气味悄悄散出。桃李不言,下自成蹊。也许,贾基就具有散布强烈肉欲气息的特异功能,无坚不摧。

贾基在两棵树之间拉起一条粗麻绳,牛仔裤、白恤衫、大浴巾,一件件往上搭,麻绳吃重往下坠,就像她每日益发沉坠的心弦。

"你不用脱水机?"

"阳光多好,几个钟头就干透了,"贾基笑着看她,"晒干的毛巾发硬,洗过澡擦在身上那个舒服!"

怎么这样一句节能环保的话,也能让她垂下眼睛?

贾基在眼前时,她一切如常,看不到他时,她放任心思跑野马,最常停格在那一点,两人相贴感到他的坚硬勃起。岁月真的改变了她,在贾基这个年纪,她无法接受男人对她有欲望,那是一种玷污,她要柔柔牵动男人的心,不是其他的器官。但对贾基,一切都不一样。能吸引这个人,让他即刻血脉贲张,就是对她最大的赞美。又或许,岁月不是改变了她,是释放了她。在年将不惑时,才了解,才向往,才渴望。

她白天黑夜都跟贾基在一起,现实的少,幻想的多,不过几天,就像跟这个人认识很久了。说不清是为了看住母亲还是管住自己,她刻意牢牢跟着母亲,一起买菜、一起逛商场、一起莳花弄草散步做晚餐。贾基总在吃晚饭前回来,也许这晚饭时间也配合了他的时间?吃饭时,她刻意不多话。吃毕,陪着母亲看电视,贾基回房休息。接下来,就要等待,等待他从房里出来,到厨房喝水,去车库拿个什么东西,陪玛吉在院子里玩。有母亲在场时,她从不主动跟贾基讲话,问一句答一句。她不知道自己更怕什么，是确认母亲的私情，还是被母亲看穿她的欲望？

日子一天天过去，很快假期就要结束。这几天跟萧只通过一次电话，常常想起要打电话时，东岸的时间都太晚了。萧早睡早起，生活十分规律，犯不着特别吵醒他。

老人中心的朋友杰克住进养老院了，女儿打电话来，希望母亲有空时可以去探望，"我爸爸常说起你。"母亲放下电话，没有一句感叹，只说明天正好贾基休假，也是苏菲亚在圣荷西的最后一天，三人一起去吧。

母亲对镜细细抹上脂粉，专注地画眉，穿上小黄花洋装，戴上完美相衬的蓝宝石耳针，对镜左顾右盼，然后坐下来跷起脚穿丝袜。父亲的告别式前，母亲也在梳妆台前耽搁很长时间。她悄悄退出来。

她开车，贾基看地图，一路上说说笑笑像去远足。车到养老院停车场，母亲说："你们等我一下，我很快就回来。"

"不忙，您慢慢来。"贾基总是那么体贴。

"哦，不，养老院不是我想久待的地方。"

母亲砰一声关上车门，她不由得颤了一下，汗湿的手紧张地抓着方向盘，克制夺门而逃的冲动。现实和梦境隔着多大的距离？想象的情节越奇情，现实里就越安分。想过跟他在湖边的小屋，那不再是养老之地，而是激情浪漫的度假小屋。他们从后院甲板跳入水里，泼水嬉戏，当然是裸泳。她发丝散扬如藻，阳光吻上油滑湿亮的皮肤，体液和湖水交融，水底隐隐有生苔的石头累累，累了就伏在他背上，让他泅她上岸。人是不断振动的分子构造，有能量有磁场，不同的人激发不同的情态，一辈子怎能只有一个爱人！她好想知道跟这个人做爱时会如何分裂、如何吞噬、如何变形。

贾基吹起口哨，摇下车窗，又去电台里找好听的音乐。忙东忙西，突然递过来一片口香糖（薄荷清香），她连忙摇头。

"这里，就是美国老人住的地方？"

"嗯。"

"我姥姥跟我们住。"贾基说,"她跟露西差不多岁数。"

那么,他的妈妈不就跟她差不多?"你好年轻,我们,都老了。"

"不,露西她不像老太太,一点也不像,我们那里的老太太,六十岁就穿黑衣梳包头了,而您,您很年轻、漂亮……"

从上车到现在,她第一次转头看他。他把椅背调往后斜,躺坐在那里轻松嚼着口香糖。噢,年轻。会发光的青春金粉,如果她伸出手去,手会沾上那粉,贴过脸去,脸也会发光。近在咫尺,如果。

"苏菲亚,"他的叫唤让她心里一震,"苏菲亚,你能帮我指点迷津吗?我的身份……"

"娶个有身份的不就好了。"她冲口而出。

"我能娶谁呢?"贾基头往后一靠。

能娶谁呢?她不由自主把萧和贾基放在天平上。天差地远,从社会地位、能力、学识各方面……

母亲回来了,上了车不发一语。

"怎么样?"她问。

"他不记得我了,名字都叫错。"母亲叹了口气,"那时他要我陪他去看电影,说了好几次。唉,如果早知道……"

有花堪折直须折,她完全懂得母亲此刻的心情。原来她爱父亲多一点,却是像母亲多一点。

母亲说没胃口,没吃晚饭。不到九点,三人各自回房。她倚在床头,焦躁地一下下弹着长指甲。她是这么一个从不逾矩的女孩,女人,但是呵,凡是肉体的都要化为尘土,而之前它们会先变丑变松变软。莫待无花空折枝,十年后,贾基也不会是贾基,而她更不能再调动所有感官享受这一切。安娜为什么会变成性冷感?不过是不想跟老公做爱罢了。

晚上十二点,她一身睡衣薄如蝉翼,两条丰满的大腿象牙般白。悄悄打开房门,贾基的房里没点灯。屏息轻推,房门应手而开,窗外的满月照出一张空床。他在哪里?

她本是来阻止一场可能的骗局，丑陋的不伦之恋，此刻却感到强烈的嫉妒。夜风穿堂入室，撩动睡衣上下轻拂，激起一种难以克制的战栗，前戏已经开始。她半裸站在那里，什么都不怕，什么都愿意。

你不知道那些男人，久不沾荤的男人。你也不知道那些女人。

在母亲房门前止步，聆听，听到粗重的呼吸声。爱欲的烈火炙烤，呼吸变得费力，不注意就无法控制气息进出，时快时慢，时长时短，她的呼吸。

此时，玛吉嗷嗷叫起来，一声声急切呼唤。她被催眠般移步到客厅，点着壁灯的客厅影子幢幢，院子里倒很亮，一轮满月挂在墨黑天空，像一个巨大的探照灯，照出玛吉四脚挺立在后院中央，仰头对月呜呜嗥叫。它仿佛在控诉，控诉这太过皎洁的月光，让它这样一只简单的四脚兽也无法安眠。

穿越亘古时空投洒下的苍苍月色，无动于衷只是倾泻，照得这庭院亮的亮、阴影的地方分外黑暗。那哀怨如泣的嗥叫，把这郊区花园的一角嗥成了旷野蛮荒，内里有个什么如此猛烈、如此无告，如此无辜却又如此邪恶，她浑身起了鸡皮疙瘩，强烈的颤抖让肠胃猛然收缩，四肢不由自主地抽搐，下一刻就要软下身去四脚着地。此时玛吉转头注视她，褐黄的眼珠子发亮如水晶，掀嘴露牙仿佛在笑。

从此她懂得了，不伦的滋味。

迟　　到

　　爱情需要时间的发酵，可望而不可即产生了渴望，那是浪漫爱的催化剂。

　　这封情书，迟到了二十年。

　　捧读它的手，已经青筋漫布，骨节突起，因常年做饭拖地，龟裂脱皮指纹消失。捧读它的人，已经是一个忙于事业终年加班男人的妻，两个即将进入青春期不爱说话只爱计算机孩子的妈，一个因为偏头疼和颈椎综合征辞职保命，早就忘记，或不堪想起任何风花雪月的中年女人。

　　不知何时起，我已经认定，这个世界没有人会再注意我，而我，也不再注意别人。不知道是我对这世界还是这世界对我先失去兴趣，总之，这已是事实。我认命地活着，忙先生，忙孩子，忙房子和车子，忙社区服务和朋友聚会。身边所有人和事，有生命和无生命的，只要是属于我，跟我有干系，维修养护的责任无可避免落在我身上。美国不是花一点钱就可以雇用帮手的地方，而亲戚们远在太平洋的彼端。

时间就这样滔滔流逝。一个主妇的时间似乎流得比谁都了无痕迹。他们出门上班上学，他们下班放学回家。我才洗过碗，又要开始煮饭；才扫过落叶，又要替春花施肥。在孩子家长会上见到其他美国妈妈，个个花枝招展，蓝眼影红胭脂，伸出十指总匀匀涂着蔻丹。隔壁丹尼的妈妈，骄傲地向我展示昨天让专人刮了腿毛，牛奶般的裸腿。我羡慕她。羡慕她还有打扮的心情，还自觉性感。

是的，性感。那是我在拥有时，没有自觉或因为教养而羞于自觉；在失去时，感到自己风干如木头人，无法自恋自爱被恋被爱。

晚上孩子上床，洗过碗抹净厨房，等候迟归先生的时候，我习惯看一点浪漫的韩剧。我抱个枕头瞪大眼睛，触角外伸如海中章鱼，如果一个深情的眼神或是一句唯美的誓言触动了我，我便紧紧抓住不放，像溺水者抓住浮木，整个人刹那间接通电流，心头隐隐发疼，眼泪不断涌出。在那宝贵的一分钟，我又可以感觉到内里某个柔软的部分，我又活了过来。就在那令我哭泣的一分钟。

睡前洗脸，镜中的我，冷冷疲累的眼睛，黄暗的肤色，几条抹不平的纹路，紊乱的发丝，散漫的眉。泼水洗面，我把雅顿乳液往脸上无意识地搽抹。来美后极少照相，以前的相片又都装箱留在高雄娘家，竟找不到一张记录年轻容颜的相片。记忆里（啊，对自己的记忆），我就是一张这样无生气衰老的脸。

岁月已经让我如此冷硬萧条，对所有事物的反应，绕道感情区。如果将来，我的情感生活有变化，那绝对是越来越冷、越来越硬。事业如日中天，忙着在太平洋两岸飞来飞去的江品威，将会（或者已经）被众多仍然性感柔软的女性吸引，以他今日的成功和成熟，会是块魅力无限的磁铁，召唤她们飞奔前来。或许，这也是让我冷硬的原因之一，因为在江品威眼中的我，比我在镜中看到的，想必更加索然无趣。

每日早晚两回，我跟江品威会有例行交谈。牛奶没了，房贷缴了，旅行社打电话来确认，我走了，再见。炉上有冬瓜汤，银行要转账，车子得保养了，演奏会去不去，我累了，你先睡。不记得有多久了，我们的眼光不曾交会。无可避免擦身而过时，我感觉到一阵冷风。我常幻想自己是一个人，自由自在，像凯悌。

邻居凯悌，也来自台湾，一年多前离了婚，前夫远走西岸，留给她一栋房子和一部丰田。有一天打电话过去，想借树剪子，听她浓浓鼻音，显然刚哭过，便说不去打扰，她却叫我就去。门一开，见她果然眼睛湿红。你还好吧？我问。我在恋爱，她笑。

恋爱？

她领我进客厅，五十二英寸电视上，停格的是一男一女的深情凝望。于是我认识了她的情人，戴着眼镜气质忧郁的俊哥。

俊哥扮演了一场初恋故事，记忆与遗忘，同样赚人热泪。是你吗，真的是你吗？对不起，我没有认出你。相恋，分离，重逢，雪地里的哭泣，机场中的寻寻觅觅。我有很重要的话要告诉你，那就是，我，一直深深爱着你。

另一场爱恋关于鱼与熊掌，他冷酷精明，在爱人面前却无助得令人心疼。像我这样的人，有幸福的可能吗？我希望能在不被干扰的情况下，让你搂着我，只要五分钟。我不能失去你，到处都没有你，看不到你。

凯悌跟我不一样的地方是，她还能做梦，也许是因为她又回到单身行列。她没有经济问题，只要设法填补空缺。归功韩剧，我们的友情一日千里，然后，命运的安排，让她在某个午后，突然借走几本尘封已久的旧书，包括那本张爱玲的《半生缘》。

中文书在这里是稀有珍宝。我的中文书都是决定留美发展后，请家人清理我的旧书架，海运迢迢寄来的。它们跟着我搬了几次家，最后终于被安顿在书房最上层的书架上。读学位时，忙着啃英文书，上班后，对中文的接触仅限于华文报纸，当妈妈后，能看想看的书只有育儿宝典。这些漂洋过海来的旧书，我竟绝少翻动重读。

两天后，凯悌上门还书，对我挤眉弄眼，把书在我眼前摇晃。情节太感人了？凯悌点头，是感人，这封情书真感人。什么情书？

什么，情书？

凯悌翻开某页，用两指轻轻捏出一纸极薄的信笺，像捉只蝴蝶，怕太重给捏碎，太轻给飞了。那信笺如此之薄，隐身于书页中，二十年。不觉不察二十年。

当着凯悌的面，我飞快读了一遍，边读边笑，其实没读进一个字。署名的人是……文鸿。周文鸿？

我真的不知道有这封信。凯悌不信。好了，别被老公看到。她飘然而去，留下一部新的韩剧影碟。

就在这样一个极平常的午后，我所知道的世界，开始瓦解、碎裂。

周文鸿。学长，爱乐社的学长。他只是个普通朋友。至少，当我召唤关于爱情的档案时，没有出现这号人物（对不起，您的搜寻没有结果，请更换关键词）。但是周文鸿不管这种档案的错置，隔着迢迢的时空，以一种大男孩的纯情，对我款款诉说。

> 读到这封信时，你人在哪里？回到你飘着绿窗帘的小屋，在机场，已经到了陌生的纽约？我还是无法相信，你将去到那么远的地方。不敢开口留你，思索再三，鼓起勇气写了这封信。我不能让你就这样远去，浑然不知我对你的心意。是的，这个一直带你照顾你的学长，其实存有私心。

一段旧时记忆突然从二十年前灰雾地带跳出来。赴美前的晚上，一群大学朋友在学校附近一家越南餐馆惜别。店家把几张桌子并了，十个人左右，分两排对坐，学长就坐在我左边。为什么记得这个，因为大家才坐定，他就失手打翻了茶，茶水在白桌布上晕开一块黄渍，茶水一滴滴落下，滴湿我的圆裙。平时活泼健谈的学长，严肃地道歉后，整顿饭都异常沉默。不记得席间大家都说了什么，学长说了什么。只记得，他的沉默。

当时的解读是，学长真冷淡啊，我都要走了，也不说几句亲切的话，只塞给我一个牛皮纸袋，袋中一本书。

星期五的晚上，春天的晚上，校园里异常骚动，有电影放映会，有舞会，我跟学长在爱乐社里整理唱片。没有约会啊？学长拖长了声音问，学长呢？也没有约会？我学他拖长声音反问。学长笑笑，然后去放了《流浪者之歌》。

对啊，怎么当时浑然不觉。《流浪者之歌》曾是我的最爱，而且，跟学长第一次见面时，听的正是《流浪者之歌》。那是大二上，一个极冷的冬天中午，我呵着气独自从图书馆出来，心情烦闷到极点。走到学校的交谊厅，经过一间教室，门口一张海报写着爱乐社邀您共享音乐的午宴，原来每天中午这里都在播放古典音乐。推门而进，播放的是海飞兹演奏的《流浪者之歌》。我悄悄在后排坐下，在如泣如诉起伏跌宕的小提琴声中热泪盈眶。临走时，一个人递过来一份爱乐社的简介，正是周文鸿。

你一定不知道，自从你加入爱乐社，只要没课没考试，我都到社里当义工，只希望能看到你笑眯眯出现在门口。虽然你来的时候，我们很少交谈。我是个很笨的人，想了很多话，临场却总是怯场，觉得每一句话都很做作不自然，讲不出口。我跟别人很容易打成一片，唯有对你，总是找不出适当的话可讲。三年了，我看着你进进出出，你是那么灵动聪慧，那么善解人意，你的眼神那么温柔，带着笑意，嘴边若隐若现的一对梨窝，那么可爱，还有，你走路的样子真是好看，我从未看过比那更秀气的步伐。

他说的，是我吗？我眼前浮现一个爱笑女孩的模糊身影。常穿花圆裙，束着细细的腰，一英寸半的包头鞋，乌亮的直发，用各色发带系起……有温柔的眼神吗？想必是。走路的样子，现在还有那份秀气吗？不可能。多少年没穿过圆裙了，还有高跟鞋。善解人意吗？我不是一直都这么不耐和烦躁吗?

　　知道你在准备出国,也为你能达到目标高兴,但是,我已经在中文研究所从助教开始熬起,这是我为什么一直不敢去接近你的原因之一。还有,大概就是作为文科男生的自卑吧。你不可能会喜欢像我这样的人,我一再告诉自己死心吧,但是,现在你要走了,我突然发现,不能再见到你如此令人难以忍受。如果不向你表白,我将一辈子遗憾。

被我埋在记忆底层的周文鸿,以他挺秀的笔迹,换行疾书。

　　我喜欢你!我喜欢你!我喜欢你!我喜欢你!我喜欢你!

我全身起了鸡皮疙瘩。在那令人心惊肉跳的一行告白后,他写着:

　　我大胆向你伸出手,等待,希望能握到你的手。

　　我像个接到爱慕信的年轻女孩,心怦怦急跳。周文鸿,我喃喃念着他的名字,周文鸿,像在召唤灵魂。我跟他有过什么样的接触和对话?为什么对他的情意一无所知?离开台湾后,周文鸿和其他过去的点点滴滴,都被抛在脑后。信末端端正正写着他的通信地址、电话,有台北的,有云林老家的。他期待我跟他联络,可是我却像断线的风筝,遁入美东无垠的天空。
　　今夕何夕。我环顾周遭,这是我的家,住了七年的地方,我对这里的任何一样物事,恐怕都比对周文鸿来得印象深刻。在美国二十年,累聚了多少记忆,而这些记忆里,没有周文鸿。
　　不,他喜欢的不是我,他喜欢的是二十年前那个女孩,那个有着耀眼青春如花肉体，所展现的笑容，拥有的温柔。

我拿起凯悌的韩剧光盘，说是比俊哥更帅的新一代偶像最新力作，荡气回肠，不，是柔肠寸断。配对的是俊哥的老情人。背叛啊，我不忍看她对俊哥以外的人说爱。韩语的"我爱你"三个字，听来是如此缠绵。

我喜欢你。周文鸿的声音突然响起。我记起了他略哑的嗓音，还记起，他叫我名字的声音。

我抛开那部韩剧，在家里四处走动，摸索着做点什么才好。有很多事要做。孩子的房间像战场，江品威有一堆待送洗的脏衬衫，得去买点沙拉和水果，还有，要叫人来清壁炉。我拿起电话又放下。洗了两个碟子，才想到洗碗机已经修好。然后，我发现自己停在穿衣镜前，看着镜中微驼的身影。梨涡呢？我扯动嘴角，梨涡旁出现残酷的细纹。温柔的眼神呢？只看见冷淡的审视。乌发和细腰呢，别苛求了，早就过了那个年岁。但是，笑容总还能有吧。我逼镜中人笑一个，你不是有令人难忘的笑容吗？笑眯眯出现在爱乐社，牵动一个男孩的心。

我笑不出来，心里堵得难受。原来，想不起年轻时的容颜，是何等幸运。逝者如斯夫不舍昼夜，谁能不老。心里有把刀来回在锉，我已失去那份活泼，女性的灵气和温柔。像隔夜的冷饭发硬，像削过皮的苹果发黑，我整个人积累了厚厚一层暮气。（像我这样的人，有幸福的可能吗？）

那不过是二十年前的一封信……命运之神没让我及时读到，辜负一个男孩的心意……年少时谁没有一些爱恋情事，谁没有写过或收到过热烈的表白，时过境迁，周文鸿早就忘了你……此情可待成追忆，只是当时已惘然……他早不是当年的他，正如你已非昔日的你……

两种声音轮番上阵，一个教我把那信当成笑话，一个却引我走进感伤的陷阱。我恐惧地发现，向来理性的我，却偏偏往感伤那端倾斜。八成是中了韩剧的毒，肯定是。我……渴望爱情。

坐四望五的我，最渴望的竟是爱情。

爱情是年轻人的游戏，此时的我，早该心如古井水波澜不兴，但是我却如此如此渴望爱情，甚至想从二十年前一场没有开始谈不上结束的情感上借火。

我分析，我归纳，我做出结论：让尘归尘，土归土，记忆锁在历史里，情书就夹回书里，放回最上层书架。

但是，晚上孩子上床后，我把碗碟放进洗碗机，抹净流理台，该是看韩剧时，却发现自己坐在书房里，对着那薄薄的信发呆。脑里云里雾里，大概是记不起什么了……正在这样想时，眼前突然跳出一个画面：我和周文鸿紧挨着，坐在一辆出租车里。车里还有两个人，一个在前座，一个挤在周文鸿的另一边。车子跑在山路上，拐来弯去。是爱乐社去垦丁办迎新。车里另外两个是新生，名字记不得了。车子开得飞快，遇到大转弯时，唧唧发出响声，我们也不由自主往右倒去。想起来了，我紧挨着学长，在每个转弯时，往他身上贴过去，风从大开的窗灌起来，我的长发散扬，鞭子似抽着他的脸。

有个细节，当时根本不在意，却奇异地留在记忆锁链上。下车后，我抱怨那司机开车凶猛，学长却无礼地打断我的话头，冲向附近的男厕。

想起这个细节，我不禁笑了。而它，连起了另一个以为早已遗忘的片断。在垦丁，从海边回来的路上，下起蒙蒙雨，学长有伞，我很自然地走到他伞下与他同行，顺便讨论迎新晚会的活动细节，他突然再一次无礼地打断我的话头，把伞往我手上一塞，自行快步走开。

隔着二十年迢迢时空，他的羞怯和压抑，奇异地打动了我。如果今日的我，贸然伸出手去，能不能握到他的手？我很想告诉他，当年是命运的摆弄，没有读到他的信。如果我读到了，我们可能会开始通信，他也许会改变计划出国跟我做伴，我可能会在拿到学位后回台湾。什么都有可能。

凯悌来电话，想知道我对她新恋人的看法，比俊哥如何？我坦告还未开始看。你怎么了？她飞奔而来，见到我，上下打量，夸张地四处嗅闻，不太对劲哦。

哪有？

你干吗穿这样，那件松垮垮天天穿的休闲裤呢？

拿去洗了。

这套衣服是新买的？

梅西百货在打折。

打折，上次打对折，也没见你买什么。还有，这音乐，小提琴？

《流浪者之歌》。

从来没看过你听这种音乐。有问题，一定有问题。快招，你是不是在，搞外遇？

你想象力很丰富耶。

说真话。是不是跟那个写情书的男生？

什么跟什么，那是二十年前的事了，人家早就，早就……

初恋最难忘，这是韩剧的中心精神。

好容易送走凯悌，和她的高分贝，应该去买菜的我，还在静下来的屋子里发呆。我心神不宁，一想到他发狠豁出去写了一整行的我喜欢你，就有点想哭。在我即将出国的那个餐会上，他打翻了一杯茶，坐在我身旁，却什么话都没说（我，一直深深爱着你）。他的影像时远时近，时而清晰时而模糊，如果有一张他的相片就好了（到处都没有你，看不到你）。

在接到情书后的第七天，我肯定自己进入了奇特的恋爱状态。

奇特，因为我恋爱的对象根本不存在。二十年前的周文鸿已经不在，他写的信，本该早就没入历史的尘埃，谁知它的魔力在二十年后被释放，深深蛊惑着我。

我不能跟一个二十年前的影子恋爱。但是，如果不是恋爱，我怎么会时时在镜前停驻，怎么会发疯似的买了好几件新款衣服，背离原先的中性色调和剪裁，专挑女性化的衣饰？如果不是恋爱，我怎么去烫发并挑染，还破例修了手指甲。我打扮起来，抬头挺胸走在街头，当风撩起我新烫的短发，我有年轻飞扬的感觉。我心血来潮去买花，要了几枝粉红色的香水百合，老板问要送人的？送给自己，我俏皮地宣告，转身出店，步履轻快。

我伸出手去……握到了，如此柔软温柔，充满欢愉，我年轻的手。

早上江品威出门时，我破例送到门口，替他拿掉西装外套上一段线头，他四下嗅闻，什么花，好香。

嗯，好香。

我跟凯悌一起去做脸。美容师乔也是华人，在家摆了两张床榻，备齐各种营养液和面膜，蒸脸器和按摩霜，替人做脸兼收集华人圈的八卦。活到四十几，没做过脸，真是土包子，我不好意思地表示。凯悌在旁笑，她脸上搽满绿色紧肤膏，只露出双眼圈、鼻孔和嘴。乔替我做美白，她的双手细嫩，轻拢慢捻抹复挑，顺时针方向旋转按摩，逐渐诱我进入梦乡。在梦境边缘徘徊时，凯悌叫住我，说有重要的告白（又是告白）。

我还是比较喜欢俊哥。谁叫他是我的初恋，初恋最难忘。

乔大笑，原来她也是俊哥迷。她加入讨论。韩剧好看是好看，就是有点不过瘾，男女主角频频向对方说谢谢，对不起（谢谢你曾经爱我。对不起，我没有读到你的信）。真希望他们可以来场热吻，不要总是纯情的拥抱。

这你就有所不知。凯悌挺身辩护。爱情需要时间的发酵，可望而不可即产生了渴望，那是浪漫爱的催化剂。（二十年的等待够不够？）

催化完成后，总该来个激情的结合，这点要求不过分吧。乔坚持，三两下撕下凯悌的面膜。

晚上十点，江品威进门，看到我独自缩在沙发里（一袭碎花睡袍，小女孩般地无助），在昏黄的灯下看书，眼中露出一丝诧异。我对他微笑。见到我的笑，他觉得有必要关心我一下。

没看电视？

哦，看书。

什么书。

小说。

怎么看这个？

这本书，其实是一个朋友送的，因为我跟他借过，说喜欢，出国前他就送了我一本（解释这么多）。

好看吗？

我合上书。正看到男女主角重逢，哭泣相拥说我们回不去了。回不去了。正所谓"铁打的事实"，谁都无力挽回。周文鸿送这本书，兆头就不好。送一本我借过看过的书，就有可能我根本不会去翻阅，不会随身带到美国。这样看来，两人的失之交臂，不完全是命运的摆弄，而是不明智的选择。不过，书倒是好书。

江品威换了家居服出来，坐到我旁边。这次换我诧异了。闻着没有酒味，那他为什么这样看着我？

老婆。

怎么？上班不累吗？

我这个老板真不是人干的，别人都下班了，就我一个人加班。

谁知道你一个人在加什么班。

我喜欢会吃醋的老婆。他的手摸上我的脸。最近皮肤好像比较光滑，还透亮透亮的，你是吃了什么仙丹？

你是吃了什么蜜糖？我想躲开他四处游走的手，可是心里发懒身上发软，原本总是闭紧的双唇，不知为何却呼应起他的吸吮。

老夫老妻，突然爆发出这样的热情，真教我们俩大吃一惊。第二天，品威比平时晚了十五分钟起床，我给他泡了杯人参茶。想到他昨夜的热情，是新买的黑色内衣令人无法抵挡，还是乔的美容工夫真能回春？

揽镜自照，镜里的人笑吟吟的，眼神活泼灵闪，怀抱什么秘密似的。我忆起走在大学校园时的心情，那种随时准备好要堕入情网的跃跃。

凯悌决定要回台北，进驻圆山大饭店，因为俊哥下个月访台，落脚圆山。许多俊哥迷迫不及待要见到梦中情人，在网站上日夜交流关于俊哥来访的所有活动细节和马路消息。她问我有没有兴趣。

回台北，去看俊哥，还是会会二十年后的周文鸿？（是你吗？真的是你吗？对不起，我没有认出你。）

周文鸿的影像已经回到我的脑海里。他身材不高，戴副眼镜，单眼皮，皮肤比一般男孩来得白，显得很斯文。最特别的是，他是天生鬈发，头发一长，整个人就变了一个样。我记得他开口讲话前，或是中间思索停顿时，上唇会神经质地轻微颤动。现在想到那个颤动，突然给我一种冲动。

我想，吻住那颤动，把他的上唇含在嘴里。如果当年在爱乐社，在那个只有我们两个人在整理唱片的星期五晚上，我突然贴住他的唇，他会怎么样？一股电流从我脑壳往下流窜，一股热流从我腹部往上升起（让你搂着我，只要五分钟）。我闭上眼睛，想象他柔软的唇，嘴里呼出的热气。暗恋着我的他，一定会为此手足无措乃至意乱情迷，再也无法克制压抑多时的热情和欲望。我们在四下无人的爱乐社，笨拙而热切地拥抱，撞落了案上高叠的唱片……

晚上，在床上道晚安时，我突如其来吻住了品威的唇，轻轻吸吮他的上唇。他受宠若惊。多少年来，我是个多么被动冷淡的妻。我们在床上翻滚，发出欢愉的笑声，他的成熟魅力如磁铁，我载欣载奔。

对不起，让你等这么久。

谢谢，谢谢你对我的爱。

九十九封信

你无法逃避爱情的背叛，如同无法逃避时光催生白发，背叛迟早来到，不是来自对方，就是来自你自己。

黄昏的书房尚未点灯，他坐在那里，低头读信。金黄的夕照温柔圈出一个读书人的侧影，顶上的头发已然稀薄。抬头见她，他笑得慈祥。你来得正好，这封信写得不错。一边说着，一边拿起桌上的红墨水笔，在信纸上批了个 A。她感到疑惑又有无可言喻的解脱，原来只是一项作业！红墨水在纸上渐渐晕开，A 字越来越大，越来越大……

1. 写信给我

两人头一回的分离，女人要回上海，临走时说，别打电话给我，别发消息给我，别微信别连我，当然也别写电邮。如果你真的要写，写信给我。

写信，对四十九岁的余有志来说实在是一件太陌生的事。上次写信，恐怕都是三十年前了，那时他在追话剧社一个外文系的女孩，信里特意用了几个有学问的英文单词，讨论戏剧和人生。写了三封，没得到回信。那个女孩什么长相，印象已然模糊，只记得一头卷曲的长发，在苗条的腰际线上诱惑性的晃动。只有在她背过身去时，他才敢大胆长久地注视，三十年后，这个收到他第一封情书的女孩，留给他的便是一个美丽的背影记忆。说也奇怪，之后那么些这样那样的女孩，在还没追求到手前，于他都是卷曲的发梢，随着步履轻轻晃动，而他最大的欲望就是能够一把抓住，放进嘴里咀嚼。

他从后面进入，咬住女人一缕发丝，总是比想象的干且硬，这些烫染过度的发丝。只有朵云，只有朵云在三十八岁时，还黑发如缎，天然润泽，发色细看是炭烧过的灰青，神秘，飘忽。发长及从皮肉下突起的肩胛骨，正面刚好盖住一对娇小的乳房，在棕色的乳头上晃动轻拂。每次，他咬着她的发梢，咬不断的钢丝，有着惊人的韧性和硬度，跟那具温暖淌汗的身体不一样。不一样的还有她眼睛里那种拼命，在高潮前一刻，眼底泛起秋日深潭冷冷的水光。

"你恨我吗?"他翻身躺倒。

"别傻了。"她拉过床单盖住半身，闭上眼睛。

他看着她，不知道她闭上眼睛是要休息，还是不愿继续这个话题。

要遇到这样一个外冷内热的女人不容易，在床上能满足他各种幻想，穿上衣服却又优雅素净到让人没有一丝杂念。自从有她，他对其他女伴都失去兴趣。朵云不在台北时，所有一切都是过眼烟云，肉体之间的碰撞摩擦，不过是刷牙洗脸，让欲望定期开闸泄洪以免火烧屁股，算是正餐前用来止饥的小菜，英文里说的 tie you over，把你绑起来，暂时约束好，静候美味主食的到来。如此三个月茹素换来一星期的激情爆发，他压在这个女人身上，如回到原始洪荒。只有那才能，止渴饱腹，只有那才叫，做爱。

每三个月，她从上海回台湾，所谓的返台探亲假。她说自己单身，只是回来看独居的母亲。父亲住在南部，她从未去探望过，因为父母的离婚是决裂性的，而她一直是站在母亲这边。她有纽约大学商贸系和心理系的双硕士学位，在大陆企业开始注重客服，改善跟顾客关系的时刻，被延聘进了一家跨国公司负责市场调研开发，享有高薪，配置有市中心的酒店公寓、用车和司机。女强人，美丽，单身，多金。但她说她不过是只没人疼的候鸟，身不由己，飞来飞去。她窝在他怀里时是如此娇小可怜，习惯性地轻啄他的颈脖如一只小鸟，他几乎无法相信她有那样的工作和能力。然而他又怎能不相信，他们就是在一个商界酒会上认识的。

台湾一流大学的校友联谊酒会，来的不是工作上积极建立人脉的金融、保险界学弟妹，就是像她这样被请来分享大陆经验的杰出校友。余有志，朋友昵称老余，是联谊会创会元老之一，早年赶上美国 start up 风潮，跟几个朋友做成一家漫画软件公司，几年后卖掉，大赚一笔，时年才四十出头，接下去打算搬到四季如春的佛州提前当闲云野鹤，谁知妻子被诊出腮腺癌。手术割除后，右脸的上半部僵掉，从此家里车上到处是墨镜。有时，她把自己层层遮掩，像一团会移动的布块，有时，她光裸着半僵蜡像般的脸，要所有的人直视她的眼睛。他期待关灯的时刻，当他们并躺在床上，他的妻子又能谈笑自如，然而她只是发出困兽般压抑的哭声。他们没有小孩，她选择住进加州圣塔芭芭拉一个素食养生中心，做另类治疗。她急匆匆地走，好像跟情人私奔，抗癌占据所有的心神，再也分不出一滴一点给他。他独居三个月后，回台北探亲，接受了学弟的邀请，在一家软件开发公司当顾问，很快地买了房子，夫妇形同分居。去见岳父时，老丈人对他不谅解，认为他不该丢下生病的妻子，独自返台，无情啊太无情。他始终沉默不语。

"是无情。"朵云说。

"是她丢下我。"他说，"是她先丢下我！我没病，我还活着，你懂吗？"

朵云俏生生一对凤眼盯住他，那里头此刻是春光旖旎春情无限，一只手插进他已然稀疏的头发爬梳，然后以同样不容分辩的决断，探进他裤裆里。男人是无情，她说，翻身骑到他身上，以各种角度旋转摩擦他，眼睛很冷，不知灵魂飘到哪里。如果说，朵云的身体让他着迷，朵云的心则令他迷惑。他想抓住，就像抓住那尾发梢，放进嘴里细细咀嚼。

朵云有时也跟他谈心，通常是两人尽兴了，夏天他拿来两听黑啤，冬天拿来热咖啡。她懒懒拉过床单盖住半身，头发散披在奶白泛青筋的乳房上，说着一些过去的事，仿佛性爱把她还原变小，回到童年。

我爸……她总是这样开场。我爸要我每天早上看到他都要说 Good morning, Daddy；出门时，我爸开门让我先行，说 Lady first。我的第一部电影是他骑摩托车载我去看的，迪士尼的卡通片，首映就去了，同学都羡慕我。我爸说我是个很聪明的女孩，只要愿意，什么都做得到。有一次我生病，不能上学，我爸中午特地回来，给我煎了一个荷包蛋。上了中学，我总是考第一名，全班第一，全年级第一，我爸看到成绩单时，总是笑着摇头叹气。每天晚上吃过饭，我开始做功课，我爸不准大家出声吵我，家里的电视调到静音，弟弟妹妹大气不敢出一声。我爸长得很帅，高高瘦瘦，会吹口琴，女学生都很喜欢他……

故事的内容总是父女间一些时而温馨，时而无聊的互动。他不知道这些琐碎的事有什么好讲的，在二十年后的今天，在做过爱后的满足和疲累时。他常听着听着走神了，朵云继续说着，不需要听众。

就是这个女人，把地址一笔一画写好，压在他的书桌上。他在信里能说什么，有什么是他的手和脚、他的嘴和舌、他的全身还不曾告诉她？当思念浓烈时，他在连我和微信上狂发消息，想确认两人在同一个时空，对方却是一片暗哑。易朵云这个人根本不存在，是他脑里幻想出来的白狐。

在一场特别激烈，从浴室开始，结束在书房旋转椅上的性爱后，朵云痛苦得直不起身。她的臀部抽筋了。这不是第一次，但是最严重的一次。第一次他在雪白的臀上使劲一咬，她肌肉一绷紧，一时松不下来，他又按摩又道歉，此后左臀成为啃咬的禁区。可是他嗜咬女人圆挺雪白的屁股，尤其成了禁区之后，朵云的左臀对他更产生了致命的吸引力，一不留意，他就发现自己又滑游到那里，在那富于曲线和弹性的山峦流连。这一次他没咬，是朵云自己用力过猛了，好像没有明天。

他把朵云抱到床上侧身躺好，拉过床单盖住，为她做按摩。她看着赤裸的他那副模样，笑了，把他的头拉进怀里，"我爸总是打我屁股，有时候因为我乖，有时候因为我坏。小学六年级，有一次我没写作业，他很用力地打我，我屁股抽筋，痛得跌在地上哀哀叫，我妈说，女儿已经转大人了，你还这样打她？"朵云细瘦的手指插进他的头发，摸着他的头皮。自从秃发后，他不让人碰头发，但朵云的手指没商量。"以后，他就不再打我屁股了。"

"我以为你爸爸很疼你。"他轻轻吸吮她的乳头，那里还硬挺着。

"男人善变。"朵云说，叹口气，"你说，当妈妈是不是这种感觉？小 baby 吸奶是这种感觉吗？"

"想当妈妈了？"

"去哪里找个好爸爸？"

"不是找到了吗？"他嘴上使劲。

"你又当 baby，又当爸爸？"她嗤笑一声，把床单蹬开，"来呀，爸爸，你来呀！"两个人缠成一团。

2. 低调的奢华

那个女人像突然醒过来，看了一下腕表，拿上皮包和伞，走出去了。

"没有人知道她是谁。"来自巴西的酒保杰克用他略嫌生硬的英文说，"一个寂寞的台湾女人，总在雨夜出现，十点多进来，点一杯曼哈顿，或是龙舌兰日出，喝得很慢，抽根烟，有时再加一杯，午夜时分就走人。边角靠窗那里，是她每次来坐的位置，如果有人，她便不逗留。那是个特别适合她的位子，不是吗？窗外有棵优雅的日本枫树，缠着黄色小灯泡，投影在窗玻璃上，跟她的侧影交叠。一个成熟的女人，美丽有心事。你还能要求什么？"雨夜的酒馆人本来就不多，当杰克调好每一杯酒，洗好每一只酒杯，一个个排好，再也无事可做时，他就遥望着这个女人。

有的女人可以近观，这个女人适合遥望。"她微低着头，看着自己的杯子，或是窗外的某一点，你知道她的灵魂不在这里。她为什么来？我知道你会这样问。我们并不是上海什么热门的酒馆，那些在旧法租界、外滩一带的时髦酒吧，放着拉丁音乐，顾客跳着莎莎，或是那种美式酒吧，三五朋友大声说笑，看足球。我们不是那种地方，我们吸引的是一些有心事的客人，他们不想待在公司，待在家里，想走出来又不知去哪里。一个像这样放着爵士钢琴，烛光摇曳的小酒馆，适合想要安静但又害怕孤独的人。这里并不容易认识什么人，大多是熟客，但是我敢打赌，先生，你想认识她。"

调酒师说得不错，梁马克其实是尾随女人进来的。他刚结束了一个奢侈品推介案，准备隔天独自一人去广西北海住几天，深圳的老同事在那里买了个靠海的小楼房。他什么都没准备，甚至不知道北海那里有什么。美丽的风景，新鲜的空气，相对三亚更为天然纯朴？这些是度假的理由，但他只想离开。往南，是冬天的适宜选择，如果老同事的小楼远在北方的哈尔滨，甚至是漠河，他也会去的。一支德国老牌金笔被介绍进上海了，在这个没人用金笔的地方。那个外滩奢侈品介绍会十分隆重，香槟被倒进了高脚杯，接着是年份上好的红白葡萄酒，在金碧辉煌打上广告的水榭旁，美丽的模特儿衣着单薄，长裙高衩，巧笑捧着黑色丝绒盒，盒里躺着有百年历史的金笔最新款。多少重要的买卖契约将以它来签订？多少关键的礼节要靠它来打点？这些都跟他无关，做完了，只想离开。

离开前的晚上，隔壁夫妻在吵架，上海女人拔尖的嗓音，唱戏般骂得激昂，男人哑掉了，让女人唱独角戏。他住的地段有上海的老灵魂，隔两条街，是梁家从前的老宅，两层楼的洋房，现在卖本帮菜，浓油赤酱很是正宗，他却从未进去过。从小，他爸爸就被爷爷带到香港，奶奶和大伯、大姑留在上海，守房子守产业，最后什么都没守成。运动一来，大伯大姑都在外乡落地生根了，回到上海也不是上海人，跟他一样，他连上海话都不会说。大学毕业后，他先到深圳工作，再到上海，在老城区里想象爸爸的童年，夜晚，安静的梧桐路上，渺渺的练琴声，音符的升降有如时光，上去了，又下来。不是直线往前，只是不断在胸口盘旋，老的时候，心情还像孩子般孤单。

他不惧怕孤单，从小的习惯。与孤单相比，吵闹更可怕，尤其那种具有杀伤力，充满指责控诉的喊声。难以想象在电梯间遇见会微笑点头、穿高跟鞋挎皮包的朱太太，会有这么大的火力，而那个穿睡衣趿拖鞋给家人买早餐的朱先生，此刻噤若寒蝉的神色。他们这样大吵，明天开了门出来还是恍若无事，点头招呼，梁先生，上班啊？自欺欺人的功夫，一点不逊于他们这些专业的广告人。他穿上连帽的墨绿防雨外套，摸了口袋里有烟和火，拿了鞋架上的皮夹子和钥匙，臂下夹着伞，逃难似的下楼去，很高兴明天就要离开。

微雨，雨丝不过就是一点潮意，只有在路灯下才看到雨线斜飘。他喜欢老城区，大半是为了这梧桐夹道，夜晚昏黄的情调，那种热闹之后必需的安静，这点安静，在上海已经越来越难寻到。街是弯曲的，空气很冷，吸进肺里刮拉松脆。十点多了，他想寻个地方坐下来吃点什么，没有奶油菠萝包和叉烧肠粉，春卷小笼或葱油拌面也好。但是这条街，那条街，平民小食小店一个个让位给红酒店、奶酪店、日韩版的服饰店、台港的珠宝设计……现在这些店面一一锁上玻璃门，挂着停止营业的牌子。

他踩在已经被人践踏无数次、泡在雨水里腐烂的梧桐黄叶上，后悔没穿那双防雨靴。漫无目的走着走着，心疼起自己来了。你说，这日子过得有劲吗？一个没啥意思的工作，平日就是一个人单调，除了工作就是上上网，打打游戏。上个月到杭州跟那个聊了两个多月的 Jenny 见面了，绕了半个西湖，吃了一顿饭，回来后就冷了。女孩有点婴儿肥，牙有点龅，但是笑起来甜甜的，是那种可以带回家给父母看的人。但没有人催他成家，父母都比较洋派，晚婚很正常。席勒公关的 Liz 倒好，成熟有风韵，三十出头，已经当上副总，合作一年多，两人的微信从谈公事，逐渐到温暖的问候和幽默的吐槽，都要上瘾了，只不过那温情只在微信的世界里，那里有指尖一触轻易可以送出的玫瑰和醇酒、笑脸和哭脸。没有人提起工作之外出来喝一杯，也没有人约看电影散步。这样的邀约，可能让彼此尴尬，讲究实力的现实世界里，他无足轻重。要搭上美眉是没问题的，他生了一管高鼻，软厚外翘索吻似的唇形，身高一米七八，不说话时还是挺神气的，一开口就有点赔小心地没底气。跟这个 May 那个 Sherry 拉拉手亲亲嘴，带回小楼做进一步的认识，都是可以的，但是那最高枝上的红花，蛋糕上的大草莓呢？你说，这日子有劲吗？

开幕酒会那天，Liz 穿了件黑色无袖短洋装，剪裁合身，前包后不露，露的只是温柔起伏的全身线条，胸脯上一条天鹅水晶项链，一双踩在高跟鞋里纤细的玉腿，端一杯香槟，行云流水招呼全场。她特别过来以老朋友的亲切口吻邀他加入下个项目：外国精品买手店入驻淮海路。主流的名牌已经不能满足中国所有的富人了，更有文化、更讲究个性的消费者，要的是低调的奢华。

低调的奢华，这句话让他震动。眼前的 Liz 可不是活脱脱低调的奢华代言人吗？这样的女人，护花使者不要太多哦！"Mark，期待下一次的合作！"她笑着，轻按一下他肩头，转身招呼其他人，留给他一缕若有似无的香风，转瞬间无处捕捉。迪奥？香奈儿？无法辨识这是哪款名牌香水，说明他对奢华女人的经验有限。

他放弃寻找热食的念头，自暴自弃准备回家把冰箱里的比萨热来吃，就在这时一个女人擦身而过。她身上的一股幽香，让他忍不住回头，看到一个被米色风衣裹住的苗条身影，短靴，纤细的小腿，走路的样子不紧不慢，是那种不赶时间的走路方式，很清楚要去的方向。他不由自主转身跟上，走了两条街，走进了这家小酒馆。坐在吧台，点了杯长岛冰茶，一边听调酒师东拉西扯，一边偷觑。女人有点年纪了，脸上眉黛半残，口红退淡，支着头出神的模样，有种说不出的楚楚动人，还有，她随意搁在桌上的爱马仕皮包。虽然嗅不出香水的品牌，对奢侈品这一块，他梁马克还是有一定辨识力。女人的衣和鞋，都有种质料上等做工精细的讲究，整个人的打扮很低调，不是那种赝品穿戴者的俗丽张扬。低调的奢华。

这样的女人，像 Liz 的女人，为什么深夜独自来到小酒馆？带着一种挥之不去的落寞，仿佛是来哀悼、来纪念。

女人走了，他也该走了，回去打包，明早的飞机。走出酒馆，昏黄的路灯下，雨丝还在斜飘，女人还在那里，站在路口，像在等绿灯，眼睛却直视着他。他的心猛烈跳了起来，腿还有点软，但还是往她那里走去，走到女人面前才发现，女人很娇小，伞没打开，雨丝纷纷落在发上，结一层水网，被路灯照得发亮。他打开伞，遮到女人头上。女人笑了，笑得妩媚。这无人的路上，红绿灯不过虚设，绿灯了，他们下意识往前迈步，尽管不知方向，此刻先渡到对岸再做打算。两人依偎在一把伞下，像一对情侣，却是绝对的陌生人。沉默中往前走，女人短靴脆生生一记记敲着红砖路，他小心翼翼跟随那节拍。

女人在一家有遮雨棚的店前停步，店里黑漆漆，靠窗立着个女模特儿，光头，灰色的眼珠子，两手一高一低摆姿势，乳房尖尖顶着针织衫。"为什么一直看着我，在酒吧里？"

"你像一个人。"他冲口而出。

"谁？"

"我的初恋。"他不知道为什么这样说，他并无意骗她。根本不用骗她，在她还不知道他是谁时，就已经跟着他走了。但是话一出口，突然感到此言千真万确。他从未爱过人。那些他亲吻过的芳唇，爱抚过的乳房，进入过的女体，他都不爱。爱，必须是有想望，有好奇，有想成为她生活一部分的渴求，当他想望好奇和渴求时，不管这女人是什么模样，他都爱。而在酒吧里，望着她，他了解到这样一种女人其实一直就是他的想望，只是不可能存在他太过平凡的世界里。就像他的工作，一支笔可以如此华贵，一个包可以如此完美，一个表可以是艺术品，人类智慧的结晶，财富地位的象征，但他一辈子用不了。

她眼光闪烁，眼角细纹散荡，芳唇微启仿佛想笑，却只是抿了抿。他收了伞，女人没说话，他空出的手把女人揽近，女人没反抗。他清清楚楚闻到那高雅的香水味，香奈儿或迪奥，不敢相信自己的运气。女人的唇柔软，舌头水润有酒的甜香，夹着一丝微酸，直溜溜的头发丝般的触感，颈项耳根香气媚人，摸索她细软的腰肢，女人一路都不设防，都由他，他渐渐也就不再犹豫，手上的动作大胆起来，隔着丝质衬衫和轻薄的胸罩抚弄，坚挺的下身顶住她，两人喘着气，要把自己揿压到对方身体里。突然，女人一推，止住他的动作。箭在弦上，但他没有异议，根本不相信自己有这等桃花运。

"走吧。"女人说。

"去我住的地方？离这里不远。"

女人"嗯"一声，两人继续往前走。虽然还是雨中夜路，踩在湿烂的梧桐叶上，他却觉得这条路诗情画意，而他也开始走运了。女人挽着他的手。刚才的耳鬓厮磨很有效率地拉近他们的距离。回到住处，已是午夜，电梯里亮着白惨惨的日光灯，老电梯发出不堪负荷的隆隆声，不情愿地送他们上楼。电梯间有个灯泡坏了，剩下的一只照出一个朦胧的世界，邻居一把黑伞撑在地上晾，还旁若无人摞了几只旧鞋，把进门的路都挡住了，他看女人一眼，看她是否露出嫌弃的神色，但女人神色自若，仿佛只是回自己的家。他没把伞晾在外头，这是把新买的好伞，抖抖水，拿进屋里来靠墙立着。

他没开灯，黑暗给他勇气，而女人似乎也喜欢黑暗。在一个漆黑的陌生房间里跟一个陌生男子，或许便是这个女人的欲求。一滚倒在沙发上，他就替她除去脚上短靴，因兴奋而汗湿的手指和掌心沿着纤细的脚踝一寸寸往上，女人这时抽搐了，挣扎了，但这一切都只是邀请。他们恣意地做，陌生的肉体不是那么陌生，毕竟就是一个男人和一个女人。他不想承认的是，此刻 Liz 的影像占据了他的心神，让他亢奋无法自持。

完事后，开灯，两人起来穿衣服。如同亲密感的瞬间降临，陌生也是。眼前快速被衣物遮住的女体，方才手和舌才刚熟悉，他记得摸上乳房时，那里一片鸡皮疙瘩，记得中指上的湿润和黏滑，女人喉咙里发出的呻吟，如此催情……但是灯光下，那神秘的电力和召唤不见了，女人不看他，只是利落穿上衣物。果然从里到外一件件都是做工精细、质料上等。最后她站了起来，对他一笑。这是两人今晚第二次四目相接，他看出女人不希望他多说什么。

女人从他身边无声走过，轻轻开门，带上。他听到老电梯隆隆上来了，带着这个不知姓名的女人走了。明天，要去北海。不会再见到这个女人了，对她面容的记忆快速消退，只留下低调奢华的装扮，恹恹的气质，皮肤的香气，等他从北海回来，对今晚的记忆，便完全是对 Liz 的记忆了。

梁马克所不知道的是，当他再度在会议桌上见到 Liz 时，这个女人的模样却突然闪现，一袭风衣，伫立雨中，路灯把潮湿的头发照出光晕。面前的 Liz 自信十足谈着新的企划案：英国的服饰集团，派驻欧亚的资深买手，寻找不知名但充满创意的服饰，创造消费习惯，培养买手店的顾客群……上海的名牌消费力已经超越纽约，接下来是不再盲目追随名牌，要寻找适合自己的穿戴风格，自己的第二层皮肤……

不知名的，却是好的，更胜名牌。Liz 的淡妆还是化得那么不着痕迹，让人觉得她永远精神奕奕。她按时上健身房锻炼，对工作和身材展现了绝对的纪律。此刻那双美眸因为谈到新企划而熠熠放光，对眼下的上海奢侈品市场，就像云豹捕猎，绝对的优雅和不留情。梁马克不禁想起那女人恹恹的神情，脸上眉黛半残，唇色是缺氧的淡紫罗兰。

"Mark，心还在三亚？"Liz 一笑。

"啊，没有。"梁马克定定神，"不是三亚，我去的是北海，在广西，海边……"

"是吗？"Liz 开始查看手机。会议结束了。

3. 蜘蛛网之梦

在浴室的镜子里，梁马克看到一张太过白皙、略带神经质的脸，须毛稀疏。他恨恨盯着镜中人，你是个无可救药的屌丝！

晚上在手机上跟 Jenny 聊了半天，答应周末去杭州看她。本来以为没戏了的，但是这女孩突然又在他微信相册里按赞给红心，不计前嫌，于是他又像过去那样天天看她的相册，看她的爱猫 Mizu 怎么顽皮逗趣，跟闺蜜去哪里喝下午茶。这次去，他该抱她亲她，做进一步的认识了。现在的女孩都期待快速进展，否则不是怀疑自己没有女人味，就是男人有问题。

他出门找饭吃，跟一个女孩并桌。女孩皮肤黑、脸蛋小、颧骨高、下巴翘，一副古灵精怪的模样，粗黑的眼线框出大眼睛，尾端上翘，手上胸前一串串一圈圈闪亮亮的珠链，指甲涂成亮闪闪蓝紫色，两个超大银耳环垂荡。他心不在焉把筷子伸到女孩那笼汤包里，就这样，两个人搭起讪来。他帮女孩付了钱，坚持自己也吃了的，又给彼此买了冰可乐，一起走出店。

这次，女孩把他带到她住的地方。她有个室友，房里摆摊似的扔着许多衣服和时尚杂志，充满脂粉香。室友识趣说去外头买吃的。

女孩说自己是舞者，常在酒吧里表演。他没问是什么舞，但完全相信，因为她可以把腿高举过头，扭转成不可思议的体位，她还热得特别快，一上来就自己脱光了，摆出诱人的姿态，他才刚吸吮乳头，她就喊出声来，吐的气里都是汤包的味道。床头柜里有各种进口的保险套，她选的草莓味，有突刺，可能还有什么特殊成分，让他坚持了很久。

她说她叫露露，要他加她微信，有空一起出来玩，"来看我跳舞！"出了房门，室友已经回来了，两只脚搭在咖啡桌上，边嚼鸭头边看韩剧。抬头瞄了他一眼，好像在确认有没有见过。

他精疲力竭回到住处，冲了澡，对着镜子诅咒自己。这种日子，要过到什么时候？总是在妥协。他要的不是 Jenny，不是露露，甚至，不是 Liz。他不知道自己要什么。有什么能让一切都有意义，让两脚着地，身心的欲望合一？当然不会是隔壁那对夫妻，现在女的又拔高声音斥责无用的先生，东西哗啦啦摔地。梁马克知道自己该去什么地方，那里会有答案，是或不是，会有个答案，然而，他只是恨恨地关灯、上床。

梁马克终于再度踱进那家小酒馆时，已经是春天了，梧桐白干绿癣像当季推出的迷彩装，枝梢冒出一点点绿渣子，晚上套件夹克可以轻松出门。他目不斜视直接走向吧台，点了杯红酒。多话的调酒师已经离职，新人不说一句废话，甚至不看人。不想让自己太快失望，他端起酒，啜了一口，慢慢咽下，再一口，感觉胸腹间跳燃起一朵小焰，才往那里看去。一看，手一抖，那女人，千真万确，那女人就坐在那里，含笑看着他。其实他已经忘掉女人的长相了，可是一见到就立刻对上号，她即使是笑，也笑得悒悒有心事。

脑里有一瞬间的断电，就像抽奖时喊出他的名字，或是抽考时第一个叫他，总之，不知这种巧合是天意还是诅咒。但是，他毕竟是快三十的人了，勉力做出一种无所谓的潇洒走向女人，坐在了她面前。坐下来，也没有一声招呼，各自喝各自的酒，像一对老朋友，什么都不用说。她那坦然自在的模样，就像当时站在路口看着他，跟着他走。一切都不需要解释。梁马克感到一种前所未有的释放。原来这就叫气场，气场对了，就是这么自在。这个女人曾跟他做过最亲密的肉体交缠，而他们几乎没有说过话，连名字都不知道。

他开始心疼起这个陌生女人了。这样一个好女人，深夜独坐酒吧，如果他不在这里，或许会有另一个男人过来搭讪，或许她也会跟他回家。这社会变态的人那么多！万一是个性虐待狂呢？万一劫色又劫财呢？梁马克有点头脑发昏，忘了自己曾庆幸过那样浅尝天堂滋味的桃花运。这女人或许比男人更可怕也未可知，就像聊斋里写的，晚上出没的狐仙……

"为什么呢？"他脱口问。

"为什么?"女的抬头看他。

"为什么一个人在这里呢?"他像个老朋友似的问,仿佛走进虚拟的空间,来者何人?扮演什么角色?他有权知道。不需要白天世界里的客套隐私和距离,他可以立即揭去面纱。

"在逃避吧?"女人苦笑,举杯一饮而尽,空杯在桌上发出一声闷响,"逃避一些不应该发生的事情。"

"是什么呢?"

女人一手支头,揉着太阳穴:"你是来找我的?"

他摇头,点头。

女人笑了:"今天,我说个故事给你听。"

女人带着台湾腔的普通话说得很软,很温柔,滔滔不绝,到最后声音都哑了,一口气说完虚脱了,桌上交握的双手微微颤抖。两人又陷入沉默,现在这种沉默有点像梦里喊不出声来,沉重,无奈,他觉得自己该说点什么,却什么都说不出来。又不知过了多久,女人扶着桌子站起来,对他一点头,便走了出去,步伐摇晃,看来今天酒喝得有点多。他呢?他没有醉意,只是被困在一个蛛网般的梦里。现在他知道了,为什么跟她合拍,因为从小的孤单。

她曾给爸爸写了九十九封信。

爸爸⋯⋯一开始是写在白底蓝条的作业本上,从英文笔记本上撕下来的。英语是她最拿手的科目,也是爸爸的饭碗,他是这个小镇最有名的英语老师,补习班的镇班之宝。理所当然小镇一半以上的孩子都曾是他的学生,学校的或是补习班里的。她的英语成绩好,年年都是英语小老师,那也是理所当然的事。

但世上没有什么理所当然的事。就像这时,品学兼优又最喜欢英语科目的她,竟然从向来珍爱的英文笔记本上狠心撕下两页纸,拿英语书垫着,在自习课时偷偷写一封信。这是给爸爸的第一封信,那时她高中一年级。横式的信纸,惯于直式书写的她,有点别扭地在首行一笔一画写下爸爸两个字。想想，又在前头加了 dear 四个英文字。亲爱的爸爸。但爸爸，还是亲爱的吗？心里一酸，两颗豆大的泪珠毫无预警地落在了纸上。这第一封信，就以亲爱的爸爸开头，以两颗滚烫的泪珠结尾。

这是世上最难写的一封信了。有哪个女孩会需要写这样一封信呢？当大家都在忙着读书做功课，最大的烦恼就是跟好朋友吵架，或是考不好，她却独自背负这样的重任。一封她必须写的信，一封只有她能写的信。

当老师在黑板上振笔疾书时，她在心里写着这封信。在心里写着的时候，有太多的话迫不及待如山泉涌出，有时却又点点滴滴没完没了，像年老失修的水龙头，一滴，又一滴，一句，再一句。那些话语不是雨水甘露的清甜，而是烈火般地炙热，吐着长长火舌，警示、怨恨、哀告。那是鸣着警报的消防车，赶着要去救火，那更是连闯数个红灯的救护车，为了危在旦夕的病人。爸爸，您，病了。您怎么能病得看不清现实呢？

把那近乎空白的信，夹在了英语课本，她走进茫茫的暮色里。书包很沉，因为那空白的信，也因为这次月考的成绩单。史无前例，她没有考进前三名。第五名，天哪，这是什么奇耻大辱？但是爸爸不会在乎她退步，因为爸爸在恋爱。

她把应该读书的时间，都拿来写信了。爸爸曾说，她是个聪明的孩子，只要愿意，什么事都能做到。她相信只要把事情跟爸爸说明白了，只要爸爸理解他给家人带来多大的灾难，只要爸爸能顾念他最疼爱的女儿，他会从这场疯狂的迷恋中醒过来的。她不懂，爸爸什么都有了，为什么还要跟那个阿姨在一起？

在大学联考前一星期，她给爸爸写了最后一封信。离开她，离开那个女人，否则我拒考。

她把未来人生赌上了，包括从小学到中学十二年的辛勤学习，三更灯火五更鸡，包括一个名牌大学和好工作，光耀门楣。这一直都是爸爸最重视的，也是她在这个家里最高的价值。押上来一起陪赌的还有爸爸自己多年的付出，从学校赶到补习班，拿着麦克风声嘶力竭地教着词组和语法，换来的薪资给她买了一部冷气机装在房间里，给她准备各种补品，还有必备必考的参考书和各种补习，她看上的娃娃和小熊，日本进口的文具，最炫的发带和最美的裙子，只要她开口，爸爸一定给她。全都押上了，她在信尾以从容赴义的决心签下名字。

信还是依往例，清早偷偷放在爸爸的书桌上，压在镇纸下。那是一个山型玻璃镇纸，里头漂浮着七彩花瓣，是一个家长感谢爸爸提升了孩子的英语成绩送的。跟往常一样，爸爸没有回信。爸爸的沉默让她难堪，她是在自说自话吗？这些沉沉压在心上的痛苦，这些流湿枕头的泪水，难道只是她自己？这一次，她绝不会让他以沉默躲避。沉默就是不愿意，不愿意离开那个女人，即使牺牲了女儿的幸福。如果爸爸真是这样，她还不如去死。十八岁的她这样想着，泪水喷涌而出，她掩住嘴，不让自己哭出声。

她永远记得三年前的父亲节。妈妈在小镇新开的糕饼店订了一个鲜奶油蛋糕，是爸爸和她都喜欢的栗子口味，差她去取。她骑着脚踏车，那是条弯弯曲曲的上坡路，在最高处转个大弯，往下可以看到一畦畦菜田，贴着山坡地一级级升高，青绿墨绿和淡黄的不规则色块，几户农舍，一只大黑狗，还有走来走去找虫吃的鸡、鹅。这个大转弯处常有人驻足远眺，她也曾跟同学来这里画画写生。那时候，开始有越来越多北部的游客，假日驱车往南，在山区的一些小镇里徘徊流连，吃吃特产，走走老街，她所在的小镇为了迎接这些游客，开始出现咖啡馆和手工艺品店，这条路上的游人越来越多，后来菜田都填成停车场了。但是那天，当她挥汗骑完这段上坡路，想到接下去就是毫不费力凉风徐徐的下坡，还有妈妈正在厨房里忙碌的丰盛晚餐，最重要的是代表节庆的鲜奶油蛋糕，便觉得世界特别美好，就像山脚那一畦畦向上的青绿梯田，衬着天际晚霞，农舍炊烟伴随几声狗吠，还有在天边盘旋的鸟群黑影，是一幅完美契合的拼图。世界应该就是这种色彩和构图。

一直到今天，她还在疑惑，当初如果心里没有浮现那么强烈的满足感，那种被天地宠爱的幸福感，是不是就不会有后面接踵而至的厄运？你夸耀了你的幸福，这幸福便被上天夺去，因为就在此刻，突然刮起一阵大风，天色骤暗，豆大的雨点毫不留情地打在她身上。幸好那家糕饼店就在大弯后下坡路不远处，她慌忙把车停到廊下，冲进店里身上已是半湿。店里人不少，都是避雨或因雨走不了的客人。

她挤到柜台前，从口袋里掏出订单，湿漉漉的手把订单弄潮了，纸上的圆珠笔字涣散开来。但她顺利拿到蛋糕。蛋糕装在粉红色的纸盒里，她很想看一眼，又怕拆掉漂亮的蝴蝶结系不回去。她不敢在人群里挤，很小心地往门口移动，留意别让手的一点点倾斜或旁人无意的擦碰，碰坏了鲜奶油的花饰。终于移到角落，站在冷饮冰柜旁边，这里有一扇窗对着檐廊。她双臂很酸，是为了保护蛋糕肌肉太紧张的缘故，一站定，把蛋糕盒一边搁在窗台上，感觉轻松多了。

檐廊下站了一些避雨的人，不少人手上都有伞，但雨实在太大。大雨如注，整个世界灰蒙蒙，天空的大瀑布哗哗响着，她想起爸爸教的一首英语老歌: Listen to the rhythm of the falling rain, telling me just what a fool I've been…她默念着跟雨有关的英语单字和词组，rain, raindrop, rainy, rain dog and cat…就在她开始担心这雨永远不会停时，四周突然静下来，地上有许多小旋涡，一个个小水洼，急匆匆降下来的雨水此刻像闯祸后的孩童抱头四处逃窜。

檐下的人三三两两走掉，一对男女走进她的视野，背对着她站定，女的披着一头及肩长发，后背挺直，微潮的白上衣透出内衣的线条。男的挨着女人站着，半身都湿了，手上拿着一把荷叶边的女用伞。爸爸？她想叫唤，一股强烈的不安让她闭紧嘴巴。那开始稀疏的头发，脖子上的痣和小肉瘤，略驼的背，还有那件天蓝色衬衫，为什么都透着一股陌生？应该在学生家补习的爸爸，为什么会出现在这里？这个阿姨又是谁？他们两人静静站在那里，不说话，也不看对方，像在等雨停，又像希望雨永远不要停……

她不由自主打了个哆嗦。刚才骑得一身热，现在半湿的衣服贴在身上寒意侵人。她有种强烈的恐惧，绝不能让爸爸看见，但是爸爸肯定会知觉到她的。小时候玩躲猫猫，不论她躲在哪里，爸爸总是找得到，不论哪里。她一直相信，跟爸爸之间有条隐形的电话线，心跟心可以打电话，就像她做的那个美劳作品，两个养乐多空瓶中间拉起一条线，隔得老远也听得见。爸爸马上就会转过头来，就在这一秒，她实在太害怕了，只能把眼睛闭上……

"雨停了哦!"店员好心叫她。

她睁开眼睛，窗外空无一人。捧着变得石头般沉的蛋糕，她拖着脚走向自己的脚踏车，牙关咯咯地响，手颤腿抖，禁不住的寒意。蛋糕盒太大了，勉强搁在前篮上，草草抹一把湿座椅，机械式地上了车，往回家的方向。

那是个难忘的父亲节。蛋糕在途中摔落在泥水里不说，她还得了重感冒，发烧呓语有几天没法上学。后来妈妈常说，那次发烧把她脑子烧坏了，因为她从此变了一个人。

父亲节后一个月，她密切观察爸爸的行踪，查出陌生阿姨是彭代书的女儿，彭素琴，大学毕业回家来，还没找到工作，就在事务所帮忙，她的弟弟曾是爸爸的学生。也许她也是爸爸的学生？师生恋。畸恋。爸爸怎么可以爱比自己年轻二十岁的人呢？一个可以当女儿的人……或者说，爸爸怎么能不爱，当生育三个小孩后的妈妈成了黄脸婆？这事要是传出去，英文易老师的金字招牌，就要被揭下来在脚下践踏了。朵云为爸爸忧心，为妈妈痛心，为自己伤心。她有义务要维护家庭的幸福，首先，是妈妈和弟妹不知情的幸福，然后是爸爸迷途知返的幸福，她能做的，就是为爸爸保守这个秘密，劝他回头。

她开始写信，一封封警告、说理、哀求的信，在某些深夜里写成，在清晨时悄悄放在了书桌上。然而爸爸读了信后却装得若无其事，仍然扮演着爸爸的角色，餐桌上严肃沉默，饭后独据沙发上看报纸，有时在书房里备课。唯一的不同是，跟她的交流明显变少了。她不再主动请教英文或谈论学校的事，当她低头扒完饭，关回自己的房间时，家里如往常般安静下来。朵云在读书时，大家都不可以大声说话，这是爸爸颁布的金科玉律。只是房里的朵云，不是在发呆，就是在写信。

她的悲痛无人知晓，妈妈还是做着每天必做的事，跟爸爸睡在同一张床上，只是人到中年，体重变化诡异，一下子吹气似的胖起来，一下子气球噗一声扁掉，服药控制食欲，控制体重，控制心情。妈妈还好，一切都在控制之中。爸爸也还好，只是会在某些时候迫不及待出门，像出笼的小鸟。她呢？她一点都不好，她被背叛了。

姓彭的女人，一度消失，听说在台北找到工作，但是几个月后，又阴魂不散地回来了。然后又消失，说是相亲，要结婚了……又回来了，还是单身一人。她有几次在路上遇见，那女人还是脊背挺直，腰肢苗条，头发直顺顺地披肩。不要脸！她想冲她啐口水，却只是快快走开，心里只有一个苦涩的念头：这是爸爸爱的女人。爱，可以从妈妈，移转到她，再移转到这个女人。

多少次在梦里，两个顽固的背影挡住去路。喂，喂，让一下，让开！背影就像石像般，无法撼动分毫。她哭着醒来，领悟到如果这两个背影不让开，她就没有未来。

离开那个女人，否则我拒考……

考试前一天，爸爸还是没有回应。她早就说了，不需要陪考。要离开餐桌时，爸爸开口了："小云，明天是大日子哦，加油！"她愣了一下，冷冷地回一句："知道了。"妹妹这时也掺一脚讨好地说："姐姐加油！"她一直期待姐姐赶快去上大学，好一人独享闺房。朵云用力把椅子一推，回房去。椅脚刮地的声音，刺激着大家的耳膜，但一个明天即将面对人生最重要考试的人，是有权发泄压力的。这个晚上，家里分外安静，脚步放轻，说话耳语，因此当妈妈在厨房里摔破一个盘子时，感觉就像天崩地裂。

早上，她准时起床，等待她的是餐桌上热腾腾的吐司夹蛋和牛奶，摇扇、水壶和点心装在提袋里，还有这时本该出门上班的妈妈。

"妈?"她很讶异。向来是爸爸最在意她的成绩，妈妈关心的是其他的事。

"我陪你去。"

"不用!"她摇头，摇手，"我不用陪考，我跟同学一起有伴，说好了，都不要家长陪的。"

"我假都请了。"妈妈把早餐推到她面前，"你爸爸昨晚跟我说了，他答应，但是，你必须考到前三个志愿。"

"爸爸，答应?"

"他答应。答应什么他没说，只是要我告诉你，一定要好好考。"

她想问清楚，又怕引起妈妈疑心。她必须维护妈妈不知情的幸福。如果妈妈知情，这个家就破碎了。现在她知道，原来她最想维护的是这个家的完整。她不敢多问，也怕妈妈问。然而，妈妈只是要她检查准考证带了，等她一吃完，就催她出门。看来妈妈只在意准时把女儿送进考场。

妈妈陪了两天，默默递水、摇扇，她则一心一意应考，想着考完，一切就恢复正常了。她没想到，考完后，妈妈就要求爸爸搬出去。

她如愿考上最好的大学，住在宿舍里，寒暑假留在台北当家教，毫不留恋这个欺骗她的家，在她努力维护它的完整时，爸爸骗了她，妈妈是帮凶。半年后，爸妈离婚，爸爸跟彭素琴搬到南部。

大学四年，她拒绝所有男孩的追求，因为男人不可靠，爱情不可信。爱情是流动的，它的面貌、深浅和对象，一直流动变易如人世间所有事物，今日的爱不同于昨日，明日不同于今日，你即使能长久爱一个人，也不能保持同一种热度和形态。你无法逃避爱情的背叛，如同无法逃避时光催生白发，背叛迟早来到，不是来自对方，就是来自你自己。

4．楼上的猫

拒绝了系里系外学长同学甚至学弟追求的易朵云，赢得了冰山美人的封号。有人说她晚熟，有人说她早恋，高中时就名花有主，更有人言之凿凿说她跟某企业接班人在拍拖，相偕去巴厘岛度假。

朵云不见爸爸已有四年。她顺利拿到纽约大学商管系的奖学金，一毕业就出国，没有跟爸爸辞行。她总在想一个问题。好吧，爱情会变，爸爸可以变心去爱别人，但是，为什么不回信？连一封信都不回。三年来，她整整写了九十九封信。

不止一次，她在梦里撞见爸爸在读信。有时他眉头深锁，抬头看到她，眼里竟然泛出泪光，她立刻原谅了他。有时他眼露凶光，一见她便愤怒地把信扔过来，她加倍地恨他。更常发生的是，他面无表情，望着桌上摊开的信出神，看到她只是叹气摇头……

朵云感到非常寂寞。

早在少女时代，她就察觉了自己的欲望，无师自通地会把双腿夹紧，以一种不动声色的方式，让自己面色潮红，汗水涔涔。快感的电波从那里往全身四处扩散，一时忘掉爸爸和他的情人。后来，这深埋的欲望让她开成一朵分外娇艳的花朵，走到哪里都送出招蜂引蝶的花讯，但她拒绝所有人。她正处于两个世界的过渡灰色地带，一边是贞节带把女人紧紧捆绑，女人只有上半身，一边是受西方思潮和媒体撩拨，女性开始承认并发掘下半身乐趣。她站在交界线上如陷泥淖。她早下定决心不碰爱情，但就寂寞一生吗？

到纽约的第三个月已是深秋。纽约大学没有墙篱围起来的校园，整个纽约下城就是校园，一个个系分散在一栋栋建筑物里，一律插着紫色的校旗。她刚从一家小餐馆出来，吃了一个希腊卷饼，里头有烤肉、洋葱青椒，淋上白色奶酪，用一杯七喜下肚。晚上不敢喝咖啡了，她一直有睡眠问题。周五的晚上，整个下城手舞足蹈打着节拍，人人出笼准备狂欢。这是没有节目和邀约的人最寂寞的时候。

她还是一个人，拒绝似乎成了习惯，表现在她冷淡的面容和眼神。在这个捕猎的城市，人们都谙于阅读肢体的暗示。不断有人被她吸引，不断有人被拒，一切都在沉默中进行。今晚，她觉得特别烦躁。她在华盛顿公园附近，跟一个新加坡女孩合租一间房，那是个小麻雀似的 studio，一个厅被隔成两个区，摆了两张小床，床边有张小桌，用来吃饭看书打计算机，浴厕就跟机舱的厕所一样，空间节省到极致，一个马桶，一个莲蓬头，租金却贵得吓人。那女孩没什么心眼，也不计较，但做什么事都很响，晚上看书上网到一两点，她躺在床上陪着熬夜。天亮就去找房子，她一遍遍告诉自己，但每一天都只是重复着昨天。

她知道今晚新加坡女孩跟她一样没有约会，会早早窝在床上戴耳机看电影，不时呵呵一阵笑。再没有比这样过周末更悲惨的了。不知何时下起雨来，秋雨最添愁绪，她想也没想便推开一间酒吧的门，走进另一个世界。来点人世的温暖吧！酒吧里人不多，暖气十足，酒保是个女黑人，壮实的手臂上刺一朵红玫瑰，花心写着 Vicky。"今晚好吗，亲爱的？"她怯怯坐下，脱了外套，端坐在高椅上，装出老练的模样翻看酒单。完全没概念。"要不要试试雨后彩虹，特别适合这样的夜晚。"她接受了这杯红红蓝蓝的饮料，入口苦涩，但清凉。第二口，那涩味淡了，尝出一点果香。

"嗨，以前没见过你，我是珍娜。"一个高大的红发女人坐到她身旁，泛白的牛仔外套，里头一件黑色吊带衫，自由晃荡的豪乳，皮肤是饱饮烈日的茶褐色，毛细孔粗大，像收割后焦渴的荒田。她的日常英语说得不溜，珍娜却几次哈哈大笑，似乎觉得特别有趣。她感到比较放松，身上热起来，把袖子往上卷，一手斜斜抓住头发，让后颈透透气。她的颈脖精巧秀气，白皙如瓷。珍娜把高椅往她这里移近，歪着头笑嘻嘻打量她，继续问她在纽约做什么，说话时，左手轻轻碰一下她的手臂，再碰一下，眼光超乎寻常的热切，仿佛她是一个最值得探究的对象。"你真是个可爱的小猫咪。"珍娜握住她的手。

一起喝了两杯后，珍娜把她带到酒吧的二楼，她跟跟跄跄，紧抓扶手才能踩稳上去。楼上楼下其实是一个通间，一道弯曲栏杆围起来，像露台似的，空间不大，或者这里是舞台？没点灯，借楼下的光模糊看见，地上堆了一些箱子和乐器。珍娜紧紧攫住她的手，引她到角落，拉开一条布帘，后头是个活动衣架，垂挂了一些表演服，衣服上的亮片闪着神秘的光，像一对对窥探的眼睛。

"玩躲猫猫吗？他、他会找到我的……"

"嘘，我们得快点，我等一下就要上台了。"珍娜在她耳边轻轻吹气，"小猫咪……"

珍娜自己才是猫，一只老练的猫，猫的舌头湿滑大胆，在她口腔里卷动，激起的浪花，打湿她的脸，不，那舌头自己就是浪头，打在她的脸，她的耳根、脖子、乳房……大浪卷过的地方，湿漉漉地苏醒了，她全身战栗蜷曲，喘着大气。

珍娜的手大而粗糙，指头上长茧，或者她是个吉他手？手像猫爪，抚弄过的地方，痛辣辣地呻吟。珍娜比她更清楚她的身体，哪里有什么，什么在哪里。她被推到了悬崖边，感觉死亡就在眼前，下一刻，她就不存在了，变成一头野兽，果然，她听到野兽发出咆哮。当珍娜两手狠狠攫住她的臀部时，一股强烈的痉挛如闪电般袭来，疼痛难当，她不由自主哭喊起来，不要不要……

珍娜更兴奋了，手指探进她体内来回抽动，她完全失去抵抗力，瘫在地上，珍娜把硕大的乳头塞进她嘴里，她不想吸吮，但连吐掉的力气都没有，抽噎着，像被体罚的小孩……

"没做过？"珍娜把她扶起来靠在自己身上，"可怜的小猫咪，我应该对你温柔点。"她拍拍她的背，安抚着，问她是否可以自己下楼，她要准备换衣服表演了。

她抹干脸，整理好衣服，抓着扶手一步步下楼去，全身不可克制地打哆嗦，一直抖回了公寓。她发誓不再夜里游荡，不再接近任何酒吧，决不！但是她隔天就赶回那里，去取她忘了的外套，外套里的钱和学生证。外套跟珍娜的表演服挂在一起，珍娜请她抽了根薄荷烟，她的第一根。烟抽完，她觉得必须坦白。她说她对女人的身体不感兴趣，珍娜叹口气，把伊登介绍给她。

伊登白天在餐厅里打工，晚上是小剧场的演员，常在下城区几个小剧场演出一些晦涩难懂的实验剧。第一次约会，他请她喝咖啡吃汉堡，看了一场电影。第二次她请吃日本拉面，散步到他排练的工作室，有个新戏要讨论。那是剧团负责人的两房公寓，一房里堆着过去演出的道具和服装，一房空荡荡只挂着一张吊床，地上胡乱丢着摊开来的画册和书，墙上几张能剧的面谱，白脸红唇，两道细眼空空，望向茫茫的未来。客厅里挤满了人，喝啤酒吃薯片，说是开会，不如说是派对。闹哄哄的，她只是陪坐一旁，带一朵莫测高深的微笑，至少在这群人眼中如此，就跟能剧面谱一样。最后莫名其妙也被分配了一个角色，在某些时候梦游般地走过舞台，没有一句台词。

离开工作室时，伊登问她接下来想去哪里，她说回家。天空飘起雨丝，下城的店面都关了，远处升起薄雾，在那灰蒙天空里，浮出一张水汽氤氲的能剧脸谱，两道月牙般的鬼眼，定定看着他们。四周死般寂静，只有脚下两双皮靴敲在石板路的声音，叩叩，叩叩，一只野猫纵上垃圾桶，朝他们不怀好意地喵一声，吓了她一跳。她心跳得如此之急，伊登都听到了，他张开外套像张开一双羽翼，把她包进来。那一刻，她感到温暖、安全，就像回到父亲的臂弯。伊登身上淡淡的烟味，下巴刮人的胡茬儿，唤醒她心中潜藏的小女儿柔情，泪水模糊了视线。后来那么多次，她热情地包住他，紧而滚烫，只为了回报他那温暖的一抱。

珍娜和伊登就这样教会了她什么是性，性独立于爱之外。

5．第三者

这次返台，易朵云没有在第一时间见到余有志。老余的短信上是这样说的：她回台湾了，我们再约。

她读了两遍，删了。开始查看大陆新闻、总公司的电邮、同事的微信和消息。Shit！公司又出事了，这次是供货商的肉品过期，几家国际连锁餐饮店都受到牵连。网上一片声讨，目标不是政府稽查不力，而是外企大品牌亏待中国顾客。在这个积弱多年，突然富强起来的地方，民族牌最容易引起大众共鸣。本来就如走钢丝，被法规和潜规则层层牵制的外企，又面临另一波冲击，新一轮的相关市调得尽快进行了……

结束一场临时召开的紧急电信会议，已经下午两点，早饭，吃了吗？她打开冰箱，只有可乐和啤酒。柜子里有葡萄酒、苏打饼干和巧克力，还有泡面。出去觅食，还是吃泡面？她不确定。她不确定是不是明天就飞回上海，不确定谁该负责。不是供货商欺骗了我们吗？我们怎么从受害者变成加害者了？大陆食品问题多多，但树大招风，消费者和政府都盯住国际知名品牌。

受害者，被害者，谁该负责？她该怎么办？

她只能先保护自己。没有人会管她死活，不论是两顿饭没吃饿得人发虚，是否及时做了正确的危机处理，还是，见不到老余？见不到，所以要烦恼三餐，见不到，皮箱里那个酷似他侧脸的皮影戏偶怎么办……

她靠在厨房墙上。冰箱马达轰轰的转动声，被无限放大，还有，水龙头在滴水。是刚才洗杯子没关紧吗？她看着那水滴，在水喉下缓缓凝成一颗泪，越来越饱满，终于载不动，坠落，答一声。

搬进来几年了，她从来没有在这厨房里煮过一顿饭。没有。她没有做的事太多。

她弯下腰去，抱住自己，不能理解突然袭来生理上真切的痛感，巨石压胸喘不过气，腹部尖锐的刺痛，脑里突然涌入的昏乱热潮，还有这让视线模糊莫名其妙的泪水。

怎么可以？她怎么可以让感情渗入跟老余的关系？她甚至从不跟老余联系，收到消息也是看了就删。他们之间云淡风轻，随时可以说拜拜。一年不过回来四次，能有什么深厚的感情，旷男怨女各取所需罢了。老余很体贴，她感到被呵护，仅此而已。她没有打算放入感情，没有！

她喜欢了无牵挂的自由关系，两个肉体合拍的男女，在某些时刻相濡以沫，但是离开就离开了，在每次重聚之间，都是断裂的。这就是她一向的做法，跟几个合拍的男人，维持着没有负担的关系。分分合合，都不会太牵动心绪，最多就是怅惘，感伤缘分的生灭。

　　她万万没有想到，老余不能见她，会给她这么大的打击。照往例，她只会懊恼，诅咒几句，然后安排其他节目，绝不是此刻所感到的酸楚和委屈。

　　老余的太太回来了？

　　岳父打电话给余有志，要他去接机。尼珂说要他一个人去接。

　　出现在眼前的尼珂，比记忆里的丰腴一点，神清气爽，穿着宽松的棉衣棉裤和夹脚凉鞋，竟像是度假回来。一股熟悉的暖流，从他身上流过，让他鼻头发酸，尼珂啊，伴他十多年，一起留学创业的尼珂，仿佛过去几年不曾分开，但是那墨镜……尼珂把墨镜摘下，一双熟悉的眼睛看着他，肌肉的牵动还是有点不自然，但不再那么僵硬古怪，可以坦然走在白日之下。最重要的是，她的眼光，里头不再有闪避和痛苦。

　　"尼珂……"

　　"我回来了。"

　　他们紧紧拥抱，余有志悔恨交集。他曾像躲避战乱和时疫，丢下了他的老婆，让她独自面对疾病和死亡。在他心里，他是把她当作已经死了般，让自己得以继续活下去。但尼珂没死，她温暖柔软地在他的怀抱里，流着不知是喜悦还是愁怨的泪水。

　　尼珂的康复情形良好，医院检查报告，癌细胞已经无法查测。打坐练功调息，营养有机素食，尼珂又回到人间。第一晚，他们举杯庆贺，借着几分酒意，他把久违的老婆抱上床去。自从手术后，尼珂就不跟他亲热了。但是尼珂抓住他探进睡衣的手，不让他继续，他亲吻着她的额头，两人默默依偎，尼珂一会儿便呼吸沉缓睡着了。他了无睡意。朵云。朵云人在台湾，却不能相见。对尼珂的歉意和温柔，此刻被对朵云的欲望和思念所取代，他渐渐硬起来，不得不轻轻推开怀里的人，往床另一边靠去。

朵云接到约见的消息时，第一反应是删除。那素来冷硬、听从指挥的手指，却颤抖着无法执行。或许，这竟是老余最后一条短信了？此后，没有任何东西帮她记住这个人，没有微信连我短信和电邮，什么都没有。一切，唯有记忆，而记忆是什么，不过是发生在两个人之间绝对私密的片断，从未公之于世，未被认证，如花似雾脆弱易逝。她在这头，他在那头，中间连着记忆之桥，他消失了，这记忆之桥要连向何方？只能轰然倾颓，倒入滚滚东逝水罢了。

我从不寻觅男人，只是邂逅，我不迷恋，只是不拒绝。这是朵云的自述。

严格来说，她从未恋爱过。她可以把身体打开交出去，但不是心。身体算什么呢？不过是司控接收各种感觉的器官，满足它，它就不渴不饥，就安静下来。恋和爱这两个字，都有心字偏旁，还有情和意、思和念、悲和恻。

错了，性也有心字边。朵云低估了身体对心灵的影响力。有爱就想有性，有性难道不会想爱？所有的两性相吸，一开始不全都是肉体吗？她爱什么？当老余为她按摩痉挛的臀部，看着那副老态已现的男性肉体，腹肉松挂，长着几丛长毛的胸口淌汗，稀疏的头发粘在头皮上，同样松弛垂坠着的是黑毛下缩短软疲的阳具。她感到心疼，好像看到南征北伐勇武的战士，脱下战袍后身上累累的伤痕。当这副肉体没有在忙着吸引她，给她欢愉时，她为它感到心疼。她好奇老余背上的胎记，左腰上的那道旧疤，小腿上的新伤，好奇他的过去、现在和未来，但她忍住没问。

上次返台见面，竟是两人的最后一回。他们在阳明山一家日风温泉旅馆，榻榻米上茶几，茶几上茶具和几块糕点，窗外一条小溪，流水潺潺。温泉水接到房间浴池，他们先泡了一会儿，出了汗，起来套上浴袍，跪坐在茶几上喝茶，老余拈了块绿豆糕到她嘴里，她咬住他手指。

榻榻米上，任何姿势都不受床大小和软硬的影响，这回她当女牛仔，骑得大汗淋漓。老余不甘示弱，把她推至墙边，从后面使劲撞，她站不住了，春水汹汹，从大腿、小腿往下滴淌，榻榻米上湿了一块，颜色暗下去。两人就像孩子一样，玩着自己和对方的身体，世界只有他们两个人，亲密如此可触可感，她的身体铭刻了所有一切。之后，他们相拥面对面躺倒，两人的呼吸一起由快渐慢，她感到吸进的是老余呼出的空气，一呼一吸，渐渐沉缓，眼皮再也睁不开，一呼一吸，身体变轻，浮到了半空中。

老余……

他们约在母校附近一个僻静巷弄的咖啡馆，点了两份早餐。上午尼珂要练养身功，老余是溜出来的。他没说，但朵云一看这见面时间的尴尬仓促，已然猜知老余身不由己。

他们行礼如仪地问候，尽职吃着盘里的土司和煎蛋，啜着忘了加奶和糖的苦咖啡。他们不看对方一眼，眼光回避着，专注在自己的食物，即使朵云今天细细描画了唇眉，老余穿着格外整齐。

"我很抱歉。"老余终于说。

"抱歉？"朵云笑，"对我，还是对她？"

"朵云……"

朵云做了个停止的手势，她生怕有一丝怜悯浮现在老余睡眠不足挂着眼袋的脸，更怕自己会流露任何依依的情意。"这是好事，她好了，这是好事，我们不过是……"她说不下去了，眼前闪现彭素琴倔强的背影。彭素琴不会这样说，她爱爸爸，我的爸爸，她不愿离开，他们不愿分开。

"我真的希望，我们……"老余困难地找寻字眼。

"我们，还是朋友，一直是。"朵云很快接口，察觉嘴唇在抖。

原来，没有口头承诺也不保证什么。他们打情骂俏，总是嘻嘻哈哈，没往心里去，至少她没有，她以为。现在都要分开了，再说这些做什么？朵云深吸一口气，感觉胸口隐隐刺痛。"我们不要再见面了。我不当第三者，以前就说过，那时以为，以为她……"

那时不觉得自己介入老余的婚姻，因为女主人早就缺席了。或者说，她以为要抽身很容易，她甚至不住台湾。现在也没那么难吧，她想，就是冷酷一点，对老余，对自己。冷成一块石头，什么都感觉不到。

"你听我说，我现在不能提离婚，她是重获新生，没有人忍心这时候去伤害她。"老余抓住她的手。

"我知道，你好好陪她，我没事的，真的。"她缩回手，不能忍受跟老余肌肤的接触，唤醒太多回忆。她起身，想尽快结束。

两人这才发觉，不知何时已经下起雨。雨势不小，两人站在咖啡馆的玻璃门前，默默望着雨帘，好像在等雨停，又像希望雨永远不要停。雨一停，他们就要离去，跟对方说再见。

6. 美丽的裙子

推荐一个产品时，必须想象它无与伦比的美，想象对它深情眷恋，奢侈品市场不是关于供需，是关于欲望，必须在内里创造这种欲望，直到身体都能感受到它，得不到就空虚……

梁马克在手机记事本上键入这行字。

淮海路上的精品买手店硬件软件都接近完成，月底就要举行开幕酒会，时尚杂志、周刊上的专访和专稿已经陆续发出，也没漏掉自媒体上受到粉丝追捧的时尚潮人。所有的宣传文稿集中推广个人不应被动全盘接受国际奢侈品牌，而是主动出发去寻找所爱；独特的文化、历史和品位，都在催动消费者去寻找更适合自己的精品。人们应该先看到一件剪裁独特、手工精细的裙子，而不是它的品牌。

那条不规则剪裁的连衣裙，是买手从西班牙一家手工店淘来的，那是一位正崭露头角设计师的杰作，离开当地无人知晓。它的标价比原来的翻了至少二十倍。它的花色高雅，剪裁精巧，面料弹性极佳，穿上去熨帖着身材，奇妙的是，把衣服在身上由后往前拧转，即变成短斜裙，后面的开衩移至大腿边，顿时显得活泼性感。一衣两穿，就看自己的喜好，真是越看越美、越看越爱。

露露不信："裙子能有多美？是穿的人美，人美穿什么都好看。"

那裙子被供在透明橱窗里，灯光一打，就不再只是裙子了，它有强大的磁场，吸引着女人的眼光，勾引她们的欲望。马克继续在记事本上写着什么，露露一把抢过扔到沙发上："跟我在一起时，不要玩手机。"

"我不是在玩，我在工作。"

"那更不行。"露露双手吊在他脖子上，猴子般身手矫捷，两脚钩住，整个人攀住他。

微信叮当。他抱着露露去拿手机，露露挡他，呵他痒，但他还是拿到了。点开微信，Liz 头像边有红点。该不会有什么最后一分钟的会议吧？今晚露露要在这里过夜的。

"马克，今晚有空吗？"

"什么事？"

"想找你聊聊，出来喝一杯？"

出来喝一杯？

露露抢过手机："是谁啊？约你出去？"

马克抢过手机："说好不看对方手机的。"

露露扇扇接上去的假睫毛，从马克这个角度看去，睫毛还有红晕。露露张开嘴想说什么，她画着流行的咬唇妆，双唇中央的颜色最深，像咬过似的，让马克很想咬一口。好热的一个女孩，多情热心肠，握住她多肉的手掌，一团火热便立时传递过来。开心时捧着肚子笑，伤心时鼻水泪水齐流不怕丑，美瞳拿掉，浓妆洗掉，也是个可以带回家见父母的邻家女孩。

"乖，"马克说，"就是一个同事，半个领导。"

"你想上她？"

马克不懂为何女人有这种直觉，但是，此刻，他觉得他并不想，不想了。感觉上，他好像是跟 Liz 做过了，在一个雨夜，一个同样在潮湿雨水中纠缠不休的故事里，他做过了。那裙子给露露穿会很美，但露露不见得要穿它才美。他觉得最明智的做法是，从橱窗里欣赏那条裙子，跟 Liz 保持专业的工作伙伴关系。有些事，适可而止。六个月前，他会以为拒绝 Liz 的邀请是脑子进水了，但现在他却在微信上写着：不好意思，今晚在外地呢！

7. 第一百封信

回上海的前一天，朵云磨磨蹭蹭，近晚饭时分才进家门。没出嫁的女儿，这里永远是她的家，即使她在台北有套房。

大门没锁。

"妈?"

天花板的灯，跟二十年前一样昏黄，照着老房子里的破旧厨房，妈妈坐在椅子上讲电话，一面还在纸上记着。转头看到她，点点头。每个月给妈妈的钱都用到哪里去了? 这房子早该整修了。她换上拖鞋，像小时候那样拖着脚沙沙走上前。

"好，我知道了，好，不用客气。"

"跟谁讲电话啊?"

妈妈看她，露出笑容："冬瓜汤煮好了，有笋干排骨肉，九层塔炒蛤仔，再炒个菜就可以了。"

独居的妈妈，厨房还是像过去那样，收拾得整整齐齐，味道也一样让朵云流口水。她没下过厨房，只有不爱读书的妹妹学到了妈妈的几分厨艺。

朵云很少回家，总说工作太忙。刚回国那些年，妈妈很热心帮她介绍对象，这几年偃旗息鼓了。"啊，我看你是不想嫁。"终于有了这层领悟，朵云耳根清净了。

母女对坐吃饭，两人都有心事，无话。从小，朵云的话都是跟爸爸说的，她一直是爸爸的女儿，妈妈是属于弟妹的。妈妈总是忙，在上班之余忙着洗煮，忙着给他们置办上学需要的衣物，看到房间杂乱，"枪打过似的"念两句，爸爸责罚他们时，劝两句。一个逆来顺受、温柔贤惠的妈妈，只有在赶走爸爸时，显露了硬气。忍辱负重，都是为了孩子。她听小阿姨说，为姐姐抱不平。

朵云恨忍辱负重的妈妈。妈妈应该跟她说的，她们应该站在同一阵线留住爸爸的。朵云一想到过去，脑子就乱，平日的逻辑分析全派不上用场。当年，伤口太新，她不敢提，现在，一切都埋得太深，难以挖掘。如何去诉说惨绿少年时被残酷背叛的事，当主线支线所有爱恨交缠到理不清，抽出一条线头全是解不开的结。这么多年，她只有几个月前在上海酒馆，对一个不知姓名的男人吐露过故事的一部分，说完走出店来，在路边哇地吐得一地。反胃，深深地。

因为无从说起无话可说，她尽量多吃点菜，妈妈似乎也是同样的心思，难得女儿回来陪着吃饭，两人默默把饭菜一扫而空。

朵云帮着把桌子收拾干净，准备洗碗，妈妈来帮她系上围裙，妈妈的手有点抖："别打破碗。"

"小看我。"

"你一辈子也没洗过多少碗。"

"我才几岁，还一辈子咧。"朵云笑。

"你也不小了。"妈妈眉心深轧两道沟纹。

"我一个人很好。"她笨拙地戴上长长的橡胶手套。

"朵云，"妈妈顿了一下，"明天几点的飞机?"

"中午。"

"能改吗?"

"为什么?"

"刚才那个电话，是彭素琴。"

朵云一惊，面无表情。爸爸，死了?

"你爸爸生病了，你最好去看看他。"

"我不去。"

"朵云，你爸爸得了老年失智，什么都不记得，只记得你。"

彭素琴从半年前开始打电话给妈妈。一开始，妈妈很错愕，二十年过去，现在有什么话可说？彭素琴叫她大姐，说爸爸病了，两年前确诊，这半年恶化得什么都忘了，老邻居和老同学都叫不出名字，看照片只认得朵云。当年他带了一张全家福照片，照片里的朵云读高中。最近常问起朵云，什么时候放学回家？

朵云戴着橡胶手套的手死命掩住嘴，像被闯入者掩住，透不过气。

"明天，一起去吧，去看看。"

朵云没法出声，只是摇头。

"到这时候，没什么好计较了，我都愿意去看看，你做人家女儿的，怎么……"

"你不知道。"

"不知道什么？"

"我，那时候，给他写了多少信，劝他回头，"朵云哑着声音很快地说，"他不回头，不回头也就罢了，却连一封信都没……"深深的挫伤和失意如潮水涌上，仿佛昨日重现。

妈妈长叹了口气，不再言语。朵云哐当哐当洗起碗，水花溅得地板湿了一摊，一个日式蓝底金边的厚圆盘，刚才盛着香喷喷笋干排骨肉的，手一滑，在槽里裂成两半。

一封信，哪怕只是一封回信，解释给她听，这一切是为什么。或许她可以理解，或许在她长大后可以理解。然而，爸爸只是冷酷地保持沉默，对女儿的哀告恍若未闻。没有比拒绝沟通更无情的了。

爸爸记得她，只记得她。忘掉了弟弟、妹妹，忘掉了妈妈，甚至连枕边人是谁都叫不出来。但是记得她，朵云，My lady。

朵云陪妈妈看电视，在电视访谈笑闹的喧嚣里，她们跌入各自深深的静默。一个愿意去看望，因为他记得；一个则正因为他忘了，遗忘，让所有恩仇提早结束。

朵云回到房间，精疲力竭，只想倒头大睡。这个房间在她搬走后，成了妹妹一人的闺房，上下铺换成一张席梦思，妹妹出嫁后就一直空着。房里摆的都是妹妹的东西，她的旧时衣物被放进纸箱，塞到床底下。环顾四周，只有床上摆的小熊宝宝是她的，穿的毛线背心是她亲手织的，颜色从靛蓝褪成灰蓝了。书桌上那个缺了一角的圆镜也是她的，读书累了时，她会照照镜子挤青春痘。还有，圆镜旁的那一大束信件，看来，也是她的。她胸口剧烈起伏，无法再往前。不用数，也知道有九十九封。

不知道过了多久，朵云终于有勇气在书桌旁坐下来，抽出一封信，听少女朵云絮絮地诉说。随意读了两三封，信的内容熟悉又陌生，带着文艺腔，十几岁女孩对爱情的理解，义正词严黑白分明，不明白感情有那么多暧昧不明的灰色地带。

爸爸:

　　记得那年的秋天吗？您接受仁恕中学的聘书，从南部来到了这个小镇。您在学校附近的一个老实人家租了顶楼搭建的房间，每天除了上课，总是关在房间里看书，或是在阳台上吹口琴，鸽子曾在您身上落下粪便。有一天，有人敲开您的门，是房东要女儿送上来一架旧的电风扇，您穿着有破洞的汗衫，脸都红了。那个小姐比您大一岁，在户政所上班，她说喜欢听您吹口琴，您鼓起勇气说可以教她。结婚的嫁妆里，有一对日制的口琴，装在一个衬着深红色绒布的盒子，就摆在您的书房里。您有多久没吹了？什么时候，跟妈妈再合吹一首？

爸爸:

　　什么是爱？我只知道，您跟妈妈结婚时许下了爱的誓言，要相守一生。这一生，才过了一半呢！当护士把我抱给您时，您激动地流下泪来，您跟妈妈说，您会一辈子守护这个可爱的 angel。爸爸，我都还没长大呢！我们一家四口对您的爱，难道不及她？您是镇上最受欢迎的英语易老师，她不过就是一个找不到工作没有男朋友的女人。爸爸，谁都看得出她配不上您，也不会像我们一样爱您直到永远。什么样的女人，会介入别人的家庭，残忍夺走别人的先生和爸爸？难道您竟可以为那样一个女人，不再爱我们？

少女朵云怎么会料到，之后她将一路追寻，只为能像彭素琴和爸爸那样，义无反顾地去爱。如果有那么一个人让她愿意舍弃一切只求不放手，她会如在天堂吧。然而，爱情的花朵含苞却没能绽放，一个个在枝头徒然变软蔫掉。手里的信笺如鹅毛缓缓坠地，悔恨的浪头，瞬间将她淹没。

喃喃的诵读声，把她从浪头里救出来。男人坐在书桌前，一手摩着大腿，一手拿着一封信，看得津津有味，不时还喃喃读出声来。他突然抬头看进朵云的眼睛，那眼里有抑不住的激动。我正在读一封我写给你的信，我要告诉你，一件很重要的事……

朵云伸出手去，抓到的是身上的毛巾被。妈妈一定进来过了，给她熄灯盖被。妈妈总是这么不动声色。以为她是背叛者，没想到她还是拦截者。放在爸爸桌上的信，是不是都被她抢先一步拦截了呢？

朵云坐了起来，拧开台灯，开始一封封重读少女朵云的信，她记得写这些信时的艰难，在还未能经历爱情时，试图去跟大人说爱情。少女朵云所描绘的感情乌托邦，她没能亲身经历，少女朵云斩钉截铁要爸爸放弃的，可遇不可求。你若能爱，为何不爱？这一刻，她强烈思念起老余，如海般深的绝望，让整个人都微微战栗。

离开那个女人，否则我拒考！这是少女朵云激愤的赌誓，把最宝贵的未来押上，第九十九封信。然而，这却不是最后一封。在这信的后头，还有一封，上头写着"给女儿朵云"。

高雄，炽烈炎酷的太阳，她跟妈妈坐进一辆冷气坏掉的出租车，下车时，大腿在椅子上留下两道湿印子。她不记得来过高雄，这个南部大城看来十分繁华，店招灯箱密密麻麻。车子拐进一条陌生的巷道，停在一个陌生的门前。一个胖胖的中年妇人来开门，"大姐，朵云，请进请进。"在前头带路，曾经固执刻在朵云心版上一堵攻不破城墙的倔强脊背，被时光烤软了，像面包般发酵膨胀。

小小的客厅里，老人双脚缩起在藤椅上，正在啜一根花生棒冰，他的头完全秃了。时光对朵云狠狠扇了一个耳光，她有一时的昏眩。

"你看谁来了？"彭素琴过去轻抚老人肩头，老人打量她们母女，瞪大眼睛。

"是朵云啊，你不是一直说要找朵云？"

"朵云？"老人的声音松哑，多年教师生涯早让他声带长茧，现在他迟疑又充满期待地问，"朵云什么，什么时候放学？"

朵云听到有人在抽泣。多么可怕，多么可怕的铭记和遗忘。房间里四个人都不说话，每个人都在挨受自己的苦杯，苦杯只能自己去饮，谁能替代谁？我的爱，我一生的至爱。

朵云：

　　二十年了，我以为一切都已经过去，但是当彭小姐开始打电话来，求我劝你去看他时，我疑惑了。他病得这么重，却只念着你，或许是因为你跟他的结还未解开？我知道你恨他，你的爸爸，我更知道你爱他，一直都爱，在这些信里，我看到你对他深深的爱，当年读信时我忍不住流泪，不是为了作为妻子的自己，而是为了你。

　　你的第一封信，向我揭示了先生背叛的秘密，我立刻把它藏起。我希望能给自己一点时间，做出正确的抉择。或许我也暗暗希望，你爸爸不过一时糊涂，只要不点破，一段时间后，他就能迷途知返，这个家又能回到从前。然而，你就像你爸爸一样，认定了目标绝不放弃，你的信一封接着一封，我每日胆战心惊，就怕哪天信真的被你爸爸看到了，一切就再也不能挽回。然而，信越积越多，你爸爸也越行越远。我知道，他不会回头了，这时，我想要维护的是这个家庭的完整，我也不希望分手的必然结局影响了你的学习。

现在，我必须告诉你一个秘密，我以为永远不会对任何人说的秘密，而它，也跟你的信一样，是关于爱情。朵云，妈妈必须跟你坦白，早在你爸爸有彭小姐之前，我对他的爱情就消失了。我对他失去了激情，在一起只是习惯、义务，我觉得很压抑，也很内疚。知道他再恋爱时，我有被背叛的愤怒，但也隐隐感到解脱。我不需再背负这种不爱的重荷了。长久以来，我是那么不快乐，感觉不到作为女人的快乐。如果不是因为我的怯弱，不想失去这个家，不想失去你们，我早就让他自由了。他自由，我也自由了。

所以，朵云，不要恨你爸爸，他不过是自私地追求自己的幸福，而我也是自私的。孩子，妈妈在这里恳求你的原谅，希望你也能自由。

妈妈

作者的话

爱的残篇

我的第一本简体版短篇小说集，终于跟读者见面了，对从事短篇创作二十年、出版了六本短篇集的我，真是一件值得庆祝的事，也是一件特别不容易的事。

虽然我也写长篇、散文，甚至报告文学，但是短篇是我用心最多、浸淫最久的一种文体，它要求语言精致，叙述灵动，言简意赅又意在言外，感觉比较合乎我的脾性。1990 年，我从台湾到了美国，开始创作发表短篇小说，并借着几个文学大奖进入台湾文坛。我相信厚积薄发，相信丰富的生活带来深刻的文学，每三年才有一本短篇集出版。而台湾文学出版社的金字招牌《联合文学》总是支持着我，一本接一本。

2004 年起，我到大陆定居，也发现了台湾和大陆短篇美学的差异。台湾的短篇是真的短，五六千字最常见，所以作者总是压缩文字，凝练意象，试图以留白和象征去表达更多。到了大陆，看到短篇往往写到一万，甚至两万字，作者可以从容酣畅说完一个故事，感觉是往中篇奔去了。篇幅有如舞台，大舞台有大舞台的表演要求，小舞台有小舞台的表演方式，篇幅的大小直接影响了故事的结构和节奏。

作为一个长居上海的台湾留美作家，我所置身的是一个新鲜陌生的世界，而我的写作也面临新的挑战。我摸索着那个对的声音，那个合适的切入口，两年后，才开始在《上海文学》发表小说。从写作的第一天起，我就是个边缘人，一个独行者，我的短篇不肯说太多，也不肯写得太热闹，然而我却很幸运地在这里遇到了几位知音，其中刘绪源、谢锦、金宇澄、张重光、陈子善和何子英等几位老师，一路给我鼓励和支持，不知不觉中，已经发表了数十篇小说，作品入选各种选刊或杂志，笔下的人物和故事，也逐渐跳出了台湾人的视角。我的故事越说越长，内里越发复杂，这既是受到写作环境的催化，又何尝不是旅居各地、人生经验丰富后的自然生发？我想把这些作品结集出版，呈现一个比较完整的创作面貌，寻觅更多的知音，这时我发现，长篇才是王道，短篇集的出版少之又少。虽然我自认是短篇作者，但在这样的客观环境里，最后还是先由江苏凤凰文艺出版了长篇《蚊疫》。就像一个主妇想端出拿手菜，什么时候才能出版短篇集呢？总是这样想着，期盼着。

偶然的机会里，得到《台港文学选刊》杨际岚先生的推介，花城出版社以城市爱情为主题，精心选出了这样一本集子。我不曾以书写爱情为己志，却原来从女性视角写了这么多关于爱情的故事。爱情有如玫瑰，盛开只有一天，之后便只能在文学里留香、还魂。人鱼公主的爱情幻灭后，投身大海化为泡沫，那一个个泡沫就是情的断简、爱的残篇，而我正好看见并写了下来。

仅以此书献给我的爱侣一玮。